Copyright © 2025 par Kate O'Keeffe
ISBN: 978-1-991378-18-7

GUIDE DU FAUX PETIT AMI INTERDIT

Une comédie romantique de petite ville où les contraires s'attirent

Sœurs et cœurs

Tome 1

KATE O'KEEFFE

Wild Lime
Books

Prologue

Harper

Je ne veux pas dire que j'ai ma vie bien en main. C'est un peu se porter la poisse, non ? Mais bon, en fait, c'est un peu *le cas.*

Je sais, je sais. On dirait que je me vante. Ce n'est pas le cas. Vraiment. C'est juste qu'à vingt-cinq ans, j'adore mon travail d'institutrice en CE1, j'ai un appartement mignon mais certes minuscule que j'ai décoré pour donner l'impression d'entrer dans une maison super chic des Hamptons, et j'ai mon petit ami.

Enfin, mon *futur fiancé*, si j'interprète bien les signes concernant ce soir.

Et j'ai l'impression que c'est le cas.

J'attends avec impatience au milieu de la foule qui grouille, un mélange de nervosité et d'excitation pétillant en moi. Je jette un œil à mon téléphone et me mords la lèvre. Dex est en retard. Ça ne devrait pas me surprendre. Il est toujours en retard, et ce depuis nos premiers émois amoureux au lycée, quand nous avions dix-sept ans.

J'ouvre ma canette de soda et prends une gorgée. Je dois me détendre, profiter du paysage de Santa Monica. La soirée est magnifique, le soleil scintille sur l'eau calme, et des éclats de rire et de la musique flottent sur la douce brise d'octobre.

*M*aiiiiis je n'y peux rien. Ce soir pourrait être le grand soir que j'attends. Le soir où Dex va enfin me demander en mariage.

Je ne peux m'empêcher de passer les signes en revue :

1. Dex avait l'air super nerveux quand il m'a demandé de le retrouver ici.
2. Nous sommes à l'un des endroits les plus romantiques de la ville, la jetée de Santa Monica. Sérieusement, cherchez sur Google « où faire sa demande en mariage à L.A. », et cet endroit apparaît.
3. Il m'a dit de le retrouver près de la grande roue, théâtre d'innombrables demandes en mariage romantiques, et bientôt le lieu de *notre* demande en mariage romantique.
4. C'est le coucher du soleil. Franchement ! Le coucher du soleil ? Le. Moment. Parfait. Pour. Une. Demande. Point final.

Et oui, au cas où vous vous poseriez la question, je parle bien de Dex Ryder, la star de la série télé à succès, *Serious Bite*.

Bien sûr, quand nous sommes tombés amoureux, il était simplement Dexter Grubb, avant qu'il ne change tout ça et devienne le phénomène qu'il est aujourd'hui.

Je me fiche de tout ça. Pour moi, il est Dex, mon amour de lycée, un autre geek du club de théâtre, qui se trouvait être aussi la star de l'équipe de football du lycée. Le garçon qui m'a accompagnée au bal de promo. Le garçon que j'ai attendu pendant toute la fac, jusqu'à ce que je puisse être avec lui ici, dans la Cité des Anges.

Je glisse mes cheveux coupés au carré derrière mes oreilles et scrute la foule. Toujours aucun signe de lui.

Je n'ai pas vu Dex depuis plus d'un mois. Il tournait la deuxième saison de la série à succès en Albanie, un pays que j'ai dû chercher sur une carte.

Mon pied, impatient, se met à taper un rythme sur le béton.

— Bonjour, Madame Cole, dit une voix.

Je baisse les yeux pour voir une de mes élèves me sourire radieusement. Elle est agrippée à la main de sa maman, paraissant encore plus petite que ses sept ans au milieu de la foule.

Certaines enseignantes s'assurent de vivre dans un quartier différent de celui de leur école pour éviter de croiser leurs élèves en dehors des heures de travail. Ce n'est pas mon genre. J'aime mon travail et mes élèves — même les plus difficiles — et voir la joie qu'ils éprouvent en me rencontrant en dehors de l'école me donne le sourire jusqu'aux oreilles.

— Salut, Violet, lui dis-je en souriant à la fois à mon élève et à sa mère.

— Vous êtes jolie, Madame Cole, me dit-elle.

Je lui souris de toutes mes dents.

— Merci. C'est une nouvelle robe.

En fait, j'ai acheté ma robe à l'instant même où Dex m'a dit de le retrouver ici. Appelez ça un sixième sens, mais je savais que je devais être spéciale ce soir. J'ai repéré cette robe bleu marine à fleurs avec un col en V et un ourlet asymétrique dans ma friperie préférée le week-end dernier. Dès que je l'ai enfilée, j'ai su que c'était *la* robe. Celle que je porterais pour mes fiançailles.

— J'espère que ça ne te dérange pas qu'on soit venues te dire bonjour, mais cette petite puce était super excitée de te dire quelque chose, dit la mère de Violet.

— Ce n'est rien. Vraiment, je réponds. Qu'est-ce que tu as à me dire, Violet ?

— Maman m'a acheté ça. Violet me tend un aimant. C'est une vue illustrée de la jetée, avec la célèbre grande roue et le coucher de soleil.

— Oh, Violet, c'est magnifique. Tu veux l'apporter à l'école demain pour le montrer à tout le monde ?

Son visage s'illumine d'un sourire radieux.

— Oui, s'il vous plaît !

Je lui fais un clin d'œil en lui rendant l'aimant.

— Alors, c'est un marché.

— Merci, Madame Cole. Vous êtes très gentille, dit la mère de Violet.

— C'est Harper, et de rien.

— Tu retrouves des amis ici ? Si ce sont d'autres professeurs de l'école, on va vite te laisser tranquille, répond-elle.

Un mélange d'impatience et d'excitation s'empare de mon ventre.

— Pas d'autres professeurs. Je retrouve… je jette un regard à Violet qui est pendue à mes lèvres. Je n'ai pas besoin que Violet répande la nouvelle dans toute la classe que Madame Cole a retrouvé son petit ami sur la jetée. Je dois garder un minimum de jardin secret. … un ami.

La mère de Violet me lance un regard entendu.

— Dans ce cas, on va vraiment te laisser profiter de ta soirée. Elle prend la main de sa fille dans la sienne et l'emmène.

— À demain à l'école, Madame Cole, lance Violet par-dessus son épaule.

— Entendu. Et n'oublie pas cet aimant.

— Promis.

Alors qu'elles disparaissent dans la foule, je scrute de nouveau les environs. Cette fois, mes yeux se posent sur lui, et mon cœur se serre.

Dex est un véritable plaisir pour les yeux. Avec les excellents gènes de sa mère brésilienne et de son père bûcheron 100 % américain, il a ce style ténébreux, mâchoire carrée et barbe de trois jours, avec des yeux d'un brun riche, couleur chocolat. Il porte les cheveux longs et en bataille, jusqu'au menton, et se passe la main dedans avec la régularité d'un beau gosse, faisant pâmer ses nouvelles fans.

Je baisse les yeux sur sa chemise blanche ample, ouverte pour exposer ses pectoraux impressionnants et sa peau lisse et hâlée, une collection de chaînes pendant à son cou. C'est un peu… comment dire ?… m'as-tu-vu. Ouais, c'est ça. Pas son style habituel, c'est certain.

Les gens se retournent pour le regarder approcher. Avec son physique, il a toujours attiré l'attention.

Mais ce soir, c'est différent. Ils *savent* qui il est.

Avec son étoile hollywoodienne qui ne cesse de monter, ce n'est pas surprenant, mais une partie de moi a envie de leur dire *pas touche*. Dex est à moi, et rien qu'à moi.

Mon estomac se serre quand ses yeux croisent les miens, et je me sens soudain légère, mes membres parcourus de picotements d'anticipation.

— Salut, ma belle, dit-il en s'approchant d'un pas nonchalant avant de me prendre dans ses bras.

— Tu m'as tellement, tellement manqué, je lui dis en enroulant mes bras autour de lui et en déposant un baiser sur ses lèvres.

— Ouais, toi aussi, Harps. Ça fait un bail.

— Un mois entier. Je suis si contente que tu sois rentré.

— Moi aussi.

Je touche les chaînes de colliers contre son torse.

— C'est un nouveau look pour toi ?

— J'essaie un truc nouveau. Ça te plaît ?

Il écarte les bras et fait un petit tour sur lui-même, exhibant son haut ample, rentré d'un côté dans un jean délavé, l'autre pan pendant nonchalamment.

On dirait un mannequin en pleine séance photo, qui vendrait du jean et du sex-appeal.

— C'est différent, je réponds.

— Différent dans le bon sens ?

Bien sûr que c'est dans le bon sens. Dex est *toujours* beau. De son uniforme de football du lycée à sa tenue actuelle, en passant par tout le reste, Dex a un *effet* sur les vêtements. Un effet bénéfique. Et les vêtements le lui rendent bien.

Je secoue la tête et lui souris.

— As-tu sérieusement besoin que je flatte ton ego ?

Il m'adresse ce sourire éclatant que j'ai vu placardé sur les panneaux publicitaires et qui apparaît régulièrement sur mon fil d'actualité.

Je le serre contre moi et respire son odeur.

— La prochaine fois que tu devras partir en tournage à l'autre bout du monde, il faudra que tu fasses coïncider ça avec l'été pour que je puisse venir avec toi.

Il prend ma canette de soda et boit une gorgée.

— Allons là-bas.

Il me conduit vers la balustrade qui surplombe l'océan, autrement dit l'endroit le plus romantique de la jetée.

Je le regarde, nerveuse, mon cœur martelant ma poitrine. Ses traits se sont durcis, me montrant qu'il est tendu, lui aussi. Serait-ce le moment ? Le moment où il me poserait enfin la question que je veux qu'il me pose depuis si longtemps ? La question qu'il m'avait promis de me poser un jour, quand le moment serait venu, quand nous serions bien établis dans nos carrières ?

Aujourd'hui, nous sommes enfin établis dans nos carrières. J'enseigne depuis quelques années et Dex a travaillé, travaillé et encore travaillé pour en arriver là où il est maintenant. Cela a demandé des années de cours de comédie, d'auditions, de petits rôles et de publicités si prometteuses, mais qui n'ont mené nulle part. Il y a eu de longues périodes où il n'avait pas de travail, et nous devions survivre avec mon maigre salaire d'enseignante. Comment on s'en est sortis ? À crédit, voilà comment. Et il fallait que ce soit à mon nom, parce qu'avec un emploi du temps aussi irrégulier, la cote de crédit de Dex est une vraie blague.

Plus rien de tout ça n'a d'importance. Pas ce soir.

Il contemple le coucher de soleil, d'un orange et d'un rouge éclatants sur l'eau sombre de l'horizon, les nuages teintés d'une douce nuance de violet.

Je me tourne vers lui et prends sa main dans la mienne.

— Je suis vraiment heureuse de te voir, je répète, en espérant qu'il pourra surmonter sa nervosité assez vite pour me demander en mariage avant que le soleil ne disparaisse.

Les couchers de soleil sont étonnamment rapides, vous savez.

Il s'éclaircit la gorge.

— Tu sais quand tu as quelque chose à dire, et que tu n'arrives pas vraiment à le formuler parce que ça compte tellement ?

Oh, mon Dieu. Ça y est, c'est le grand moment !

Je lui offre le regard compatissant que j'ai utilisé plus d'une fois avec mes élèves quand ils s'écorchaient un genou ou rataient un projet d'arts plastiques.

— Ce n'est rien, Dex, dis ce que tu as à dire, je réponds d'un ton apaisant qui masque la fête qui bat son plein dans mon ventre.

— Tu as raison. Il faut que je crache le morceau.

— Eh bien, ne le *crache* pas, pas exactement. Ce genre de choses demande un peu de finesse. Tu ne crois pas ? je lui lance un sourire d'encouragement, tandis que mon cœur menace d'exploser hors de ma poitrine pour finir dans l'océan Pacifique sous nos pieds.

Après s'être rapidement frotté la nuque, il commence :

— On se connaît depuis longtemps. Depuis qu'on est gamins, en fait. Je sais qu'on a toujours dit qu'on serait ensemble pour toujours, et je veux que tu saches que je t'aime, Harps. Vraiment.

Je lui souris radieusement. C'est parfait. Parfait !

— Le truc, c'est que…

Il déglutit.

— Oui ? je demande, le souffle court.

—Je… eh bien…

Dis-le ! Dis-le !

— J'ai en quelque sorte rencontré quelqu'un.

Comment ça ?

Le monde autour de nous ralentit.

Mon sourire s'efface.

—Je ne te suis pas.

Du moins, *j'espère* que je ne le suis pas.

—J'ai, tu sais, rencontré quelqu'un d'autre.

Veut-il dire ce que je pense qu'il veut dire ?

Non. Sûrement pas, parce que ça n'aurait aucun sens.

— Harps ? Ça va ? Tu fais une tête de poisson.

Il fait un geste vers mon visage.

— Une tête de poisson ? je répète bêtement, n'en croyant pas mes oreilles.

D'après lui, je ressemble à un poisson en ce moment.

— Ouais. Tes yeux sont tout grands et ronds et ta bouche est…

— Laisse tomber l'histoire du poisson, je lance, agacée, parce que *sérieusement* ? Qui se soucie de mon apparence en ce moment ? Tu as rencontré quelqu'un d'autre ? Qu'est-ce que ça veut dire, au juste ? Tu as rencontré quelqu'un d'autre, ou tu as *rencontré quelqu'un d'autre* ?

Il fronce les sourcils.

— Je ne vois pas la différence.

— La différence, je commence d'un ton aigu qui révèle au monde entier exactement ce que je ressens face à cette nouvelle tournure des événements, c'est que la première version suggère que tu as juste rencontré une personne au hasard dans la rue qui ne signifie rien pour toi, ni pour moi, ni pour personne d'autre, et l'autre suggère… que… tu…

Ma gorge s'assèche. Les mots ne veulent pas sortir.

— J'ai rencontré une femme, précise-t-il. C'est ma covedette. Serenity Delaney. Elle est sur le panneau publicitaire avec moi. Tu vois celui près de ton école ? C'est celle qui a les yeux de chat, même si en vrai, ils n'ont rien de félin. Ce sont des yeux tout à fait normaux.

Je le dévisage, bouche bée.

Un nouveau sourire s'affiche sur son visage, en totale contradiction avec mon trouble intérieur.

— Serenity est incroyable. Elle est forte, elle a confiance en elle et c'est une super actrice. Ou je suis censé dire « acteur » ? Je ne sais pas. Il hausse les épaules. Ce que je veux dire, c'est qu'on est en quelque sorte tombés amoureux et, eh bien, tu l'aimerais beaucoup, Harps.

— Je *l'aimerais* ? je m'esclaffe. Je suis certaine que mes yeux ont dépassé le stade du poisson pour atteindre celui de la grenouille effarouchée.

— Allez. Sois cool.

Il pose sa paume chaude sur mon bras, ce qui me donne une décharge électrique et me pousse à réagir.

Je repousse sa main d'un geste brusque.

— Ne m'appelle pas « Harps », je lui crache, vaguement consciente de la foule grandissante qui nous écoute, mais m'en fichant complètement. Est-ce que tu essaies de me dire que tu es avec cette Serenity maintenant et… et… les mots restent coincés dans ma gorge comme un chewing-gum dans des cheveux, tu romps avec moi ?

Ma voix est faible, vide, tandis que mon cœur se serre en une boule compacte dans ma poitrine.

Je retiens mon souffle, attendant qu'il me dise que mon monde est sur le point de s'effondrer. Qu'il me quitte. Que c'est fini entre nous. Terminé.

Il baisse la tête et laisse échapper un lourd soupir avant de relever les yeux vers moi.

— Harps, je suis désolé. Je ne l'ai pas prévu, mais Serenity et moi, il y a ce truc qui se passe entre nous, et on est d'accord pour dire que c'est plus puissant que tout ce qu'on aurait pu imaginer. Genre, un truc énorme. Niveau supernova.

Il pose ses deux mains sur la peau nue de mes bras. Je me raidis.

— Je sais que je te fais du mal, et j'en suis vraiment désolé, mais je sais aussi que si tu m'aimes — si tu m'aimes vraiment, vraiment — tu me laisseras partir.

Je le regarde, bouche bée.

Il a vraiment dit ça ?

Il a vraiment dit que je devrais le laisser partir *pour qu'il soit avec quelqu'un d'autre* ?

— Il faut que tu saches que ce qu'on a eu était vraiment spécial pour moi. Ça l'*est* toujours. Je ne t'oublierai jamais, Harps. Tu as été mon premier amour. Je me souviendrai toujours de toi.

— Tu te souviendras toujours de moi ? je parviens à articuler, ma colère montant en une bouffée de chaleur. C'est censé arranger les choses, peut-être ? Parce qu'il faut que tu saches que ce n'est pas le cas. Certainement pas.

Certainement pas ? Génial, je viens de me faire larguer et de prendre cinquante ans d'un coup, le tout en une seule conversation.

Le regard de Dex parcourt nerveusement la foule.

— Harps, s'il te plaît. Tu te donnes en spectacle.

Je laisse échapper un rire amer.

— Je me donne en spectacle ? Oh, je suis vraiment désolée. Je pose une main sur mon cœur et lui souris d'un air miel-leux. Tu préférerais que, pendant que tu me largues et que tu ruines ma vie, je sourie en disant : « Bien sûr, mon chéri, tout ce que tu voudras » ?

D'accord, peut-être que *ruiner ma vie* est un peu exagéré, mais je pensais que mon petit ami allait me demander en mariage ce soir, pas me larguer pour une femme au prénom complètement inapproprié vu les circonstances, et ensuite s'at-tendre à ce que je l'accepte sans broncher parce qu'elle est soi-disant si géniale.

Non, mais *sérieusement* ?

Je ne suis pas fière de ce que je fais ensuite.

Ce n'est pas mon heure de gloire lorsque je prends la canette de soda que j'ai à la main, que je le foudroie du regard en la levant, et que je vide son contenu sur sa tête. Le liquide brun, sucré et pétillant, coule dans ses cheveux, sur son visage, et goutte sur sa chemise blanche si tape-à-l'œil.

À sa décharge, il encaisse ça comme un homme. Enfin, il encaisse ça comme un homme face à un public de fans armés de téléphones, impatients d'immortaliser le mélodrame impli-quant la nouvelle coqueluche de la télé.

Il pince les lèvres — ces lèvres avec lesquelles il a embrassé Serenity pendant que je croyais qu'il cherchait une bague de fiançailles — et demande :

— On peut aller parler quelque part ?

Le cœur au bord des lèvres, je lutte de toutes mes forces pour ne pas laisser couler les larmes qui menacent de débor-der, parce qu'il ne mérite pas mes larmes.

Il ne mérite plus rien de moi. Plus maintenant.

Au lieu de ça, je relève le menton et je bombe le torse, essayant désespérément de récupérer ma dignité en miettes.

— Je ne pense pas que ce soit nécessaire. Comme tu l'as dit, tu m'as laissée tomber pour Serenity, ta partenaire dans *Morsure fatale*, je lance à la foule rassemblée, qui pousse une exclamation de surprise satisfaisante à cette déclaration.

Comme je l'ai dit, je ne suis pas fière.

L'anxiété crispe sa mâchoire.

— Harper, me prévient-il.

Je ne l'écoute pas.

— Alors, profite bien de Serenity et, comme je ne suis pas intéressée par la polygamie, je vais m'en aller maintenant. Au revoir, Dex.

La foule s'écarte pour me laisser passer, tel Moïse fendant la mer Rouge, les laissant, eux et leurs téléphones portables, avec un Dex trempé de soda qui me regarde partir.

Chapitre 1

Christopher

Je pousse les portes vitrées et entre dans le hall, reconnaissant d'échapper au froid glacial de New York. Je fais un signe de tête à l'agent de sécurité en me dirigeant vers les ascenseurs. Les portes s'ouvrent dans un tintement lorsque j'arrive au 24e étage, et je pénètre dans les bureaux vides et sombres du cabinet Anderson and Smith, à Manhattan.

Comme d'habitude, je suis le premier arrivé au département des Fusions-Acquisitions, et c'est très bien comme ça. J'ai toujours été du matin, le genre de type pour qui l'avenir appartient à ceux qui se lèvent tôt. Ce matin, je suis déjà allé à la salle de sport et j'ai couru mes treize kilomètres de la journée. Aujourd'hui, c'était musculation du haut du corps. J'aime alterner : un jour le bas du corps, le lendemain les bras, et un jour entièrement consacré aux abdos. C'est comme ça que je garde un corps et un esprit affûtés, prêt à affronter tout ce que la vie peut me réserver.

Et en tant qu'avocat en fusions-acquisitions, elle ne m'épargne généralement pas.

Sauf qu'aujourd'hui, je ne suis pas le premier. L'employé le plus arrogant du cabinet est assis dans son bureau, adossé à son fauteuil, ses pieds chaussés reposant sur le bord de son prétentieux bureau en acajou massif, le portable à l'oreille, alors qu'il éclate bruyamment de rire à quelque chose que son interlocuteur est en train de dire.

Wyatt Jefferson. Il me jette un coup d'œil à travers la paroi vitrée de son bureau et hausse les sourcils en levant son poignet, comme pour s'interroger sur mon retard.

J'ignore sa pique muette, principalement parce qu'elle est malvenue, mais aussi parce que je ne supporte pas ce type.

Deux raisons solides, à mon avis.

Je me dirige vers mon propre bureau, où je suspends ma veste de costume au dossier de ma chaise et place mon ordinateur portable sur sa station d'accueil. À peine suis-je installé que Wyatt entre nonchalamment — sans frapper — un sourire suffisant aux lèvres.

Pour l'instant, rien ne change.

— Tu as l'air mal en point, Young. Soirée arrosée ? demande-t-il, les lèvres étirées en un sourire.

Nous savons tous les deux que j'ai la même apparence que chaque jour. Bien paraître et bien s'habiller est une question de respect de soi pour moi. Comme maman nous l'a toujours appris, à moi et à ma petite sœur, Kelly, on peut avoir tout ce qu'on veut dans la vie si on s'habille en conséquence. Soigné, organisé, prêt à foncer. Voilà qui me résume parfaitement.

Je n'en ai pas honte. Je suis un homme qui vise plus haut. Je ne me contenterai pas de la deuxième place. Je veux arriver au sommet, et je suis prêt à faire ce qu'il faut pour y parvenir.

L'échec ne fait pas partie de mon programme.

— Que puis-je faire pour toi, Jefferson ? je demande avec un soupir résigné, comme s'il était un enfant turbulent que je suis obligé de tolérer.

Ce qui n'est pas si loin de la vérité.

Il s'empare de l'agrafeuse sur mon bureau.

— Eh bien, tu pourrais aller me chercher un café, mais j'imagine que tu penses que c'est indigne de toi, vu que tu te fais des illusions sur le fait de devenir associé.

Je *vais* devenir associé. Associé junior, pour être précis. La prochaine étape de mon parcours pour devenir associé principal, exactement là où est ma place.

C'est le but de toute ma vie.

— Va te chercher ton propre café, Jefferson, je lâche d'une voix sourde avant de reporter mon attention sur mon écran. J'ai beaucoup de travail.

Bien sûr, il m'ignore. Il ne serait pas Wyatt Jefferson s'il faisait ce que je lui demande.

Il repose l'agrafeuse sur mon bureau, au mauvais endroit.

J'essaie de ne pas le remarquer.

— Sur quoi tu travailles, Young ? Laisse-moi deviner. Ta proposition pour le dossier Fonica. Tu vas essayer de jouer la carte de l'innovation et de l'originalité pour Doug, alors qu'on sait tous les deux qui va décrocher ce contrat.

Il observe attentivement ma réaction.

Je ne lui fais pas ce plaisir. À la place, je lui offre un regard impassible.

— Je travaille sur de nombreux projets en ce moment, comme tu dois le faire aussi, j'imagine.

Je saisis l'agrafeuse et la remets à sa place.

Wyatt me regarde, puis regarde l'objet.

— Waouh. Michelle et Tanya ont raison.

En mentionnant deux de nos collègues féminines, il essaie d'attirer mon attention. Mais je ne mords pas à l'hameçon. Je ne lui donnerai pas cette satisfaction.

— Comme je l'ai dit, j'ai beaucoup de travail.

— Tu veux savoir ce qu'elles m'ont dit, hier soir, quand on prenait un verre ?

Autant en finir tout de suite. Il ne partira pas avant d'avoir délivré son message. Je connais la chanson. Ce n'est pas la première fois.

— Dis-moi.

— Toi, Christopher Young, tu es l'homme le plus ennuyeux du monde.

Oui, c'est tout Wyatt Jefferson, toujours prêt avec ses amabilités.

Vraiment, c'est un type génial. Roulement de yeux.

Je désigne mon écran.

— C'est bon à savoir, mais il faut que j'avance sur ce dossier, si ça ne te dérange pas.

Non pas que ça m'importe qu'il s'en offusque. Wyatt Jefferson est l'une des personnes que j'apprécie le moins au bureau. Pardon, dans le *monde entier*. Il pense qu'il peut me battre en tout, de la faculté de droit qu'il a fréquentée — Harvard, bien sûr — à l'obtention du prochain gros contrat, et tout ce qu'il y a entre les deux.

Plus précisément, il pense qu'il va remporter le gros contrat Fonica. La rumeur dit que Fonica, une entreprise d'horticulture dans l'Illinois, est en difficulté, mûre pour une offre de rachat. Anderson and Smith cherche à ajouter Fonica à notre multinationale aux multiples facettes.

Cela signifie une mission de deux mois à Chicago, et une promotion quasi assurée au poste d'associé junior. Doug Attfield, notre patron, me l'a pratiquement promis.

Personnellement, j'ai hâte de voir la tête que fera Jefferson quand je l'obtiendrai.

Il lève les mains en signe de reddition.

— J'essaie juste d'être sympa, mon pote. Tu sais ce que c'est, n'est-ce pas ? Être sympa ? Tu devrais essayer un de ces jours.

Je hausse un sourcil en le regardant. « Sympa » est le dernier mot que j'emploierais pour le décrire en ce moment.

— Peut-être qu'un de ces jours, tu viendras boire un verre avec nous au lieu de rester assis dans ton petit bocal en verre à essayer de rester à *ma* hauteur.

Satisfait de m'avoir porté un coup, il pousse l'agrafeuse sur le côté avant de se retourner pour partir. S'arrêtant sur le seuil, il me lance un dernier commentaire.

— Tu as regardé ton agenda ce matin ? Doug veut nous voir tous les deux à 8 h, probablement pour me confier le dossier Fonica. Je lui demanderai de te ménager. C'est la moindre des choses, dit-il.

J'affiche un sourire qui ne convainc personne.

— J'imagine qu'on se reverra à 8 h, alors.

Il promène son regard sur mon bureau impeccablement rangé — à l'exception de l'agrafeuse, bien sûr.

— Ouais, tu *es* vraiment l'homme le plus ennuyeux du monde.

Je pince les lèvres.

— C'est ce que tu as dit.

Ses yeux gris brillent.

— Et grincheux, en plus. Les filles ont oublié de le mentionner. Sérieusement, Christopher, tu as la personnalité d'un ogre.

— Les ogres sont connus pour être grincheux *et* ennuyeux ? Ça a dû m'échapper quand j'ai regardé *Shrek*.

Il éclate d'un rire sonore avant de s'éloigner en se pavanant dans le couloir pour regagner son propre bureau.

Wyatt Jefferson est peut-être un con de première, mais il fait partie du club des privilégiés, ici chez Anderson et Smith. Ils ont tous fréquenté les bonnes écoles, connaissent les bonnes personnes et ont toujours une longueur d'avance sur un outsider comme moi. Je suis celui qui a toujours dû travailler tellement plus dur pour être remarqué. Pour être pris au sérieux.

Pour être un égal.

Ce que les gens comme Wyatt Jefferson considèrent comme ennuyeux et grincheux, c'est simplement moi qui garde la tête baissée, qui essaie de faire le meilleur travail possible pour arriver là où je dois être.

En sécurité.

Mon téléphone vibre sur mon bureau et j'y jette un œil, les dents serrées par cette interruption, jusqu'à ce que je voie que c'est ma petite sœur qui m'appelle.

— Salut, Kelly. Quoi que ce soit, tu peux me le dire en deux minutes ? J'ai une réunion importante bientôt et c'est littéralement tout le temps que j'ai.

Je jette un coup d'œil à l'horloge. 7 h 53.

— Tu sais que tu es mon frère préféré, commence-t-elle.

— Je suis ton seul frère, la corrigé-je.

— Tu es ça aussi. Tu vois ? Tu gagnes tous les prix du meilleur frère.

— Qu'est-ce que tu veux, Kell ?

Je demande avec un sourire résigné, car je sais ce qui va suivre. Elle va me demander de l'argent, pour des livres, de la nourriture ou une autre chose dont elle a besoin pour la fac. NYU ne se paie pas toute seule.

— Qu'est-ce qui te fait croire que je veux quelque chose, Kit ?

Je jette un autre coup d'œil à l'horloge. 7 h 54.

— Faisons comme si tu m'appelais pour dire bonjour, et pas parce que tu as besoin que je paie une facture.

— Mais je t'appelle pour dire bonjour.

— Et ?

— Et il me manque un peu d'argent pour le loyer ce mois-ci.

Et voilà.

— De combien as-tu besoin ?

— Seulement 250 $, mais si tu pouvais rajouter 100 $, je pourrais manger autre chose que des nouilles ce mois-ci. Je sais à quel point tu te soucies de mes besoins nutritionnels.

C'est une habitude, Kelly qui m'appelle pour me demander plus d'argent. Il est hors de question que je ne le lui donne pas. C'est ma petite sœur, ma seule sœur. Elle ne profiterait jamais de moi. Nous formons une équipe, tous les deux. Nous formons une équipe depuis très longtemps, par nécessité autant que par amour.

— Pas de problème.

— Tu es le meilleur, Kit, s'enthousiasme-t-elle, et je sais qu'elle le pense. Vraiment. Je ne sais pas comment je pourrai te le rendre un jour.

— Obtiens ton diplôme l'année prochaine. C'est tout ce que je demande.

— Ça, c'est la partie facile.

— Pour un génie comme toi, oui, je réponds avec un petit rire.

À vrai dire, ça ne me dérange pas de sacrifier tant de choses pour payer les études de Kelly. C'est une fille brillante, et ce n'est pas parce que nos parents sont morts endettés que l'avenir de ma sœur devrait être moins radieux. Je sais qu'avec le bon départ dans la vie, elle ira loin.

Comme moi.

— C'est aujourd'hui que tu sais si tu pars à Chicago pour quelques mois, n'est-ce pas ?

Mon anxiété monte d'un cran.

— C'est ça.

— Ce serait tellement génial pour toi ! J'espère que tu l'auras.

— Je l'espère aussi.

— Tu vas assurer. Je le sais. Tu dois être l'employé le plus loyal et le plus travailleur que ce cabinet ait jamais connu. C'est dans la poche.

J'adore les discours d'encouragement de ma petite sœur.

— Je t'appellerai plus tard, et avant que tu ne le demandes, je virerai l'argent sur ton compte aujourd'hui.

— On ne le répétera jamais assez. Meilleur. Frère. Au. Monde.

Je souris.

— Salut, Kelly.

Je raccroche, je remarque l'heure et je vérifie une dernière fois ma présentation avant de prendre mon ordinateur portable et de me diriger vers le bureau de mon patron.

Doug Attfield est assis à son bureau, en train de parler au téléphone. Je frappe au montant métallique de la porte, et il me fait signe d'entrer. Je m'assois sur l'un de ses canapés en cuir et j'attends, satisfait d'être arrivé le premier.

Sur mes talons, Wyatt entre nonchalamment dans la pièce et se laisse tomber sur l'autre canapé. Il pose sa cheville sur son genou et m'adresse un sourire narquois. Je détourne le regard.

On ne devrait pas avoir à regarder le visage d'un con trop souvent dans sa journée.

Doug termine sa conversation et nous appelle à son bureau.

— Écoutez, je vais aller droit au but. Les choses changent d'heure en heure en ce moment, ce qui signifie que j'ai dû prendre une décision rapide sur qui va à Chicago.

— Je suis déjà prêt, Dougie. Dis-moi juste quand je pars, dit Wyatt.

Intérieurement, je lève les yeux au ciel. Doug ne va sûrement pas tomber dans le panneau d'un tel niveau d'arrogance ?

— C'est bon à savoir, Wyatt, parce que j'ai besoin de toi sur le prochain vol.

Quoi, mais… ?

C'était censé être mon poste. Je devrais être celui qui prend le prochain vol pour Chicago. Celui qui aurait la promotion accélérée au poste d'associé junior.

Jefferson ne peut contenir son excitation autosatisfaite. Il lève le poing en l'air et s'exclame :

— Oui !

Puis il tend la main pour serrer celle de Doug.

— Je suis convaincu que vous allez faire un excellent travail, lui dit Doug.

— Tu sais que ce sera le cas.

— Mais j'ai préparé un dossier pour…, protesté-je.

— Ma décision est prise, Christopher, répond Doug.

Wyatt se tourne vers moi et m'offre le sourire le moins sincère que j'aie vu depuis longtemps.

— Désolé, mon pote. Plus de chance la prochaine fois.

Je suis sûr qu'il est sincère.

Il n'y a plus grand-chose qui me retienne ici, alors je remercie Doug, félicite Wyatt en serrant les dents et sors de la pièce.

— Attendez une seconde, dit Doug.

Et je me retourne.

— Qu'y a-t-il, monsieur ?

— Comme je l'ai mentionné, certaines choses ont changé, et une opportunité s'est présentée.

Cela pique ma curiosité.

— Quelle est cette opportunité ?

— C'est une scierie dans le Nord-Ouest Pacifique. Nous avons besoin d'un homme sur le terrain pour effectuer les vérifications nécessaires avant de décider si nous rachetons l'entreprise. C'est une grosse affaire, un chiffre d'affaires élevé, rentable. Je vous ai recommandé parce que je sais que vous êtes l'homme de la situation.

Jefferson glousse à voix basse.

Je l'ignore.

— Je suis prêt à tout, monsieur. Vous le savez. Je ferai ce qu'il faut pour mener cette mission à bien.

— Voilà ce que j'aime entendre, dit Doug. Une attitude volontaire mène loin chez Anderson and Smith.

— Oui, monsieur.

— Je vais demander à Anita de vous envoyer les infos, mais il faut que vous soyez prêt à partir demain. Ça durera bien deux mois, peut-être trois, mais quand vous reviendrez, je pense que nous pourrons avoir cette conversation que vous vouliez avoir avec moi depuis un moment.

Oui ! Je brandis un poing imaginaire.

— C'est une excellente nouvelle, réponds-je d'un ton neutre. Je ferai le meilleur travail possible. Vous avez ma parole.

— Je n'en doute pas, Christopher. Vous le faites toujours, répond Doug.

Son portable sonne, et il le prend sur son bureau pour regarder l'écran.

— Je dois prendre cet appel. Vous pouvez y aller.

Il porte le téléphone à son oreille et dit :

— Howard, vieux coquin. Comment va le golf ces temps-ci ?

Je suis Jefferson hors du bureau de Doug. Il va se vanter pour le compte Fonica, mais je parie que d'entendre Doug dire que lui et moi parlerons à mon retour de cette mission doit l'irriter au plus haut point.

Il veut aussi cette promotion.

— On dirait qu'on t'a trouvé le lot de consolation pour t'occuper pendant que je me la coulerai douce à Chicago. Tant mieux pour toi.

Il n'y a aucune chance au monde que je le croie sincère.

— J'espère seulement pouvoir faire du bon travail pour l'entreprise. C'est ce qui compte, après tout.

Il étire ses bras au-dessus de sa tête.

— Je suppose que je ferais mieux d'aller faire ma valise.

Oh, j'ai oublié de te dire, Dougie et moi, on a déjà eu notre petite discussion sur ma promotion. Mardi soir, au Sammie's Bar, pendant que tu trimes à ton bureau. Ne te fais pas trop d'illusions. On sait tous qu'il ne peut y avoir qu'un seul nouvel associé junior. Comme tu l'as dit, tu voudras ce qu'il y a de mieux pour l'entreprise.

Est-ce qu'il dit la vérité ? Ou est-ce qu'il essaie de me taper sur les nerfs ?

— Christopher ? m'interpelle Anita, l'assistante de Doug. Doug m'a demandé de vous donner ceci.

Elle me tend un dossier.

Je le prends entre mes mains et je lis l'étiquette. *Cantor Mill*. Tiens. Je n'en ai jamais entendu parler. J'ouvre le dossier et le feuillette. On dirait que c'est dans l'État de Washington, que le chiffre d'affaires est correct et que l'entreprise est en activité depuis des décennies.

— Ça a l'air de l'éclate, dit Wyatt en louchant par-dessus mon épaule.

Je referme le dossier d'un coup sec.

— Où se trouve cette scierie où mon bon ami Christopher va passer les prochains mois de sa vie, Anita ? demande Wyatt.

Anita balaie l'écran de son ordinateur du regard et répond :

— Dans l'État de Washington. Un endroit appelé Hunter's Creek.

— Hunter's Creek ? demande Wyatt en riant.

Il me frappe l'épaule un peu trop fort.

— Je suis sûr que Chicago n'arrive pas à la cheville d'un endroit avec un ruisseau.

— Je parie que c'est très joli, surtout à cette période de l'année, répond Anita en m'offrant un sourire de conciliation.

Elle, comme le reste du bureau, doit savoir que j'ai tiré le mauvais numéro.

— Dis Siri, quelle est la population de Hunter's Creek, Washington ? demande Wyatt à son téléphone.

La population de Hunter's Creek est de 8 351 habitants, répond Siri.

— Waouh, Young. Ça fait au moins deux millions d'habitants de moins que là où je vais. Profite bien.

Un muscle tressaille dans ma mâchoire. Même si Hunter's Creek n'est pas exactement l'endroit où je veux aller en ce moment, au moins ce sera à des milliers de kilomètres de Wyatt Jefferson.

Si je réussis cette mission, la promotion est quasiment dans ma poche.

Je n'ai qu'à tenir les deux prochains mois.

Chapitre 2

Harper

Assise dans mon siège haut perché du bus Greyhound, je regarde par la fenêtre, le cœur lourd. C'est une lourdeur à laquelle je me suis habituée, au quotidien. Je regarde le bus dépasser un énième poteau électrique pendant mon trajet vers le nord, loin des plages chaudes et ensoleillées de la Californie du Sud. Ça en fait 312 depuis que j'ai commencé à compter il y a un moment. 312 poteaux électriques. Maintenant, c'est 313. 314. 315…

Le rythme répétitif empêche mon esprit de ressasser la vie

que j'ai laissée derrière moi. Et *ne pas* y repenser est ma priorité absolue en ce moment.

316, 317, 318...

Il doit bien y avoir un meilleur moyen de m'anesthésier le cerveau.

Cela fait peut-être deux mois et demi que cette terrible soirée sur la jetée de Santa Monica a eu lieu, mais je suis loin de nager dans le bonheur ces derniers temps. J'imagine que c'est ce qui arrive quand votre vie est chamboulée par le mec avec qui vous pensiez passer le reste de vos jours et qui décide de vous remplacer par une certaine Serenity, qui porte bien mal son nom.

Non pas que je sois amère.

Bon, d'accord, je suis amère.

Qui pourrait m'en vouloir ? Dex, c'était le bon. Le mec avec qui j'allais être pour toujours. Le mec que j'ai suivi à Los Angeles.

Et pour quoi ? Pour un grand et gros rien du tout, voilà pour quoi.

Je vais vous dire une chose : depuis cette horrible soirée, j'ai réalisé que j'avais pris quelques décisions regrettables dans ma vie, et chacune d'entre elles impliquait Dex.

Décision horrible numéro 1 : sortir avec Dexter Grubb, alias *le* Dex Ryder.

Ce qui me mène à la décision regrettable numéro 2 : déménager à Los Angeles pour être avec Dex après avoir obtenu mon diplôme d'enseignante. J'ai trouvé un poste que j'adorais dans une école primaire près de chez moi, pendant que lui passait les années suivantes en tant qu'acteur fauché, essayant de percer.

Ce qui, inévitablement, me mène aux décisions regrettables numéros 3 à 3 000 : dépenser la totalité de mon salaire (et plus encore) pour soutenir la carrière d'acteur de Dex, pour finalement me faire larguer comme une vieille chaussette au premier signe de son succès dans *Serious Bite*.

Et oui, je pensais que les séries de vampires, c'était fini, avec un grand « F », mais apparemment non, parce que cette série-là a un succès fou.

Je pousse un soupir.

Je n'ai qu'à continuer de compter ces poteaux électriques. 973 poteaux plus tard, le bus s'arrête de nouveau et j'appuie ma tête contre le dossier du siège en attendant. J'ai l'impression d'avoir passé ma vie entière dans ce bus.

— Ça vous dérange si je prends cette place ?

Je détache mon regard vide du dossier du siège devant moi pour le poser sur le visage aimable d'une femme de l'âge de ma mère environ. Avec ses cheveux roux cuivré en boucles serrées qui jurent avec le rose vif de son rouge à lèvres, la peau autour de ses yeux se plisse lorsqu'elle me sourit.

— Bien sûr.

Je retire mon sac à dos du siège voisin, et elle s'assoit lourdement, m'enveloppant dans un nuage de parfum floral.

Elle s'affaire à se préparer pour les longues heures à venir, tandis qu'un groupe d'adolescentes qui descendent l'allée du bus bavardent et gloussent entre elles. Je remarque que l'une des filles — une brune aux cheveux longs avec une constellation de taches de rousseur sur le nez — me regarde attentivement en passant.

— Je m'appelle Florence, mais tu peux m'appeler Flo, dit la femme à côté de moi.

Oh, génial. Une pipelette. J'en ai eu une il y a environ quatre cents poteaux électriques. Un homme plus âgé avec des poils de nez proéminents qui voulait me parler du monde sauvage de la détection de métaux et qui s'attendait à devenir millionnaire un jour grâce à une grosse trouvaille.

Ce n'était pas passionnant.

— Salut, Flo. Moi, c'est Harper, lui dis-je avec peu d'enthousiasme.

— Oh, quel joli prénom. Comme Harper Lee, la romancière. Ou Harper Collins, la maison d'édition. Non ?

Je hausse les épaules, espérant que mon manque d'entrain lui fera comprendre que je ne suis pas d'humeur à bavarder.

— J'imagine ?

— Où vas-tu aujourd'hui ? Oh, ne dis rien. Laisse-moi deviner.

Elle parcourt du regard ma robe violette à imprimé marguerites et ma veste en jean délavé, pour s'arrêter sur le délicat pendentif « H » en or que mes parents m'ont offert pour mon diplôme de fin de lycée.

— À te voir, ma chérie, tu as raté ton arrêt à San Francisco, vers 1965.

Flo s'esclaffe de sa propre blague.

Je me force à rire. Le son est bizarre.

Je sens des yeux sur moi et je lève le regard vers la fille de tout à l'heure. Elle me regarde depuis la rangée devant nous. Son visage disparaît aussitôt derrière le siège.

S'il te plaît, ne me reconnais pas.

— Alors, pas San Francisco. Où donc, ma chérie ?

Je reporte mon attention sur la curieuse Flo.

— Une petite ville plus loin, dans l'ouest de l'État de Washington.

— L'État de Washington ? Tu as pris ton parapluie ? J'ai entendu dire qu'il pleuvait beaucoup là-haut à cette période de l'année. Ou à n'importe quelle période de l'année, d'ailleurs.

Une fois de plus, elle rit de sa propre blague. Bien que, étant native de Washington, je sais que c'est la réalité.

— J'ai regardé *Nuits blanches à Seattle* au moins vingt fois, ajoute-t-elle comme preuve de son affirmation.

— J'ai mon parapluie, je la rassure.

— Comment s'appelle ta ville ?

— Vous ne la connaîtriez probablement pas. Elle est toute petite.

— Essaie toujours.

Suis-je obligée ?

— Hunter's Creek.

Elle me lance un regard vide, comme je m'y attendais.

— Vous ne connaissez pas.

— Non, mais je parie que c'est une de ces vieilles villes pittoresques avec de jolis bâtiments en bois au bord d'une rivière ou quelque chose comme ça, n'est-ce pas ?

— C'est près d'un ruisseau, je concède, c'est un peu le principe, vu que l'endroit s'appelle Hunter's *Creek*.

— J'en étais sûre ! s'exclame Flo.

Je croyais qu'elle avait dit *rivière* ?

— En vacances ? Pour voir des amis ou de la famille ?

— Un nouveau travail.

— Qu'est-ce que tu fais dans la vie, ma belle ? Laisse-moi deviner. Tu es…

Je ne suis vraiment pas d'humeur pour un autre jeu de devinettes.

— Je suis enseignante en primaire, je lui dis.

— Et Hunter's Creek cherche une nouvelle institutrice ?

— L'une des enseignantes est en congé maternité et je reprends sa classe pour le reste de l'année scolaire.

Je n'ajoute pas que le fait de m'être fait larguer a signifié devoir effectuer mon préavis à L.A. une fois que j'ai trouvé ce poste temporaire dans ma ville natale.

Une autre excellente décision signée Harper Cole : abandonner un CDI pour un CDD.

J'assure un max.

Je pourrais écrire un livre : *L'art de* ne pas *prendre de décisions*.

Elle ouvre la bouche pour en demander plus, alors je la devance :

— Hunter's Creek est la ville où j'ai grandi. C'est pour ça que j'ai accepté le poste là-bas.

Ça, et l'implosion de ma vie.

Mais je ne vais pas m'étendre sur le sujet.

— Tu retournes chez toi ! Super !

Elle sourit de toutes ses dents, ce qu'elle fait depuis qu'elle s'est assise.

Je lui offre un faible sourire en retour avant de signaler que la conversation est terminée en regardant par la fenêtre. Il est temps de compter d'autres poteaux.

Flo ne saisit pas l'allusion.

— Je vais à Portland voir mon bon à rien d'ex. Il a volé mes gerbilles et je vais les récupérer.

Il a volé ses gerbilles ?

Il faut que je demande.

— Pourquoi les a-t-il volées ?

Elle hausse les épaules.

— Ma chérie, pourquoi les hommes font-ils quoi que ce soit ? J'ai raison, non ?

— Vous n'avez pas tort, je grogne.

— Tu crois les connaître, glousse-t-elle, et ils te font un coup pareil, comme voler tes gerbilles primées sous ton nez pendant que t'es à la laverie.

— Vos gerbilles ont gagné des prix ?

— Et comment ! Toutes sortes de prix. Ma Lady Scrunchy von Rodentsworth a déjà gagné le grand prix du concours deux fois, et Duke Ostinato a été finaliste.

Lady Scrunchy von Rodentsworth et Duke Ostinato ?

— Il y a des concours de gerbilles ? Comme des concours canins ?

— Bien sûr.

— Ah, je ne savais pas.

— Ma chérie, il y a tout un monde d'événements et d'activités liés aux gerbilles que tu peux découvrir. Tu devrais t'y mettre. Une jolie fille comme toi serait très populaire auprès des amateurs de gerbilles mâles.

Je ne sais même pas par où commencer avec ça.

— J'enseigne en CE1, alors je me dis que j'ai déjà assez d'animaux sauvages à gérer chaque jour.

Elle éclate soudain de rire, comme si ma plaisanterie était la chose la plus drôle qu'elle ait jamais entendue.

— Chacun son truc, pas vrai ?

— Oui. Bien sûr. J'espère que vous les récupérerez. Vos gerbilles.

— Oh, je les récupérerai. Ne t'en fais pas pour ça.

Le visage de la fille apparaît de nouveau au-dessus du dossier du siège, mais cette fois, Flo la remarque.

— On peut t'aider, ma puce ? lui demande-t-elle.

— Euh, eh bien, je voulais plutôt *lui* demander quelque chose.

Elle me désigne du doigt.

Oh, non. Je sais ce qui va arriver.

Voyez-vous, le soir où Dex m'a parlé de Serenity, la foule environnante a fait plus que simplement regarder la scène se dérouler sous leurs yeux. Ils ont *filmé* la scène qui se déroulait sous leurs yeux, et ils l'ont postée. Partout.

Pour couronner l'implosion totale de ma vie, les vidéos sont devenues virales. Des mèmes de moi versant du soda sur la tête de Dex avec des légendes comme *« comment tuer un vampire »* apparaissent sur mon fil d'actualité depuis.

Quand *Serious Bite* a cartonné avec sa première saison, Dex se faisait reconnaître quand nous sortions ensemble. C'était excitant, une véritable expérience inédite. Le plus qui m'arrivait, c'était un de mes élèves qui me disait un timide « bonjour » au supermarché, donc il m'a fallu un certain temps pour m'y habituer. Mais pour Dex ? Il s'y est complu, se délectant de l'attention comme un énorme chiot super assoiffé.

Ça ne lui allait pas très bien.

Avec le recul, c'est à peu près à cette époque que des doutes ont commencé à s'insinuer. Des doutes sur notre compatibilité. Rien de grave. Plutôt une… interrogation, je suppose.

En fin de compte, j'aurais dû m'interroger davantage.

— Eh bien, vas-y, demande-lui, dit Flo à la fille.

— Tu t'es fait larguer par ce type ? Tu sais, le mec canon de la série de vampires ?

— Dex Ryder, dit une autre voix.

Aussitôt une deuxième tête d'adolescente désincarnée apparaît au-dessus du siège, cette fois une blonde avec les cheveux en queue de cheval haute.

— C'est bien toi. Je sais que c'est toi. Regarde.

Elle me tend son téléphone, et je suis forcée de revoir une fois de plus ma rupture humiliante sur la jetée de Santa Monica.

Tout le monde sait à quel point les ruptures peuvent être horribles, mais moi, je dois revivre la mienne encore et encore, grâce aux merveilles de la technologie moderne.

— Oh, nom d'une petite gerbille, c'*est* bien toi ! déclare Flo, les yeux écarquillés, alors que la vidéo trop familière me montre en train de vider mon soda sur la tête de Dex.

— C'est mon passage préféré, déclare la Blonde à la Queue de Cheval.

— Je comprends pourquoi. Bravo, ma grande.

Flo me donne un coup de coude dans le bras.

J'étire mes lèvres en un semblant de sourire. Ce n'est *tellement* pas drôle pour moi.

— Je trouve que c'est un geste de "girl power" total, approuve la Fille Brune.

— Sois pas bête. Pas à cause d'un quelconque blabla féministe, dit la Blonde à la Queue de Cheval.

— Pourquoi alors ? demande la brune.

— Parce que Dex Ryder est super sexy tout mouillé, déclare la Blonde à la Queue de Cheval. Tu vois ?

Elle met la vidéo en pause sur un Dex à l'air choqué, ses cheveux plaqués dégoulinant de liquide sur sa chemise blanche maintenant trempée qui lui colle au torse.

La Fille Brune évalue l'écran.

— Bien vu, meuf. Il est trop canon, même couvert de soda.

Je hausse un sourcil dans leur direction. Elles se moquent de moi, là ?

Et puis, à mon grand désarroi, des larmes me piquent les yeux.

Heureusement, ma nouvelle amie, Flo, le remarque et intervient immédiatement :

— Bon, ça suffit, vous deux. Vous vous êtes bien amusées. Maintenant, retournez-vous et mêlez-vous de vos oignons.

— Mais...

— J'ai dit, mêlez-vous de vos oignons, leur lance Flo dans un regard noir.

— Oui, madame, dit la Blonde à la Queue de Cheval, remise à sa place.

Les deux filles se retournent et se rassoient.

Tout en reniflant bruyamment, je lance un regard reconnaissant à Flo et essuie les larmes qui ont coulé.

— Désolée. Je ne suis pas comme ça d'habitude.

— Ce n'est rien. On a tous nos mauvais moments. Il se trouve juste que le tien est sur Internet.

— À qui le dites-vous, je parviens à articuler d'une voix étranglée.

Je peux vous l'affirmer sans détour : se faire larguer par la nouvelle star la plus sexy d'Hollywood, ce n'est vraiment, mais alors vraiment pas bon pour l'amour-propre.

Flo me tapote gentiment le bras.

— Allons, allons. Je suis sûre que cet homme méritait de se faire renverser un soda sur la tête. En fait, je dirais même que la plupart des hommes méritent qu'on leur renverse un soda sur la tête à un moment ou à un autre de leur vie. J'ai connu quelques salauds dans ma vie, et le tien était peut-être mignon, mais crois-moi quand je te dis que je connais son genre.

— Tu es gentille, je lui dis.

— C'est vraiment à cause de lui que tu es dans ce bus ?

Je pince les lèvres et hoche la tête.

Elle a vu clair dans mon jeu.

— Tu prends la fuite, dit-elle, plus comme une affirmation que comme une question.

— Je n'ai déménagé à L.A. que pour être avec lui, et quand il… eh bien, ça ne servait plus à grand-chose de rester. J'ai sous-loué mon appartement, démissionné et me voilà, la chute d'un mème.

— Ma belle, ce n'est pas toi, la chute. C'est le type avec qui tu étais. C'est qui, d'ailleurs ? À part ton ex, je veux dire.

— C'est un acteur. Il s'appelle Dex Ryder. Enfin, c'est son nom de scène, en tout cas.

— Jamais entendu parler, dit-elle d'un ton dédaigneux.

Ça me fait sourire.

— Il joue dans une série de vampires.

— Je croyais que les séries de vampires, c'était fini.

Mon sourire s'élargit.

— Ça devrait.

— Alors, tu rentres au bercail, hein ? Je comprends. Tu nous fais ton *Mange, Prie, Aime*.

Devant mon air perplexe, elle ajoute :

— Comme dans le film ?

Une image de Julia Roberts me vient à l'esprit.

— Je suis d'accord pour manger et prier, mais aimer ? dis-je en secouant vivement la tête. Pas question. Pas pour moi.

Je pense à la vie que j'ai laissée à Los Angeles, aux élèves de mon école et aux amis que je me suis faits. Ils vont me manquer, tous, mais avec les dettes que j'ai, à cause des photos de Dex, de ses cours de théâtre et du train de vie auquel il disait que nous devrions tous les deux aspirer et qui coûtait plus cher que mon salaire, impossible de rester.

Et de toute façon, j'avais toujours eu envie de retourner un jour à Hunter's Creek, pour travailler à l'école primaire et être près de ma famille.

— Il ne faut jamais dire jamais, m'avertit Flo.

— Non. Pour moi, c'est fini.

— Si tu le dis, dit-elle en haussant ses sourcils dessinés au crayon. Mais rentrer à la maison est une excellente idée, ma belle. Auprès des gens qui t'aiment.

Je pense à ma famille, à maman et papa, à ma petite sœur, Ryn. Ma sœur aînée, Marlowe, vit à Seattle, donc je ne la verrai pas si souvent, mais les autres sont là, à Hunter's Creek, à attendre que je descende de ce bus.

Ou que je m'effondre en larmes. Selon ce qui semblera le plus approprié sur le moment.

— Tout le monde te soutiendra, là-bas, dans ta petite ville. Ils seront totalement de ton côté dans cette histoire de rupture.

Je me mordille la lèvre.

— Tu n'as pas l'air si sûre de toi.

— Dex est aussi de Hunter's Creek. Nous étions des amours de lycée. C'est la plus grande célébrité que la ville ait connue depuis que le grand-père de Calvin Cantor a fondé la scierie Cantor pour exporter le bois de Washington dans le monde entier.

— Donc, c'est le bois et ton ex, hein ?

— Ouais.

— Ce n'est rien qu'une fille comme toi ne puisse gérer, j'en suis sûre.

— J'apprécie ta confiance, Flo.

Je ne la partage pas.

— Ma belle, tu es la fille qui a versé un soda sur un type qui se prend pour le roi du monde. Ne te sous-estime pas. Tu vas assurer.

Je grimace à ce souvenir.

— Je ne sais pas ce qui m'a pris. Lui verser un soda dessus, ce n'est tellement pas mon genre.

— Tu t'es fait larguer, voilà ce qui s'est passé.

Je laisse échapper un soupir.

— Le problème, c'est que tout le monde dans ma ville natale adore le type sur qui j'ai renversé le soda.

— Ne t'en fais pas pour ça. Quel âge as-tu, ma belle ?

— Vingt-cinq ans.

Elle agite la main en l'air.

— Tu es jeune. Il te reste tellement d'années à te faire décevoir par les hommes.

Eh bien, ça a l'air super amusant.

— Tu l'auras oublié avant même de t'en rendre compte. Crois-moi sur parole.

Il est temps de changer de sujet, car je vois bien que Flo est une pipelette. Nous bavardons de tout et de rien tandis que le bus poursuit péniblement sa route vers le nord. Elle me parle des salauds qu'elle a aimés et je hoche la tête, offrant ma sympathie mais jamais de conseils.

Je suis mal placée pour ça.

Elle descend à Portland et, heureusement, le siège à côté de moi reste vide pour le reste du voyage. Finalement, le bus Greyhound s'arrête dans un soubresaut à la gare routière centrale de Hunter's Creek, un nom bien pompeux pour le bâtiment en bois de deux étages près de Main Street.

Alors que je descends du bus, mon regard se pose sur une silhouette solitaire.

Papa.

Un grand sourire aux lèvres, il ouvre les bras et m'attire dans une étreinte.

— Salut, ma citrouille.

Les larmes me piquent les yeux en le voyant.

— Salut, papa.

— Bienvenue à la maison. Ta mère prépare le dîner. Je vais chercher la voiture. Tu as beaucoup de bagages ?

— Oh, tu sais, juste ma vie, entassée dans deux valises.

— Eh bien, ta nouvelle vie, c'est ici maintenant : Hunter's Creek. Va chercher tes bagages, ma citrouille, et je te retrouve dans une seconde.

Il se retourne pour partir. Je lève les yeux vers les nuages qui s'amoncellent, le vent frais fouettant mes cheveux autour de mon visage. J'enfile ma veste en jean, regrettant de ne pas avoir pensé à glisser un pull dans mon sac à main pour l'avoir à portée de main. Une pluie fine commence à tomber et, alors que je reste seule près du terminal, je lève la tête, essayant de juger la teneur en pluie des nuages, de déterminer si ça vaut la peine de chercher un abri en attendant papa.

Et c'est là que je le remarque. L'énorme panneau publicitaire pour *Serious Bite* qui se dresse juste au-dessus de moi. Le beau visage de Dex me sourit, ce sourire charmant que je connais si bien.

Bienvenue à la maison, Harper Cole.

Chapitre 3

Christopher

Main Street, Hunter's Creek, Washington, m'indique le GPS alors que je gare ma voiture de location sur une place libre. Je scrute à travers la pluie l'endroit que je vais appeler « chez moi » pour les deux prochains mois. Avec son mélange de briques rouges et de bâtiments en bois aux façades historiques et aux paniers suspendus remplis de fleurs, c'est pittoresque et démodé, comme le décor d'un de ces films à l'eau de rose que Kelly me force à regarder avec elle.

Ces films sirupeux à la fin heureuse que *personne* n'obtient jamais dans la vraie vie.

Une poignée de personnes vaquent à leurs occupations, leurs parapluies formant une touche de couleur en cette journée maussade.

Je passe au point mort et je coupe le moteur.

On est loin de New York.

Je sors de la voiture et je relève le col de ma veste pour me protéger de la pluie. Je verrouille la voiture de location d'un bip, et plusieurs habitants de la ville se tournent pour me regarder, notamment parce que je n'ai pas de parapluie et que je ne m'habille pas vraiment comme eux. Ils semblent tous avoir reçu la consigne de porter la même tenue : un jean, des bottes de travail et une chemise de flanelle. Avec mon costume-cravate et mes chaussures à lacets vernies, je ne pourrais pas avoir l'air plus différent, même en essayant. C'est ce que je porte toujours pour le travail, et puisque c'est la raison de ma présence ici, pourquoi aujourd'hui serait-ce différent ?

Ma sacoche d'ordinateur me sert de parapluie improvisé tandis que je balaie la rue du regard, à la recherche d'un endroit où prendre un café et manger un morceau.

L'une des choses que je déteste dans les déplacements professionnels, c'est que cela me sort de ma routine quotidienne, cette routine dont Jefferson adore me taquiner. Pour moi, sans elle, le monde semble chaotique. Incontrôlable. Me coucher à la même heure tous les soirs, me lever à la même heure chaque jour, aller à la salle de sport. Les choses que je fais chaque jour de ma vie m'aident à garder le contrôle, et quand la vie me réserve des imprévus, comme c'est souvent le cas, ma structure me permet de rester sain d'esprit.

Le plus tôt j'établirai une routine à Hunter's Creek, le mieux ce sera.

J'aperçois une enseigne qui dit *Second Chance Café*. J'espère qu'ils y servent un café correct, alors je passe devant une papeterie et une boucherie et j'entre par la porte ouverte du café, en prenant soin de secouer l'eau de ma sacoche sur le trottoir.

L'arôme des scones, du café et de la cannelle flotte dans l'air.

Je jette un coup d'œil aux alentours. Avec son papier peint cachemire vert pâle et blanc, ses sièges en bois peint en blanc, sa cheminée en briques apparentes qui dégage une chaleur accueillante, et sa grande bibliothèque remplie à ras bord de livres, je ne suis pas le moins du monde surpris quand je vois que la femme derrière le comptoir a bien plus de soixante ans, avec un sourire aimable, des cheveux gris en chignon et une paire de lunettes à monture métallique en équilibre sur son nez.

Film à l'eau de rose, vous vous souvenez ? Pas de baristas branchés de New York avec de la musique funk et une ambiance ultra-tendance ici.

Sérieusement, tout ce qui manque à cet endroit, c'est qu'une jolie fille du coin me bouscule et renverse son café sur mes chaussures, et on se retrouve en plein cliché de comédie romantique.

Et oui, en tant que mec, je sais que je ne devrais pas m'y connaître en ce genre de choses.

C'est entièrement la faute de Kelly.

Heureusement pour moi, il n'y a aucune fille mignonne avec un café en vue.

Je n'ai certainement pas besoin de ce genre de distraction alors que je suis ici pour faire mon travail. Et de toute façon, les femmes qui fréquentent des cafés appelés « Second Chance » dans des petites villes comme celle-ci ne sont probablement pas mon genre de femmes.

Sans vouloir offenser les femmes qui fréquentent les cafés de petites villes.

En fait, les seuls clients dans l'établissement sont un couple un peu plus jeune que moi assis à une table près de la fenêtre, et un homme plus âgé avec un crâne chauve et des lunettes cerclées de métal, qui discute avec la propriétaire.

Ils se tournent pour me regarder alors que je ferme la porte derrière moi, faisant tinter la clochette d'entrée.

Je leur adresse un sourire pincé, conscient que les gens sont généralement polis dans les petites villes.

Si je veux m'entendre avec les gens de cette ville et me faciliter la tâche pour les deux prochains mois, je dois au moins être poli. Réussir à ce qu'ils m'apprécient serait l'objectif suivant, bien que l'expérience m'ait appris que je ne devrais pas trop y compter.

Je suis un ogre ennuyeux et grincheux, d'après certains.

La propriétaire hoche la tête alors que je m'approche du comptoir et me sourit.

— Bonjour, et bienvenue, dit-elle avec un sourire joyeux. Que puis-je vous servir aujourd'hui ? On a des scones, des gâteaux et des muffins si vous cherchez un en-cas, ou du pain de viande, des burgers-frites, ainsi que les meilleures tartes de ce côté-ci de Seattle. On a cerise, myrtille, pomme et ma préférée, fraise-rhubarbe.

Rien de tout cela ne ressemble à un déjeuner sain pour moi.

— Est-ce que vous servez des œufs ? J'aimerais idéalement une omelette avec des légumes vapeur ou une salade verte en accompagnement.

L'homme chauve aux lunettes métalliques me jauge du regard.

— Juste la meilleure omelette de ce côté-ci de Seattle, répond la femme avec un grand sourire, et je me demande si c'est le seul café de ce côté-ci de Seattle.

— Je vais prendre l'omelette jambon-fromage avec une salade en accompagnement, mais sans le jambon et le fromage, s'il vous plaît.

— Vous voulez que je retire le jambon et le fromage d'une

omelette jambon-fromage ? demande-t-elle en me regardant comme si je n'avais pas toute ma tête.

— Tout à fait, je confirme.

— Ça n'en fait pas simplement une omelette nature ? demande l'homme à côté de moi.

— Si, je confirme.

Les deux échangent un regard.

— Pas de problème, répond la femme d'un ton enjoué, son sourire précédent de nouveau bien en place.

— Je m'appelle Sheila Cole, au fait. Je suis la propriétaire de ce café et voici Alfred Whitlow. C'est l'avocat de la ville.

— *L'*avocat ? Il n'y en a qu'un seul à Hunter's Creek ? je demande.

— C'est exact. Le seul et l'unique, répond Alfred avec une fierté évidente.

— Je suis ravi de vous rencontrer, dis-je.

Sheila me regarde d'un air plein d'attente.

— Je m'appelle Christopher Young, lui dis-je quand il devient évident qu'elle attend que je me présente. Votre établissement est très agréable.

Je regarde autour de moi. Ce n'est pas un mensonge. C'est chaleureux, accueillant, et c'est le genre d'endroit où l'on pourrait passer un dimanche après-midi à papoter avec des amis ou à lire l'un des livres empilés dans la bibliothèque sur le mur du fond. Non pas que j'aie le temps pour ce genre d'activités.

Un jour, peut-être.

— C'est très gentil à vous de dire ça. Je suis ravie de vous rencontrer, Christopher. Voulez-vous un milkshake ou un café pour accompagner cette omelette ? Nous faisons les meilleurs milkshakes de ce côté-ci de…

— Seattle ? je demande.

Tu vois ? Je peux être aimable. Prends ça dans les dents, Wyatt « Suffisant » Jefferson.

— Exactement ! s'exclame-t-elle avec enthousiasme,

comme si j'avais découvert quelque chose d'important, telle l'existence de la gravité.

— Je suis très fière de ce que je sers à nos clients ici au Second Chance Café. N'est-ce pas, Alfred ?

— C'est tout à fait vrai, confirme Alfred.

— En tant que votre plus récent client, je suis très heureux de l'entendre.

Elle éclate d'un rire franc.

— Oh, Christopher, mon grand, je sens que nous allons devenir de très bons amis.

Vraiment ?

Je recentre la conversation.

— Un expresso, s'il vous plaît.

Sheila pousse un petit rire étranglé, ses épaules secouées de haut en bas.

— Tu as entendu ça, Alfred ? Christopher « Costume Chic » ici présent veut un expresso.

Elle se moque de moi.

— Un café chic pour un homme chic, répond Alfred. Je pensais que c'était moi, le type chic, vu que je suis le seul avocat en ville.

Il laisse échapper un rire qui se termine par une toux.

Je balaie du regard sa chemise à carreaux discrets, sa cravate en polyester et sa veste en tweed. Il ressemble un peu plus à un professeur de série télé qu'aux avocats de mon bureau, mais nous sommes à Hunter's Creek.

Et surtout, ils considèrent un expresso comme un truc « chic » dans cette ville.

Je ne suis *clairement* plus à New York.

— Je te trouve très élégant, Alfred, répond Sheila avec un clin d'œil, ce qui semble ravir Alfred au plus haut point.

— On a du café filtre et c'est tout, mon grand. Vous pouvez y ajouter de la crème et du sucre ou le laisser noir. C'est comme vous voulez.

Elle désigne une cafetière derrière elle.

— Je vais prendre un café noir alors, s'il vous plaît, aussi serré que possible.

— Excellent choix.

En matière de café, il semblerait que c'était le *seul* choix possible.

— D'où venez-vous, Christopher ? demande Sheila.

— De New York City, je lui dis.

— New York City, hein ? Qu'est-ce que tu en penses, Alfred ?

— Je pense que c'est bigrement intéressant. Bigrement intéressant en effet, répond-il. Je me demande bien ce qu'un type venu de si loin fait par ici, à Hunter's Creek.

Leurs deux paires d'yeux se posent sur moi.

— Je suis ici pour le travail, je réponds.

Sheila plisse les yeux en me regardant, son sourire s'amenuisant légèrement.

— La plupart du travail par ici, c'est à la scierie, et vous n'avez pas l'air d'être du genre bûcheron, si je peux me permettre.

Je jette un rapide coup d'œil à mon costume sur mesure avant de relever les yeux vers elle. Je suppose qu'elle veut dire que je ne suis pas un type baraqué, couvert de sueur, de terre et de sciure, arborant une barbe de montagnard. Ce qui, entre nous, me convient parfaitement.

— Je ne le prends pas mal.

— Alors ? Puisque vous n'êtes de toute évidence pas du genre bûcheron, que faites-vous ici ?

Je sens bien qu'elle ne sera pas satisfaite tant que je ne lui aurai pas donné de réponse.

— Je vais travailler avec l'équipe de direction de la scierie. Je suis avocat, comme Alfred.

Je ne mentionne pas que je travaille dans les fusions et acquisitions. Cela ne ferait qu'enflammer leurs esprits déjà suspicieux.

Ils me jaugent tous les deux, le sourire de Sheila ayant

presque entièrement disparu de son visage. Je parie que des sonnettes d'alarme retentissent bruyamment dans sa tête en ce moment même.

— Qu'est-ce que Calvin Cantor a bien pu manigancer pour avoir besoin d'un avocat de New York City ? demande Alfred.

D'après mes recherches, je sais que Calvin Cantor est le propriétaire de la scierie Cantor et la personne même que je dois rencontrer plus tard dans la journée pour commencer à déterminer si Anderson et Smith devraient l'acheter.

Ni Sheila ni Alfred n'ont besoin de savoir quoi que ce soit de tout ça, à moins qu'il ne soit de notoriété publique que Cantor cherche à vendre. À en juger par leurs expressions, je suppose que ce n'est pas le cas.

Alors, au lieu de répondre à sa question, je réplique :

— Je suppose qu'il faudra demander ça à M. Cantor.

Partager ses projets avec les habitants de la ville relève entièrement du propriétaire de la scierie. Pas de moi.

— Ça vous dérange si je choisis la place que je veux ? je demande.

— Allez-y, répond-elle d'un ton quelque peu guindé. Je vous apporterai votre café et votre omelette *hors menu* quand ce sera prêt.

— Merci.

Je ne commente pas la partie sur le *hors menu*.

Sous le regard des quatre paires d'yeux présentes, je me dirige vers une table au fond, près de la bibliothèque, et je m'assois.

J'imagine que je suis le nouveau sujet de conversation en ville, du moins pour aujourd'hui.

Mais ça ne m'intéresse pas de devenir un sujet de potins. Hunter's Creek, pour moi, c'est : arriver, faire le boulot et repartir vite fait.

Je défais le bouton supérieur de ma veste de costume et m'installe à ma place. Je sors mon téléphone de la poche intérieure de ma veste et parcours mes e-mails professionnels. J'ignore un message de Wyatt avec des preuves photographiques à l'appui, montrant à quel point son séjour à Chicago s'avère déjà incroyable. Pas besoin que ce crétin me remue le couteau dans la plaie. Je ne vais pas lui envoyer une photo du Second Chance Café, sur Main Street, à Hunter's Creek, détrempé par la pluie. Ni aujourd'hui, ni jamais.

— Un café noir bien serré. Sans crème, sans sucre.

Sheila pose une tasse et une soucoupe vides devant moi et y verse un peu de café, s'arrêtant lorsque la tasse n'est remplie qu'au quart environ.

Je lève les yeux vers elle, interrogateur.

— On va dire que c'est un expresso de Hunter's Creek, dit-elle.

J'ai l'impression que c'est une blague à mes dépens, mais encore une fois, j'interprète peut-être un peu trop.

— Puisque je me trouve à Hunter's Creek, je prendrai votre café noir normal, s'il vous plaît. Rempli à ras bord.

Elle marque une pause, se demandant manifestement comment procéder, avant de remplir la tasse presque à ras bord.

— Merci beaucoup.

— Mouais, est sa réponse peu impressionnée.

Je ne suis clairement pas en train de gagner des points.

Elle reste là à m'observer, la cafetière à la main.

— Je peux vous aider ? demandé-je de la manière la plus polie possible.

— C'est juste que… les seules personnes qui portent des costumes dans cette ville sont les croque-morts, et ce sont les dernières personnes qu'on a envie de voir par un beau mercredi midi.

Je regarde la pluie dehors.

Au moins, je peux la rassurer sur une chose.

— Je ne suis pas croque-mort. Je suis avocat.

Elle hausse un sourcil.

— Vous êtes du fisc ?

Je secoue la tête.

— Du FBI ?

Combien de sigles peut-elle encore me sortir ?

— Non.

— De la CIA ?

Et voilà ma réponse.

— Écoutez, je ne peux pas être celui qui vous dit pourquoi je suis ici. C'est confidentiel entre mon entreprise et M. Cantor. J'espère que vous comprenez.

Ses lèvres se serrent.

— Oh, je comprends très bien. Je ne suis pas née de la dernière pluie, vous savez.

— Je n'en doute pas.

J'essaie une amabilité, conscient que l'atmosphère est soudainement devenue polaire ici.

— Et merci beaucoup pour le café.

— Votre omelette au jambon et au fromage *hors menu*, sans jambon ni fromage, arrive tout de suite, me dit-elle d'un ton sec.

— Merci beaucoup.

Elle me lance un regard hostile avant de se retourner et de s'éloigner.

C'est ça, le problème avec mon travail. Je vais dans des entreprises en difficulté pour évaluer si elles constituent une proposition de rachat viable, et dans une petite ville comme celle-ci, je suis instantanément le méchant. Peu importe que j'aie souvent été appelé par le propriétaire de l'entreprise lui-même, cherchant à vendre.

Pour les habitants de la ville, je représente le grand méchant capitalisme américain. J'ai dû me forger une carapace.

Je reporte mon attention sur mes e-mails, répondant à l'un d'eux de M. Cantor lui-même, lui disant que je suis impatient de le rencontrer à l'heure convenue, à quatorze heures cet après-midi.

Sheila me sert mon repas et je la remercie tandis que je me mets à manger et à finir mon café tout en lisant plus d'informations sur Cantor Mill. C'est le plus gros employeur de la ville, et c'était l'idée de Joseph Cantor, le grand-père de Calvin, qui l'a fondée il y a quelque cent douze ans.

Mon repas dévoré, je paie l'addition, en laissant le pourboire adéquat, et je me lève pour partir. Le jeune couple de tout à l'heure est toujours à sa table près de la fenêtre et je sens leurs yeux me suivre alors que je me dirige vers la sortie.

La main sur la poignée de la porte, je me retourne et dis :

— Merci beaucoup pour le repas, Sheila.

— Je suppose qu'on vous verra dans le coin maintenant que vous travaillez à l'usine pour faire des choses *non divulguées*.

Elle n'est pas du genre à lâcher l'affaire. Clairement.

— Je ne manquerai pas de revenir, réponds-je, principalement parce que c'est le seul café que j'ai vu en ville jusqu'à présent.

J'ouvre la porte et me retrouve face à une femme. Sa main est tendue, comme pour pousser la porte.

Avec de grands yeux, un petit nez et des lèvres pleines et pulpeuses, ses cheveux auburn coupés au carré sont humides à cause de la pluie, et elle les a glissés derrière ses oreilles, probablement pour les dompter. Sans succès. Dans sa robe à fleurs violette et sa veste en jean, elle a un air de sophistication que je n'ai pas remarqué chez les autres habitants que j'ai rencontrés.

Bref, elle est belle comme une héroïne de téléfilm de Noël, l'héroïne romantique que je m'attendais à moitié à rencontrer en entrant tout à l'heure.

Elle s'arrête brusquement.

— Oh, je suis vraiment désolée. Je ne vous avais pas vu, dit-elle, sa voix douce et mélodieuse. C'est presque aussi séduisant qu'elle.

Comme je l'ai dit, belle comme une héroïne de téléfilm de Noël.

— C'est ma faute, je murmure.

Elle lève son regard vers le mien, et je remarque ses yeux, des bassins de liquide bleu foncé qui semblent pouvoir vous noyer dès que vous les regardez.

J'ouvre la bouche pour parler, mais aucun autre mot ne se forme.

Elle sourit et cela donne à son visage un air espiègle, comme si elle connaissait un secret que personne d'autre ne connaît.

J'ouvre la bouche pour dire quelque chose, mais toujours aucun mot ne veut sortir. Sa beauté a dû me laisser sans voix.

Ce qui est ridicule, n'est-ce pas ?

C'est la vraie vie, pas un des films de Kelly.

Mais il y a quelque chose chez cette jolie femme à la robe bohème, quelque chose qui pique ma curiosité. Quelque chose qui me dit que j'aimerais mieux la connaître. Beaucoup mieux.

D'une manière ou d'une autre, je prononce un unique mot.

— Je vous en prie, dis-je en lui tenant la porte.

J'incline la tête comme si j'étais un serviteur tenant la porte pour une reine. Même moi, ça me surprend.

Elle soutient mon regard une seconde de plus que prévu, et je détecte une étincelle de... surprise ? D'amusement ?

D'intérêt ?

J'espère que c'est la dernière option.

— C'est très aimable à vous, merci, me dit-elle de cette voix douce, tandis que ses lèvres s'étirent en un sourire.

Je hoche la tête et remarque que les fleurs sur sa robe sont des marguerites. Exactement comme celles que ma mère aimait autrefois.

Et puis elle passe devant moi comme une brise, et je capte

son parfum dans l'air, une combinaison séduisante de fleurs et d'une fraîche journée d'été, amplifiée par la pluie.

J'essaie de ne pas la suivre du regard tandis qu'elle traverse le café en direction de Sheila, rayonnante derrière le comptoir, mais comme s'ils n'en faisaient qu'à leur tête, mes yeux restent rivés sur elle.

Sheila accueille la femme avec un cri perçant qui ferait sursauter un mort, se précipite hors du comptoir et l'attire dans une étreinte si forte qu'elle doit presque étouffer sa frêle silhouette.

— Oh, Harper Cole ! Quel plaisir de te voir ! Regardez tous, c'est Harper !

La jeune femme assise à la table près de la fenêtre se précipite vers elle, et il s'ensuit une série de salutations enthousiastes de la part de tout le monde, alors qu'ils prennent dans leurs bras la femme qui m'a envoûté, celle dont je sais maintenant qu'elle s'appelle Harper Cole.

— Bon retour à la maison. Tu as dû faire un sacré voyage depuis Los Angeles, lui dit Sheila.

Bon, ça explique sa tenue qui n'a rien d'une bûcheronne. Non pas que je sache ce que porterait une bûcheronne, même si je suppose que c'est probablement la même chose que ce que portent les bûcherons.

Son visage se fend d'un sourire, et j'ai envie de rester pour la regarder.

Mais ça fait bien trop voyeur à mon goût.

— Ça fait tellement de bien de te voir, ma sœur ! Tu vas bien ? Tu as l'air d'aller bien, mais est-ce que tu vas bien ?

—Je vais bien, répond Harper.

— J'ai adoré le coup du soda. Bien joué, dit la sœur.

Le soda ? Je suis complètement perdu, mais en même temps, j'espionne une conversation.

Je jette un dernier regard rapide à Harper. Elle s'est installée de force sur un siège pendant que Sheila lui propose des milk-shakes, des cafés et des friandises, tandis que sa sœur lui frotte le dos.

C'est une scène touchante, et si je ne me sentais pas comme un voyeur avant, c'est certainement le cas maintenant.

Il est temps de partir.

Jolie fille ou pas, je suis ici pour un travail, et plus tôt je m'y mettrai, plus tôt je pourrai retourner à New York et obtenir cette promotion.

Chapitre 4

Harper

Je prends une profonde inspiration pour me calmer en regardant par la fenêtre de la voiture l'école primaire où j'ai moi-même été élève. L'endroit est calme, seul le pépiement de quelques oiseaux se fait entendre au-dessus de ma tête, dans les magnifiques arbres anciens.

Ce n'est pas la mer à boire. C'est un poste d'enseignante dans une école, et temporaire qui plus est. Ce n'est pas nouveau pour moi. Je suis professeure depuis des années. Je vais assurer, c'est certain.

Alors pourquoi est-ce que j'ai tant de mal à sortir de cette voiture ?

Je me mords la lèvre inférieure.

À qui est-ce que j'essaie de faire croire ça ? Je sais exactement pourquoi. Ce sera comme hier au café de tante Sheila. Tout le monde aura pitié de moi et me posera des questions sur la rupture et la vidéo, et je devrai tout revivre encore et encore jusqu'à ce que mon cerveau explose. Ou que mon cœur lâche. Le premier des deux qui arrivera.

Mais il faut bien que je sorte de cette voiture.

C'est le début de ma nouvelle vie à Hunter's Creek. Ma nouvelle vie *sans Dex*.

Ça ne sert à rien de rester assise dans la vieille voiture de papa à tout remettre à plus tard.

Déterminée, je sors de la voiture, monte les marches et franchis la porte d'entrée.

Je suis immédiatement frappée par l'odeur caractéristique d'une école primaire. Le mélange de livres, de corps et de goûters, et bien que mon école en Californie soit à plus de mille cinq cents kilomètres, l'école primaire de Hunter's Creek sent exactement la même chose.

Il est trop tôt pour qu'il y ait des élèves, mais alors que je marche dans le couloir en direction de la salle des professeurs, mes talons claquant sur le lino poli, j'ai l'impression d'être une élève de grande section nerveuse et excitée pour son premier jour d'école.

J'atteins la salle des professeurs et regarde à travers la petite fenêtre en hauteur. La pièce bondée est remplie de professeurs en pleine discussion, dont beaucoup m'ont enseigné quand j'étais enfant, attendant l'arrivée de leur nouvelle collègue.

Harper Cole, la fille qui vient de se faire larguer, rentrée au bercail la queue entre les jambes.

C'est maintenant ou jamais.

Je prends mon courage à deux mains et pousse la porte. Le

brouhaha cesse immédiatement, et toutes les paires d'yeux dans la pièce se posent sur moi. C'est comme une scène de film où la musique s'arrête brutalement, comme un disque qui dérape, et où tout le monde se retourne avec un air de jugement pour vous dévisager.

En matière de sensations, celle-ci n'est pas franchement agréable.

Je lève maladroitement la main. — Bonjour tout le monde, je murmure.

Mme Holmes, la directrice de l'époque où j'étais élève ici et la personne qui m'a fait passer l'entretien pour ce poste sur Zoom, bondit de son siège et se précipite vers moi. — Harper Cole ! Quel bonheur de te revoir, dit-elle en me prenant dans une étreinte immense et enveloppante, et je ne peux m'empêcher de respirer un nuage de son parfum entêtant, la même fragrance que je me souviens lui avoir connue quand je n'avais pas encore dix ans.

— Bonjour, Mme Holmes. Je viens prendre mon poste.

— Oh, tu n'as plus besoin de m'appeler comme ça. On se tutoie maintenant que tu es enseignante ici. Appelle-moi Meryl. D'accord, ma chérie ?

— Meryl. Bien sûr, je réponds.

Je ne vais pas le nier. Ça fait du bien d'être entourée de gens que je connais, même si ces gens auront inévitablement leur mot à dire sur la fin de mon histoire avec Dex.

Qui sait ? Peut-être sont-ils passés à autre chose ? Peut-être que je suis l'info d'hier et que quelque chose de plus important s'est produit en ville pour capter leur attention ?

Je ne nourris pas de grands espoirs.

Mme Holmes — oups, *Meryl* — passe son bras autour de mes épaules et se tourne vers le personnel. — Beaucoup d'entre vous connaissent Harper, une ancienne élève de notre école. Pour vous, Darla, Reagan et Lawrence, dit-elle à des visages inconnus, cette jeune femme était l'une de nos meilleures élèves, et nous avons beaucoup de chance de la retrouver parmi nous comme nouvelle enseignante de CE1, pour remplacer Annabelle pendant son congé maternité.

Je souris et fais un signe de la main à tout le monde, comme je l'ai fait en entrant dans ce cirque. — C'est un plaisir d'être ici. J'ai hâte de faire votre connaissance, ainsi que celle de mes élèves, et de redécouvrir l'école.

— Bon, je veux crever l'abcès tout de suite pour que nous puissions tous en prendre acte et passer à autre chose, commence Meryl, le ton sérieux.

Je sais exactement ce qui va suivre.

— Beaucoup d'entre vous savent que Harper a récemment vécu une, disons, *expérience* plutôt publique. Elle mime des guillemets avec ses doigts, et je dois lutter contre l'envie de courir me cacher derrière un meuble. — Mais il est inutile que quiconque s'attarde là-dessus. Elle est ici pour prendre un nouveau départ, avec une nouvelle vision de la vie, de retour chez elle, au cœur de sa famille de Hunter's Creek.

Avec son propre cœur généreux actuellement écrasé contre mes côtes, je fais de mon mieux pour sourire malgré la gêne.

— Je vous demande donc à tous de traiter Harper, l'enfant prodige de Hunter's Creek en quelque sorte, avec l'amour et le respect qu'elle mérite en tant que nouveau membre de l'équipe.

Je suis l'enfant prodige de Hunter's Creek ? Mon Dieu. C'est une pression énorme, inutile et complètement indésirable.

— Bien sûr que nous le ferons, dit la voix familière de Mme Stevenson, mon enseignante de CM1, en traversant la pièce et en prenant mes mains dans les siennes. — Nous sommes absolument ravis de vous ravoir parmi nous.

— Cheryl a raison. Vous êtes la bienvenue ici, dit Mme Delgado, mon enseignante de CM2, en me tapotant le bras.

— Merci, dis-je d'une voix faible.

Je me sens complètement malmenée par ces femmes bien intentionnées.

— Maintenant, vous avez toutes vos salles de classe à rejoindre pour vous atteler à la tâche importante d'éduquer les enfants de ce bel État, alors je ne vais pas vous retenir plus longtemps, dit Meryl à tout le monde.

Les enseignantes commencent à se disperser.

— Quand vous serez bien installée, Harper, il faudra absolument que je vous présente mon neveu, Graham. Il est très séduisant, vous savez, me dit Mme Stevenson. Si l'on ne tient pas compte de sa calvitie précoce et de son boitement inexpliqué, ajoute-t-elle à voix basse.

— Ce n'est pas la peine, je proteste, n'ayant aucune envie qu'on me présente le neveu de qui que ce soit, ni maintenant, ni jamais.

Mais Mme Stevenson ne veut rien entendre.

— Je vous donnerai son numéro plus tard, et surtout, appelez-le. C'est un sacré bon parti, vous savez. Jamais marié, un emploi stable à la scierie, il n'a que quelques années de plus que vous. Je le préviendrai.

— Franchement, vous n'êtes pas obligée, lui dis-je avec un sourire forcé.

— N'importe quoi, répond-elle avec un sourire et un clin d'œil, comme si mes protestations ne signifiaient rien.

— Bon. Ça suffit comme ça, Debbie. Harper n'a pas besoin qu'on la case avec quelqu'un pour l'instant. N'est-ce pas, ma belle ? dit Meryl.

Je lui lance un regard reconnaissant.

— Non, en effet, mais merci beaucoup pour…

— Si quelqu'un doit trouver un nouvel homme à Harper, ce sera moi, merci bien, dit Mme Delgado en m'interrompant. J'ai le type parfait pour elle. Mon Darryl.

— Ton Darryl n'est pas actuellement… indisponible ? demande Mme Stevenson.

Mme Delgado balaie son objection d'un revers de la main.

— Il rentre à la maison la semaine prochaine. C'est le timing parfait, tu ne trouves pas, Harper ?

— Oh, je…

Je cherche désespérément du regard une issue dans la pièce.

Pourquoi est-ce que ça m'arrive à moi ?

— Ton Darryl n'arrive pas à la cheville de mon Graham, proteste Mme Stevenson.

— Ah oui ? Eh bien, au moins, mon Darryl a de la personnalité, réplique Mme Delgado.

— C'est comme ça que tu appelles trois crimes et une douzaine de délits ? De la *personnalité* ? crache Mme Stevenson.

— Pardon ? Comment tu peux dire une chose pareille sur Darryl alors que Graham a la personnalité d'une bassine d'eau de vaisselle sale et le physique qui va avec, ça me dépasse, rétorque Mme Delgado.

La situation a dérapé à une vitesse folle.

— Assez, toutes les deux, intervient Meryl. Inutile de devenir blessantes. Vous reprendrez vos querelles quand vous ne serez plus au travail. C'est le premier jour de Harper parmi nous. On ne veut pas lui donner une mauvaise impression, et je suis presque sûre qu'elle n'a pas envie qu'on lui arrange des rendez-vous avec tous les hommes de la ville.

— Un seul, renifle Mme Stevenson.

Elle me lance un regard entendu et articule les mots : « *Je vous donnerai son numéro.* »

Je lui adresse un faible sourire. *Génial.*

La pièce étant désormais vide à l'exception de Meryl et moi, elle me demande :

— Pourquoi est-ce que tu ne te prendrais pas un café ? Je vais t'accompagner jusqu'à ta salle de classe.

— Bien sûr. Ce serait super.

Je fais ce qu'elle suggère et verse du café dans une tasse où il est écrit *Nacho Average Teacher* avec l'image d'un sombrero, et

Meryl m'accompagne jusqu'à la salle de classe même où j'ai été élève en CE1.

Elle ouvre la porte en disant :

— Bienvenue dans ta nouvelle salle de classe.

J'entre et je regarde autour de moi. L'attirail habituel : un emploi du temps hebdomadaire, une frise numérique, des bandes de phrases, l'alphabet, des rangées d'étagères proprement étiquetées et un grand tableau blanc qui recouvre un mur. Les œuvres des élèves en ornent un autre, et un grand mobile du système solaire est suspendu au plafond au-dessus d'une série de tables circulaires sous lesquelles sont soigneusement rangées des chaises d'enfant, avec le bureau de l'enseignante dans le coin le plus éloigné. C'est lumineux, coloré et chargé, exactement comme j'aime qu'une salle de classe soit.

— Annabelle mène sa classe d'une main de maître, et elle a des enfants formidables dans ce groupe. Certains moins formidables aussi, mais tu t'en sortiras bien assez vite, me dit Meryl. Elle a laissé tout un tas d'instructions sur son bureau, et elle a précisé que tu pouvais l'appeler quand tu en avais besoin, même si ce serait peut-être mieux de ne pas le faire trop près de sa date d'accouchement.

— La salle est fabuleuse. Je suis sûre que je vais adorer travailler ici.

— Oh, tu vas t'intégrer parfaitement, et les enfants vont t'adorer. Tu enseignes déjà en CE1 depuis un moment, alors ce sera du gâteau pour toi. La plupart des enfants sont faciles, et il y a aussi quelques vraies petites lumières.

— Je les cernerai assez vite, j'en suis sûre.

— C'est certain.

Elle jette un coup d'œil à sa montre.

— Bon, j'imagine que tu voudras prendre tes marques, littéralement, avant que les enfants n'arrivent, alors je vais te laisser te familiariser avec les lieux.

Elle se tourne pour partir, mais se retourne vers moi et ajoute :

— Je sais que tu es revenue à Hunter's Creek parce que les choses ne se sont pas passées comme tu le voulais en Californie, mais nous sommes heureux de t'avoir ici. Je veux que tu le saches.

Touchée par sa gentillesse, je réponds :

— C'est très gentil de ta part de dire ça, et je te promets que je ferai de mon mieux.

— Oh, je sais que ce sera le cas. Tes références étaient excellentes, et il était clair pour moi que ton ancienne école ne voulait pas te perdre.

Je souris pour moi-même en pensant à mon ancienne classe. Ce fut difficile de quitter l'école que j'aimais, les élèves et les autres enseignants. Non pas que j'aie eu le choix. Bien sûr, j'aurais pu continuer à galérer, à payer un loyer exorbitant et à m'endetter de plus en plus, mais je n'ai jamais aimé Los Angeles. Ma ville me manquait.

Et puis un jour, ça m'a frappée, alors que j'étais coincée dans les embouteillages, comme tous les jours de ma vie. Sans Dex, je n'avais plus besoin d'être à Los Angeles. Je pouvais réaliser mon rêve de rentrer chez moi et de travailler dans l'école primaire que j'aimais. Enseigner dans une école de petite ville comme celle de Hunter's Creek a toujours été mon but ultime. Pas de vivre dans une ville trépidante, à essayer de joindre les deux bouts tout en soutenant mon petit ami acteur.

Ce même petit ami acteur qui m'avait échangée contre une nouvelle fille toute pimpante au premier signe de succès.

Je suis une fille de la campagne dans l'âme, je ne me suis jamais sentie chez moi dans une grande ville bondée, embouteillée et affairée. Alors, quand ce poste en remplacement de congé maternité s'est présenté, je l'ai saisi à deux mains.

Maintenant, je ne peux qu'espérer que ce poste temporaire se transforme en emploi à temps plein.

— Je vais te laisser maintenant, Harper.

La main sur la poignée de porte, Meryl dit :

— J'espère que ce n'était pas trop, toute cette histoire de marieuse tout à l'heure ?

— Ça va, je mens, parce que ça avait atteint de nouveaux sommets de gêne pour moi.

— Tant mieux.

Elle fait un pas en arrière dans la salle de classe.

— Tu sais, j'ai quelqu'un en tête pour toi, et c'est super pratique parce qu'il travaille à l'école.

Oh, mon Dieu ! Est-ce qu'elle pense à M. Burnett, l'homme qui doit avoir au moins trente ans de plus que moi ? L'homme dont j'étais amie avec la fille au lycée ? C'est soit lui, soit le type plus jeune qui a rougi dès que mes yeux se sont posés sur lui dans la salle des profs un peu plus tôt.

— Tu veux que je te dise à qui je pense ? me demande-t-elle.

L'enthousiasme dans sa voix fait tilt dans ma tête.

— Madame Holmes…

— Meryl, me corrige-t-elle.

— Meryl. Ce n'est pas que je n'apprécie pas que vous essayiez toutes de me caser avec des hommes que j'imagine être vraiment, *vraiment* géniaux.

Ou alors, ce sont tout simplement les seuls hommes célibataires qu'elles connaissent.

— Eh bien, le mien est génial. Je ne sais pas pour les autres, renifle-t-elle.

— C'est ça. C'est juste que ça ne fait que quelques mois depuis… tu sais.

Elle me lance un regard compatissant.

— Ma chérie, on a toutes eu le cœur brisé dans notre vie, et je peux te dire par expérience qu'il vaut mieux se remettre en selle le plus vite possible. C'est ce que j'ai fait quand j'avais ton âge et qu'un garçon m'a déçue. Je suis tout de suite remontée en selle.

Une image de la jeune madame Holmes grimpant résolument sur un cheval envahit mon esprit.

— Je ne suis pas sûre que remonter sur un autre cheval soit la bonne solution pour moi en ce moment.

Elle m'offre un sourire compatissant et je suis certaine qu'elle me comprend et voit où je veux en venir.

— N'importe quoi, déclare-t-elle.

Pop, adieu mon espoir.

— Je vais en glisser un mot à Lawrence. Il pourra t'emmener à la soirée de vendredi. Oh, ce sera merveilleux pour toi. Un nouvel homme à ton bras pour t'accompagner au premier événement de la saison mondaine de Hunter's Creek.

Depuis quand Hunter's Creek avait-elle une saison mondaine ?

Et Lawrence ? Celui qui rougissait dans la salle des professeurs ?

— Non ! m'exclamé-je un peu trop fort, comme en témoigne l'air surpris sur le visage de Meryl.

Je modère mon ton.

— Ce que je veux dire, c'est que j'apprécie vraiment que tout le monde essaie de m'aider, mais je n'irai pas à la soirée au bras de Lawrence. Et pas seulement parce que s'il rougit comme il l'a fait quand je l'ai regardé tout à l'heure, nous pourrions tous les deux prendre feu spontanément.

Elle fronce les sourcils.

— Qu'est-ce qui ne va pas avec Lawrence ?

— Rien du tout. C'est juste que…

— Eh bien, alors, je pense que tu devrais essayer. Lawrence vaut bien n'importe lequel de ces autres hommes proposés, tu sais. Il est même mieux.

— Je ne peux pas parce que… je sors avec quelqu'un, laissé-je échapper avant de vraiment réfléchir à ce que je suis en train de dire, et au fait que je mens à ma nouvelle patronne le premier jour de mon nouvel emploi.

Coup de génie, Harper.

Ses yeux s'écarquillent jusqu'à devenir aussi grands que des assiettes.

— C'est vrai ?

— Oui. C'est vrai.

— Qui est-ce, ce nouvel homme ? C'est quelqu'un que nous connaissons ?

— C'est… c'est…

Mon esprit s'emballe, pensant à tous les hommes de Hunter's Creek, d'Alfred l'avocat âgé à Lawrence le rougissant, en passant par tous les autres, jusqu'à ce qu'il s'arrête sur le type en costume au café hier.

Bien sûr !

Il est parfait.

Tante Sheila était toute excitée de me dire qu'il était nouveau en ville, ici pour travailler avec M. Cantor à sa scierie, probablement pour faire virer tout le monde. C'est du moins ce qu'elle avait supposé. Il était clair que tante Sheila et Alfred venaient de le rencontrer et avaient appris qu'il ne serait en ville que pour quelques mois.

Le parfait faux petit ami.

Christopher, c'est comme ça qu'elles ont dit qu'il s'appelait. Christopher… quelque chose.

Il faudra que je découvre ça.

— Vous ne le connaissez pas, j'en suis presque sûre. Il est nouveau en ville et je ne l'ai moi-même rencontré que récemment.

— Tu viens à peine de le rencontrer et vous sortez déjà ensemble ?

— Vous savez ce qu'on dit : quand on sait, on sait… et avec lui, j'ai tout de suite su.

Je force un sourire, comme si la simple pensée du type en costume, Christopher, faisait battre mon cœur à tout rompre.

— Tu as tout de suite su, c'est ça ?

— Tout à fait. J'ai hâte de vous présenter Christopher. Il est extraordinaire et je me sens chanceuse de l'avoir rencontré si peu de temps après, dis-je en baissant la tête, enfin, vous savez.

— Oh, ma chérie, nous savons, et nous sommes terriblement navrées pour toi. On pensait tous que vous deux, ça allait durer.

Vous et moi.

— Mais tu es ici maintenant, et c'est de toi dont nous nous préoccupons.

Je relève le menton, cette nouvelle idée de faux petit ami se consolidant dans mon esprit comme la meilleure idée que j'aie eue depuis très longtemps.

Même s'il n'a aucune idée de son nouveau rôle.

— Vous n'avez pas besoin de vous préoccuper de moi, je la rassure. Je vais bien. J'ai ce nouveau travail, je retourne vivre chez mes parents, et mon père m'a prêté une voiture.

Tout cela semble si tragique. Je suis sûre qu'elle le sait, et j'ai du mal à empêcher ma voix de trembler en réfléchissant au statut diminué de ma nouvelle vie.

— Tu amèneras Christopher à la soirée de vendredi ? Ce serait parfait.

Parfait n'est pas le mot que j'utiliserais pour un homme qui ne sait pas encore qu'il est mon faux petit ami.

Je vais devoir arranger ça. Et *vite*.

Un garçon s'approche de nous, son sac à dos bien ajusté sur ses deux épaules, son visage levé vers nous, radieux.

— Bonjour, madame Holmes, dit-il de sa voix aiguë avant de se tourner vers moi et de demander :

— Vous êtes qui ?

— Freddie Ackerman, ce n'est pas une façon de parler à votre nouvelle maîtresse, le gronde madame Holmes.

Il me regarde, surpris.

— Vous êtes ma nouvelle maîtresse ?

Je lui souris.

— Eh oui. Je suis Mlle Cole.

Il me serre la main que je lui tends avec une expression sérieuse.

— Comment allez-vous, Freddie ?

—Je vais bien, répond-il.

Deux autres enfants apparaissent dans le couloir et j'en profite pour mettre fin à la conversation avec Meryl sur ma vie amoureuse fictive.

Je me suis vraiment mise dans un beau pétrin.

— On se retrouve plus tard, madame Holmes, dis-je pour le bénéfice des enfants en leur tenant la porte pour qu'ils entrent en file dans la salle de classe.

Elle me sourit radieusement.

— Passez une excellente première matinée, Mlle Cole.

Elle se penche vers moi et me dit à voix basse :

— Promettez-moi que vous amènerez Christopher à la soirée de vendredi.

— Bien sûr. Il ne voudrait manquer ça pour rien au monde.

Tout ce que j'ai à faire maintenant, c'est de convaincre un homme que j'ai seulement rencontré hier, en passant une porte, d'être mon faux petit ami.

Chapitre 5

Christopher

Il ressemble étrangement à Jack Nicholson, me dis-je en observant l'homme assis en face de moi. Avec sa calvitie naissante, sa bouche retroussée et ses sourcils pointus, je m'attends à moitié à ce qu'il hurle : « La vérité, vous ne pouvez pas l'encaisser ! » à tout moment.

Jusqu'à présent, il ne l'a pas fait.

S'il y a bien une chose que Calvin Cantor est, c'est un homme en parfait contrôle de lui-même.

Nous sommes assis dans son bureau et nous discutons depuis une vingtaine de minutes. Avec sa table en bois épais, ses rideaux orange délavé et son papier peint à motifs capable de donner la migraine à n'importe qui, la pièce a tout d'un décor de film datant d'environ 1974. Sur les murs sont accrochées des photos en noir et blanc des premiers camions de transport de bois, capables de transporter une fraction des grumes que les camions modernes peuvent gérer ; d'hommes en vêtements de travail et chapeaux melons, posant fièrement à côté de l'immense arbre abattu qui les domine, prises il y a environ 100 ans. La façon dont ils y parvenaient sans les machines d'aujourd'hui me semble incroyable.

Il a demandé à me rencontrer à la fin de cette première journée complète à la scierie Cantor.

J'attrape le pichet d'eau et me sers un verre frais.

— Puis-je vous resservir de l'eau, monsieur ?

Je pose la question en tendant le pichet.

— Non, je ne bois que du café jusqu'à après le déjeuner. Ensuite, j'essaie de toutes mes forces de tenir jusqu'à environ dix-sept heures pour prendre l'un de ceux-là.

Il désigne le bar ouvert, qui arbore plusieurs bouteilles de scotch d'apparence coûteuse.

— Parfois, je n'y arrive pas.

Il lâche un rire et j'esquisse un sourire.

J'imagine qu'on a le droit de faire ce qu'on veut quand on est le patron et qu'on a hérité d'une entreprise florissante.

Il se lève de son bureau et verse une lampée de scotch dans un verre.

— Vous en voulez un ? me demande-t-il.

— Non, merci.

Il me dévisage.

— Vous travaillez dur, n'est-ce pas, Christopher ? C'est ce que votre patron m'a dit. Vous ne vous arrêtez pas parce qu'il est dix-sept heures. Vous travaillez jusqu'à ce que le travail soit fait. Ai-je raison ?

Il me décrit à la perfection.

— Je fais les heures nécessaires pour accomplir le travail, monsieur.

— Je parie que oui. Je connais votre genre. Travailleur acharné, motivé, pas du genre à apprécier les bavardages et les futilités qui plaisent à tant de gens. Vous êtes comme moi, et j'admire ça chez vous.

— Merci, monsieur. Je le prends comme un compliment.

Il s'adosse à son fauteuil, m'évaluant.

— C'est bien ce que vous devez faire.

Mal à l'aise, je m'éclaircis la gorge.

— J'ai reçu de nombreuses informations de la part de votre équipe de direction, j'ai donc commencé à examiner les risques clés pour l'entreprise cet après-midi, ainsi qu'à rassembler des informations sur les structures fiscales et les dettes pour que mon responsable financier les examine. Je dirais donc que j'ai pris un bon départ.

— Ont-ils été utiles ? Ont-ils coopéré à toutes vos demandes ?

Je pense aux deux membres de l'équipe de direction de Calvin avec qui j'ai travaillé aujourd'hui. Keith Porter, un homme d'une dizaine d'années de plus que moi, est clairement un travailleur acharné avec une solide maîtrise de son poste, et Suzanne Dalgleish, une femme au début de la quarantaine, la vice-présidente des finances d'une intelligence redoutable. Tous deux ont été professionnels et efficaces, répondant à mes demandes avec une politesse professionnelle.

— Keith et Suzanne ont tous les deux été très utiles aujourd'hui, merci.

— Bien, bien.

Il pose ses coudes sur son bureau.

— Le problème, Christopher, c'est qu'ils n'ont pas une vue d'ensemble.

Je pince les lèvres. C'est bien ce que je soupçonnais : il veut garder cette vente potentielle pour lui.

— Ils ne savent pas pourquoi je suis ici, n'est-ce pas ?

Il secoue la tête.

— Ne vous méprenez pas, ils savent que vous êtes ici pour tout apprendre sur l'entreprise et rédiger des recommandations, mais je n'ai pas jugé prudent de leur dire exactement pourquoi. Pas encore, en tout cas.

— Personne n'est au courant ? Pas même votre équipe de direction ?

— Personne.

Un muscle de ma mâchoire se contracte. Ce n'est pas mon premier rodéo. J'ai travaillé dans des organisations où le patron a laissé les employés dans l'ignorance quant à la véritable raison de ma présence. Je comprends. Il ne veut pas alerter ses employés sur le fait que leur gagne-pain pourrait être affecté par la vente potentielle de l'entreprise.

Si j'étais à sa place, je ferais probablement la même chose, mais ça me met toujours mal à l'aise quand les gens avec qui je travaille ne comprennent pas la véritable raison de ma présence à leurs côtés.

Ça me force à jouer un double jeu, même si ce n'était pas ma décision.

— Si vous me permettez de demander, monsieur, pourquoi pas ? Je comprends que vous ne vouliez pas alarmer vos employés, mais c'est votre équipe de direction. J'imagine que vous voulez les impliquer dans la décision de vendre l'entreprise ?

Il prend une gorgée de sa boisson et repose le verre sur son bureau.

— Je ne suis plus un jeune homme, commence-t-il. Je ne suis pas adepte de ce que certains appellent le « management consultatif ».

Sa lèvre se retrousse de dégoût tandis qu'il mime des guillemets avec ses doigts.

— Ce n'est pas mon style. Je ne suis pas arrivé là où je suis en demandant aux autres ce que je devais faire. Non, monsieur. J'ai foncé et j'ai agi, comme mon père et son père avant lui. Nous, les Cantor, sommes des hommes d'action, vous savez. C'est comme ça qu'on a toujours été.

Bien que je puisse admirer les hommes comme Calvin Cantor, j'ai pu constater par moi-même les effets que le fait de ne pas partager ses intentions avec ses collaborateurs peut avoir sur ses employés.

Disons simplement que lorsqu'il s'agit de vendre des entreprises, l'effet de surprise n'est jamais bon pour le personnel.

Il fait une grimace.

— C'est dommage que mes enfants ingrats n'aient pas ma trempe.

Je hoche la tête, les lèvres pincées. Calvin Cantor a deux enfants, tous deux dans la quarantaine, et aucun ne veut reprendre la scierie, raison pour laquelle on a fait appel à nous.

— C'est à vous de décider comment vous gérez votre entreprise, M. Cantor. Je suis simplement ici pour faire un travail pour ma société.

Ses lèvres fines et retroussées s'étirent en un sourire.

— Je suis content que nous nous comprenions, mon garçon.

Je me lève et lui serre la main par-dessus le bureau.

— Je ferai un travail aussi approfondi et aussi efficace que possible pour vous et pour Anderson and Smith.

— J'en suis certain.

— Bonne soirée, monsieur.

— Bonne soirée, Christopher. J'apprécie votre discrétion.

Je hoche la tête.

— Bien sûr.

Je traverse l'open space jusqu'au bureau qui m'a été attribué et je m'installe. Depuis ma rencontre avec M. Cantor, l'endroit s'est vraiment vidé, à l'exception d'une ou deux personnes encore à leur poste. Il est à peine dix-sept heures.

Je sais que tout le monde n'a pas mon éthique de travail.

Wyatt a beau se moquer de moi pour ça, mais tout le monde chez Anderson and Smith travaille dur. C'est ce à quoi je me suis habitué, et ça me convient. Je ne suis pas du genre à avoir une vie sociale trépidante, je ne suis pas toujours à des rendez-vous galants, à des barbecues en été ou à retrouver des amis pour manger un morceau. Je fais toutes ces choses, bien sûr, mais le travail arrive toujours en tête de ma liste de priorités.

Il le faut.

Je me plonge dans mon travail jusqu'à ce que des coups frappés à la porte en bois m'interrompent un peu plus tard.

— Entrez, dis-je à voix haute.

La porte grince en s'ouvrant et Keith et Suzanne entrent.

— Vous avez les informations pour moi ?

Je demande, surpris de la rapidité avec laquelle ils ont dû les rassembler. Je ne les ai demandées qu'il y a une heure environ.

Le visage de Keith s'assombrit.

— Je pensais que tu n'en avais pas besoin avant la fin de la semaine.

C'est ce que j'ai dit. Il a raison.

— La fin de la semaine, c'est très bien. Que puis-je faire pour vous deux ?

— On se demandait si tu voudrais sortir boire un verre, en guise de bienvenue à Cantor Mill.

Ils veulent que j'aille boire un verre ? Ça ne m'arrive pas souvent sur ce genre de missions. D'habitude, je fais profil bas et je garde mes distances. C'est mieux pour tout le monde à long terme, surtout quand je travaille pour des clients comme Calvin Cantor qui veulent que je retienne des informations clés, ce qui finit par être un choc pour tout le monde.

Je fais un geste vers mon ordinateur portable.

— Merci, mais j'ai beaucoup de travail à abattre.

— On est tout un groupe à y aller. N'est-ce pas, Suzanne ?

— Keith craint que certains habitants de la ville pensent

que tu es ici comme une sorte de Faucheuse, dit-elle en levant les yeux au ciel. Pas que nous le pensions, bien sûr.

Elle me lance un regard qui me dit qu'elle est certaine à cent pour cent que je suis la Faucheuse.

— Ce n'est pas vrai, réplique Keith.

Il est tout sauf convaincant.

— Viens avec nous. On va te réserver un véritable accueil à Hunter's Creek.

Je me demande ce que ça implique. Me donner une hache pour abattre un arbre ? Peut-être ma propre chemise en flanelle à porter ?

Ni l'un ni l'autre ne me tente. Et la flanelle ? Pas exactement le style que je recherche, mais ça doit être mieux que de passer pour la Faucheuse.

— Christopher, tu es ici pour deux mois. Manquer une heure ou deux de travail aujourd'hui, c'est une goutte d'eau dans l'océan pour toi. Et il est déjà dix-sept heures trente. Travailler tout le temps sans jamais s'amuser, ce n'est bon pour personne, surtout pas pour un consultant en management de New York.

Il n'a pas tort.

— Bien sûr, pourquoi pas ? je réponds.

— Super ! me dit Keith. On va au Grizzly Bear ?

— Où voudrais-tu qu'on aille d'autre ? réplique Suzanne avec un petit rire.

— Le Grizzly Bear ? je m'enquiers.

J'espère que c'est le nom d'un bar et non un vrai grizzly. Bien sûr que ce ne serait pas un vrai grizzly. Ce serait de la folie.

— C'est un bar au bout de la rue, mais ne le confonds pas avec le Black Bear, m'avertit Keith.

— Vous avez plus d'un bar ici avec le mot « bear » dedans ?

— Et comment ! Il y a le Black Bear et le Grizzly Bear. Et

il y a aussi un autre bar qui s'appelle simplement The Bear, mais on n'y va jamais, dit Suzanne.

— Ouais, approuve Keith. On n'y va jamais.

— The Bear est juste à côté de l'O'Connor's Irish Pub, de l'autre côté de la rue du Second Chance Café.

Enfin, un nom que je reconnais.

— Je connais déjà cet endroit. J'y ai déjeuné hier, je leur dis.

L'esprit tourbillonnant devant le nombre de bars qu'il semble y avoir dans cette ville. Avec une population de huit mille trois cent cinquante-deux habitants, ça me paraît énorme.

Suzanne a l'air horrifiée.

— Tu as déjeuné au Bear ?

— Non, je réponds rapidement pour la détromper sur ce qui est apparemment un crime odieux à ses yeux. Je suis allé au Second Chance Café. J'ai pris une omelette et une tasse de café. C'était plutôt bon.

Suzanne met la main sur son cœur.

— Oh, Sheila n'est-elle pas géniale ? C'est la personne la plus gentille qui soit, et elle fait les meilleures tartes de ce côté-ci de Seattle.

— Et n'oublie pas les meilleurs milkshakes et le meilleur café aussi, ajoute Keith.

— Bien sûr ! Le meilleur *de tout*, répond Suzanne.

Keith acquiesce de la tête.

— Et tu as bien raison, Suzanne. Tu as bien raison.

Je les regarde être d'accord. Il est clair qu'ils ont complètement gobé le discours pro-Sheila. Ou le milkshake Sheila, selon le cas.

— Je dois finir un truc, mais je vous rejoindrai au bar dans une demi-heure environ, je dis.

— On se voit là-bas quand tu auras terminé, répond Suzanne. Allons-y, Keith.

— Ces bières chez l'ours ne vont pas se boire toutes seules, réplique-t-il, et ils rient tous les deux en quittant la pièce.

Même si une partie de moi préférerait passer complètement inaperçu auprès de ces gens, ils sont sympathiques et accueillants et j'entends la voix de Kelly dans ma tête, me disant de me détendre et de profiter un peu de la vie. Alors, je rassemble mes affaires, je monte dans ma voiture et je me dirige vers la petite ville.

Chapitre 6

Christopher

Je balaye du regard Main Street, presque déserte, à la recherche d'une enseigne indiquant « The Bear ». Je passe devant une pharmacie et un fleuriste, puis j'aperçois le café de Sheila, la propriétaire indiscrète qui m'a servi le déjeuner hier.

Je ne dois pas être loin.

C'est alors que je vois une enseigne pour The Black Bear. Ça doit être ça. En approchant, j'entends le *boum boum boum* de la musique et des rires venant de l'intérieur.

Je m'arrête à l'entrée. Attends. Est-ce que Keith et

Suzanne m'ont dit de les retrouver au Black Bear ou au Grizzly Bear ? Ou était-ce simplement The Bear ?

On a tellement parlé de bars et d'ours que je m'y suis perdu.

Je jette un œil à l'enseigne et vois un ours noir qui me dévisage. Bon, puisque je suis là, autant vérifier.

En entrant dans le bar, je tombe immédiatement sur un grand ours empaillé, dressé sur ses pattes arrière, qui me montre les dents avec une grimace menaçante, ses pattes avant levées comme pour m'agripper et faire de moi son dîner.

Ce n'est pas vraiment un accueil à la Yogi l'ours.

Je contourne Yogi d'un pas de côté et parcours la salle du regard. Des lambris de bois sombre recouvrent les murs et le plafond, le parquet est usé par des années d'utilisation, et des lustres en bois de cerf pendent au-dessus des tables qui sont – vous l'aurez deviné – en bois.

L'atmosphère qui en résulte devrait être sombre et lugubre, mais la musique, les rires et les bavardages animent l'endroit, lui donnant un côté chaleureux et accueillant. Hormis le videur ours en colère, bien sûr.

Je cherche Suzanne et Keith. Des groupes de personnes sont disséminés dans la pièce, assises à des tables, accoudées au bar, ou affalées sur de grands canapés en cuir marron devant un feu crépitant.

Ne voyant aucun des deux, je me faufile entre les tables jusqu'au bar. Autant me commander une bière bien méritée avant de partir à la recherche du bon bar à ours.

Aussi nul que ce soit, je souris en pensant à mon petit jeu de mots interne sur les ours et la bière alors que je reste debout, attendant que le barman finisse de servir un homme costaud et barbu en chemise de flanelle.

— Qu'est-ce qui te fait sourire comme ça ? dit une voix à côté de moi.

Je suis surpris de me retourner et de voir la femme du Second Chance Café.

La jolie femme digne d'un téléfilm de Noël dont la beauté m'avait laissé temporairement sans voix.

Ses cheveux sauvages et humides de pluie de la veille ont été domptés et brossés en une coiffure soignée qui s'arrête au-dessus de ses épaules, sa frange reposant sur ses sourcils, ce qui contribue à souligner le bleu profond de ses grands yeux. Non pas qu'ils en aient besoin. Des abîmes sombres, je m'en souviens. Oh que oui.

Ses lèvres pleines sont colorées d'un rose poudré, et je remarque pour la première fois qu'elle a une fine constellation de taches de rousseur sur le nez. La robe à fleurs bleu marine d'hier a été remplacée par une version rouge cerise, parsemée de marguerites, qu'elle a cintrée à la taille avec une ceinture fauve usée, mettant en valeur sa taille fine et sa silhouette féminine.

Et ouais, je le remarque. Je suis un mec, après tout.

— Ce n'est rien, je réponds. La dernière chose que je veux, c'est dire à cette magnifique femme que je souriais à un jeu de mots ringard.

Je ne suis peut-être pas ici pour trouver l'amour, mais je ne veux pas passer pour un parfait idiot.

— Oh, allez. Quelque chose t'a fait sourire.

Ses lèvres pulpeuses s'étirent en un sourire chaleureux et amical, et je me surprends à vouloir lui dire tout ce qu'elle veut entendre.

Absolument tout.

Je secoue la tête.

— Non, vraiment, ce n'était rien.

Elle fait la grimace.

— D'accord. Sois comme ça. Tu es nouveau en ville et j'essayais juste d'être gentille, une chose que tu ne dois pas souvent connaître d'où tu viens.

C'est une affirmation, pas une question. Mais bon, vu qu'elle est du coin, revenue récemment de Los Angeles après une tragédie liée à un soda qui semble préoccuper les habitants, je suppose qu'il est évident que je suis nouveau ici.

Ça et le fait que je ne ressemble à personne d'autre.

Je passe mes doigts sur le revers de ma veste de costume.

— Qu'est-ce qui m'a trahi ? je demande.

Elle rit et son rire sonne comme un chant d'oiseau porté par la brise.

— Oh, je ne sais pas. Je suppose que ta chemise de flanelle a l'air un peu bizarre. Plutôt comme une veste de costume, en fait.

Belle *et* drôle ? Peut-on appeler ça une double menace ? Si en plus elle est intelligente, je suis un homme mort.

Je désigne sa robe.

— Je vois que tu as aussi raté le mémo sur la flanelle, mais tu as l'excuse d'avoir déménagé ici de Los Angeles. C'est ça ?

Son sourire s'efface, ses yeux se plissent alors qu'elle me jauge, me considérant au mieux comme un harceleur potentiel, et au pire comme un cinglé psychopathe.

— Comment sais-tu ça ?

— Je t'ai entendue parler au café quand on s'est vus hier, j'explique, et je suis soulagé quand ses traits se détendent.

— Alors, tu n'as pas vu la vidéo ?

— Quelle vidéo ?

Son visage s'illumine d'un sourire, mais elle ne répond pas à ma question. À la place, elle dit :

— Je peux t'offrir un verre ?

— Tu veux m'offrir un verre ?

Elle hausse les épaules.

— Bien sûr, pourquoi pas ?

Ce n'est pas tous les jours qu'une jolie fille propose de me payer un verre. Zut, ça n'arrive même *jamais* qu'une jolie fille propose de me payer un verre.

Je serais idiot de ne pas sauter sur l'occasion.

— Merci. Je prendrai une bière.

— Un genre en particulier ?

— Que me recommandes-tu ?

— Je ne sais pas. Bud ? Coors ? Heineken ? Les classiques.

J'aperçois la bouteille vide dans sa main.

— Je prendrai la même chose que toi.

Elle lève les yeux au ciel, son visage se plissant dans un nouveau sourire.

— Sais-tu à quel point ça sonne ringard ?

Je passe déjà pour un stalker bizarre et maintenant, elle pense que je suis ringard ? Ça se passe aussi bien que d'habitude avec les jolies femmes. Ça n'a jamais été facile pour moi. À vrai dire, je n'ai jamais trouvé facile de parler à qui que ce soit. C'est pour ça que le droit m'a attiré. Il y a des règles, des procédures, et si on travaille dur, on peut réussir sans avoir à compter sur son esprit vif ou son charme.

Ça me convient parfaitement.

— Je suis désolé. Je pensais que c'était la bonne chose à dire.

Je bafouille comme l'idiot que je semble devenir en sa présence.

— J'ai vu des gens faire ça dans les séries télé.

Je grimace. *J'ai vu des gens faire ça dans les séries télé ?*

— Ah oui ? me demande-t-elle.

Il y a une nette pointe d'amusement dans sa voix, et je ne peux qu'espérer qu'elle ne se moque pas de *moi*.

— J'essayais d'être mignon.

— Oh, ça, je m'en étais rendu compte.

Elle pose les coudes sur le bar et lance :

— Salut, Gabe. Tu pourras nous en remettre deux comme ça quand tu auras un moment ?

Elle pose la bouteille vide devant elle.

Le barman, un bel homme trapu et musclé, vêtu d'une chemise en flanelle à carreaux rouges et blancs ouverte sur un t-shirt blanc moulant ses pectoraux — le style typique de Hunter's Creek, comme je les catalogue dans ma tête —, lui lance un large sourire.

— Bien sûr, Harper. Ça arrive tout de suite.

Son regard se pose brièvement sur moi, son sourire s'effaçant légèrement pour laisser place à ce que j'apprends à reconnaître comme le coup d'œil suspicieux dont les habitants de Hunter's Creek sont spécialistes en ce qui me concerne.

— Ajoute-nous aussi une portion de tes jojos dégueulasses, ajoute-t-elle.

À ma grande surprise, le barman lui sourit de plus belle.

— C'est gentil de dire ça. Content de te revoir, au fait. Ça faisait trop longtemps.

Elle vient d'insulter un truc qu'on appelle des jojos et il en est content ?

Difficile de ne pas avoir l'impression que cet endroit est une autre planète comparé à ma vie habituelle à New York. Au moins, là-bas, les bars peuvent porter un autre nom que « L'Ours ».

— C'est génial d'être de retour, lui dit-elle avant de se tourner à nouveau vers moi.

— Deux questions : c'est quoi, un jojo, et pourquoi est-ce que le barman l'a pris comme un compliment quand tu les as décrits comme dégueulasses ?

Elle laisse échapper un rire.

— Les jojos, ce sont des potatoes, ici, et si tu dis que quelque chose est dégueulasse dans l'État de Washington, c'est généralement un compliment. Sauf, bien sûr, si quelque chose est réellement dégueulasse, mais ça se verrait tout de suite.

Ah oui ?

— Bon à savoir.

Gabe nous apporte nos boissons, nous annonçant que les « jojos dégueulasses » arrivent tout de suite — je ne suis toujours pas sûr de pouvoir adopter cette terminologie — et je lui tends l'argent pour tout payer avant que Harper n'en ait l'occasion. Elle a peut-être proposé de m'offrir un verre, mais j'ai reçu une éducation un peu plus traditionnelle.

— Eh, j'avais dit que c'était moi qui *te* payais un verre.

— Considere ça comme un remerciement pour ta gentillesse envers le nouveau en ville.

Elle hésite un instant avant que son visage ne s'illumine et qu'elle réponde :

— Bienvenue à Hunter's Creek.

— À toi aussi, même si je suppose que je devrais dire *bon retour*.

Nous entrechoquons nos bouteilles et prenons chacun une gorgée. Le liquide ambré glisse facilement dans ma gorge.

— Tu sais ce qui est bizarre ? Je ne connais même pas ton nom, dit-elle en s'adossant au bar, accrochant l'une de ses bottes au barreau inférieur du tabouret entre nous.

— Oh, je te présente mes excuses. Je m'appelle Christopher Young. Enchanté de te rencontrer, Harper.

Nous nous serrons la main, et je remarque à quel point sa main semble petite dans la mienne.

— Alors, Christopher Young, qu'est-ce que tu fais ici, dans cette petite ville au milieu de nulle part ?

— Je suis ici pour le travail, lui dis-je, la conversation avec Calvin Cantor à l'esprit. Je prends une rapide gorgée de ma bière avant de lui poser une question pour éviter qu'elle n'approfondisse le sujet. Et toi ? Tu travailles à la scierie ?

Je sais quelle réponse j'espère. Je veux qu'elle dise que non, elle ne travaille pas à la scierie, qu'elle n'a rien à voir avec ça. De cette façon, aucune décision que je prendrai pendant mon séjour ici ne l'affectera. Pas directement, en tout cas.

— J'enseigne en CE1 à l'école du coin. J'ai commencé hier, en fait. C'est pour ça que je suis ici avec mes nouveaux collègues.

Elle désigne un groupe de personnes assises sur les canapés en cuir, qui discutent entre elles. Deux d'entre elles nous regardent avec intérêt, et je me demande ce qu'elles pensent de leur nouvelle collègue qui discute avec un inconnu au bar.

Sans prévenir, Harper se penche vers moi et je sens son parfum, comme lorsque je l'ai croisée au café.

— Je peux te demander quelque chose qui pourrait te paraître un peu… bizarre ?

Et voilà. C'est le moment où je vais découvrir la raison pour laquelle une femme aussi belle que Harper Cole paie un verre au nouveau en ville dont tout le monde se méfie, au lieu de passer du temps avec ses nouveaux collègues.

— Bizarre ?

— Un peu, oui.

— Vas-y, lui dis-je, ce qui sous-entend : qu'on en finisse.

Je m'appuie contre le bar, m'attendant à une requête impliquant un chat qui fait du yodel, un trapéziste et une conserve de soupe. Ou peut-être une demande pour être sacrifié lors d'un rituel de sorcières à minuit dans les bois.

Que voulez-vous ? J'habite à New York.

Elle a l'air soudainement nerveuse.

— Bon, voilà. En fait, j'ai dit à certaines personnes aujourd'hui que toi et moi, on… enfin, qu'on est…

Comme elle ne termine pas sa phrase, je me penche et demande :

— Toi et moi, on est quoi ?

Elle jette un regard nerveux autour d'elle avant de lâcher :

— En couple.

Je me redresse, sous le choc.

Tandis que mon cerveau tente de comprendre ce qu'elle vient de dire, je la regarde en clignant des yeux plusieurs fois.

J'ai besoin d'une clarification. D'après mon expérience, les femmes magnifiques n'ont pas l'habitude de raconter qu'elles sortent avec vous à votre insu.

Enfin, pas les femmes *saines d'esprit*, en tout cas.

— Tu as bien dit que tu avais raconté aux gens que toi et moi, on sortait *ensemble* ?

Elle se mordille la lèvre, me faisant penser à un lapin. Cela ne fait qu'ajouter à son charme. Malgré mon inquiétude, elle vient de confirmer qu'elle n'est pas tout à fait saine d'esprit.

— Je t'avais prévenu que c'était bizarre.

— C'est vrai, tu l'as fait. Mais ça n'explique pas pourquoi, exactement.

Elle joint les mains, visiblement mal à l'aise.

Je suis submergé par une sensation des plus étranges, l'envie de tendre la main et de poser ma paume sur les siennes pour la rassurer que tout va bien.

Je ne le fais pas.

Elle prend une profonde inspiration.

— Je sais que ça me fait passer pour une folle. Et je ne suis pas folle. Vraiment, je ne le suis pas.

Phrase qu'aucune personne saine d'esprit n'a jamais prononcée.

— Je ne sais pas si tu me reconnais ou si tu sais ce qui s'est passé, mais même si ce n'est pas le cas, j'ai vraiment, vraiment besoin que tu fasses semblant de sortir avec moi parce que...

Attends. *Faire semblant* ?

Son regard se darde sur quelque chose derrière moi, et avant que je ne comprenne vraiment ce qui se passe, elle a poussé le tabouret de bar sur le côté, a comblé la distance entre nous, un regard résolument sauvage dans les yeux.

— Tout va bien ? je lui demande avec hésitation.

— Ça te va si je t'embrasse ? murmure-t-elle du coin des lèvres.

Je cille.

— Maintenant, tu veux... m'embrasser ?

Elle hoche la tête, ses yeux filant derrière moi avant de se poser à nouveau sur mon visage.

— Ça te va ?

Cette femme magnifique qui sent la prairie, cette beauté redoutable, la femme qui vient tout juste de me dire qu'elle voulait faire semblant de sortir avec moi, veut maintenant m'embrasser.

Aussi déroutante que soit la situation, je serais un idiot de ne pas sauter sur l'occasion.

— Bien sûr, je lui dis.

L'idée de sentir ses lèvres douces contre les miennes me noue le ventre. Apparemment, ce n'est pas une femme à qui il faut dire les choses deux fois.

Aussitôt, elle se hisse sur la pointe des pieds, pose ses mains sur ma nuque et, avant que je puisse prononcer un autre mot — du genre « pourquoi ? » — elle se penche vers moi et m'embrasse.

Je ne bouge pas, de peur que ce ne soit une sorte de mirage. Non que je pense que les mirages soient très courants dans l'État de Washington, vu que ce n'est pas un désert. Mais sérieusement, ce genre de choses ne m'arrive pas souvent. Ou, en fait, *jamais*.

Et je vais être honnête, en matière de baisers, c'est sans conteste le plus surprenant de ma vie. À une seconde, elle m'explique pourquoi elle veut que je fasse semblant d'être son petit ami, et la seconde d'après, elle m'embrasse, comme si de rien n'était.

Le problème, c'est que pour moi, embrasser quelqu'un comme Harper Cole, ça *devrait* être un événement.

Avec ses lèvres douces et pleines sur les miennes, toute pensée ou question s'évanouit de mon esprit, et j'oublie de m'interroger sur ses motivations, j'oublie de me demander si elle n'est pas un peu folle, parce qu'il s'avère qu'embrasser Harper Cole, c'est sacrément bon.

Bon ? Mais qu'est-ce que je raconte ? C'est tout simplement merveilleux.

Chapitre 7

Harper

Embrasser Christopher Young, eh bien, ce n'est pas ce à quoi je m'attendais.

Bien sûr, c'est un bel homme, donc l'embrasser n'est pas vraiment une corvée, même s'il est à des années-lumière de mon genre habituel. Il a l'air tout guindé et sérieux, du genre à n'être absolument pas drôle en soirée, et il y a quelques instants à peine, il me regardait comme si j'étais folle.

Ce qui n'était pas juste du tout.

Tout ce que j'essayais de faire, c'était d'expliquer la situation très sensée dans laquelle je me trouve, à savoir que je fais semblant de sortir avec lui, mais j'ai alors aperçu ma patronne derrière lui et j'ai été obligée de prendre la décision impulsive de me lancer et d'embrasser ce type.

D'accord, maintenant que j'y pense, j'ai peut-être eu l'air un peu moins que saine d'esprit. Je l'admets.

Et oui, ça doit être déconcertant qu'une inconnue rencontrée trois secondes plus tôt non seulement vous dise qu'elle fait semblant de sortir avec vous, mais qu'en plus elle se retourne et vous embrasse.

Je comprends.

Ce n'était pas mon geste le plus réfléchi.

Ce que je ne comprends pas, c'est pourquoi embrasser Christopher Young est si étonnamment agréable. Ses lèvres sont douces et attirantes, et son odeur, un séduisant mélange d'air frais et boisé et d'une sorte de musc, me prend complètement par surprise.

Je ne sais pas trop quelle odeur j'attendais de sa part. Celle des bureaux d'entreprise et des dossiers ennuyeux ? Des chemises fraîchement repassées et des vestes de costume nettoyées à sec ?

Quoi que ce fût, ce n'était pas *ça*.

Au début, il était évident pour moi que le baiser l'avait complètement pris au dépourvu. L'avait même choqué, mais quelque chose a changé.

Son corps se détend tandis qu'il répond à mon baiser, ses mains se posent légèrement sur ma taille. Sa réponse, d'abord hésitante à mon baiser inattendu et sorti de nulle part, gagne en intensité et, à ma grande surprise, il me faut beaucoup plus de force que prévu pour m'en détacher.

Mais je le dois. On ne peut pas rester plantés là à s'embrasser au milieu du Black Bear comme deux adolescents, même si, en cet instant, j'ai l'impression que je pourrais me perdre en ce type.

Ce qui n'est pas du tout l'intention ici. Pas question.

La seule raison pour laquelle je l'embrasse, c'est parce que ma patronne se tient juste derrière lui et que j'ai besoin de la convaincre que je sors vraiment avec Christopher. Que tout ça est parfaitement légitime. Sinon, elle et le reste du corps enseignant — et probably le reste de la ville aussi — essaieront de me caser avec tous les célibataires dans un rayon de 80 kilomètres, tout en me jetant des regards apitoyés de « pauvre Harper », sachant tout comme moi que Dex m'a larguée pour quelqu'un de mieux.

Beurk.

Je refuse d'être une victime.

Je refuse d'être *cette* fille-là.

Alors, j'agis — même si ce que je fais est probablement l'une des décisions les plus mal réfléchies que j'aie prises dans ma vie jusqu'à ce jour.

Mais maintenant, je suis engagée.

Alors que je m'écarte de Christopher, nos regards se croisent, et je remarque pour la première fois qu'il a les yeux noisette avec des éclats dorés qui captent la lumière, la peau autour de ses yeux se plissant tandis qu'il esquisse un sourire.

Mon pouls s'accélère, et je suis forcée de reculer d'un pas pour rompre le charme.

Waouh. Quelle alchimie.

— Ce doit être votre nouvel homme, Harper, dit Meryl, le visage radieux.

— Oh, je ne vous avais pas vue, Meryl, réponds-je. C'est si embarrassant que vous me surpreniez en train d'embrasser mon nouveau petit ami.

Je me concentre très fort pour ne pas regarder Christopher, même si je suis sûre de sentir son regard interrogateur me transpercer. En deux secondes chrono, il est passé du type dont je dis aux gens que je sors avec à un petit ami à part entière.

Que doit-il penser de moi ?

Je n'ai ni le temps ni l'envie de m'attarder sur cette question.

Meryl hausse les sourcils.

— Petit ami ? Je pensais que vous aviez dit que vous veniez juste de vous rencontrer.

Je passe mon bras sous celui d'un Christopher franchement stupéfait, et je réponds :

— Eh bien, parfois, Meryl, quand on trouve la perle rare, on a envie de passer directement aux bonnes choses. Et ce type-là ?

Je tapote sa poitrine une ou deux fois, remarquant sa fermeté, mais en essayant de ne pas me laisser troubler.

— C'est le bon. N'est-ce pas, chéri ?

Je lui lance un regard suppliant qui dit *s'il te plaît, joue le jeu. S'il te plaît, sois le bon.*

Il ouvre la bouche pour répondre, mais ne connaissant ce type ni d'Ève ni d'Adam, je ne sais pas ce qu'il compte dire. Je me lance directement :

— Mais quelle impolie je fais. Je ne vous ai même pas encore présentés. Christopher Young, voici Meryl Holmes, la directrice de l'école où je viens de commencer à travailler, ce qui fait d'elle ma *patronne*.

Il y a un moment de silence et je ferme les yeux, espérant, priant pour qu'il relève le défi.

Sinon, je serai démasquée comme une menteuse désespérée, et Meryl, mes collègues et tout le monde en ville sauront à quel point je suis pathétique, à m'inventer un petit ami pour me donner une meilleure image.

— C'est un grand plaisir de vous rencontrer, dit Christopher en lui serrant la main.

Je rouvre les yeux d'un coup.

Il joue le jeu ? Christopher joue le jeu !

J'ai envie de l'embrasser !

Attends, je l'ai déjà fait.

Pas la peine de l'effrayer davantage.

— Oh, le plaisir est pour moi, minaude Meryl.

— Harper m'a bien sûr beaucoup parlé de sa nouvelle patronne, mais c'est merveilleux de vous rencontrer en personne, continue-t-il.

Oh, il est trèèèès fort.

— Vraiment, Harper ? Je suis flattée, répond Meryl.

Je crois remarquer une légère rougeur poindre sur ses joues.

— Savez-vous que je connais Harper depuis qu'elle portait des couettes ? dit-elle en se penchant un peu plus près de Christopher. Si jamais vous voulez des anecdotes, venez me voir.

Je la regarde, les yeux ronds. Je n'arrive pas à croire qu'elle ait dit ça.

— Je n'y manquerai pas, madame Holmes.

— Oh, allons, vous devez m'appeler Meryl, Christopher. Madame Holmes, c'est pour les enfants.

Elle le parcourt du regard, ajoutant :

— Et il est clair pour moi que vous n'êtes pas un enfant.

Je hausse un sourcil en la regardant. Est-ce qu'elle est en train de le *draguer* ?

Est-ce que je devrais me sentir offensée ? Après tout, je viens de lui dire que c'est mon nouveau petit ami. Il ne devrait pas y avoir une sorte de code entre filles, surtout vu que c'est ma nouvelle patronne ?

Mais d'un autre côté, je lui mens à propos de ce type, alors je suis vraiment mal placée pour dire quoi que ce soit.

— Je peux vous assurer que je ne suis plus un enfant depuis un bon moment, Meryl, répond Christopher.

Je jette un œil dans sa direction, supposant qu'il flirte en retour, mais ses traits sont sérieux.

Elle laisse échapper un rire à la fois aigu et gloussant, un son que je ne lui ai jamais entendu faire de toute ma vie.

Christopher lui fait le même petit hochement de tête

étrange qu'il m'a fait hier au Second Chance Café, inclinant le chef comme s'il rencontrait le roi d'Angleterre.

Waouh, ce type est tellement guindé, formel et *sérieux*.

Je dois dire que c'est en totale contradiction avec la façon dont il m'a embrassée tout à l'heure.

Mais peut-être que c'était parce que je l'ai pris par surprise ? Peut-être qu'il va retourner où qu'il loge, en secouant la tête en pensant à la façon dont cette fille du coin entreprenante l'a embrassé à l'improviste, lui faisant ressentir des choses qu'il n'a jamais ressenties auparavant, éveillant en lui un désir nouveau, lui donnant envie de plus.

Je le regarde dans son costume-cravate sur mesure, parfaitement repassé et boutonné.

Finalement, peut-être pas.

— Alors, comment vous êtes-vous rencontrés ? demande Meryl, sa rougeur maintenant évidente.

— C'est une drôle d'histoire, en fait, je commence. C'était au café de tante Sheila, très récemment. On a commencé à discuter et on s'est rendu compte qu'on vivait tous les deux dans de grandes villes d'États différents — la Californie et New York — et on s'est complètement retrouvés dans notre aversion pour la circulation et le smog et, eh bien, ça a tout de suite collé. N'est-ce pas, Christopher ?

Je retiens mon souffle en attendant sa réponse. En espérant, en espérant, en espérant…

— En fait, ce n'était pas tout à fait comme ça.

Oh-oh. S'il te plaît, ne gâche pas tout.

— J'avais vu Harper au café bien avant d'avoir pu lui parler ; en fait, dès l'instant où elle est entrée. Je crois qu'une petite partie de moi est tombée amoureuse d'elle avant même qu'elle ait ouvert la bouche pour dire bonjour.

Oh, Dieu merci !

— Comme c'est merveilleux, s'extasie Meryl.

Je lui lance un sourire radieux. C'était inspiré ! Je veux

dire, *une petite partie de lui est tombée amoureuse de moi avant même que j'aie dit bonjour ?* Comme je l'ai dit, ce type est trèèèès fort.

— C'est tellement gentil de dire ça, et sache que c'était absolument réciproque, je lui dis.

— J'en suis ravi, répond-il.

— Eh bien, je suis ravie de rencontrer ce nouvel homme qui a ravi le cœur de Harper. Elle mérite tout le bonheur du monde. J'espère seulement que vous ferez attention au cœur de notre petite, Christopher.

— Je vous assure que le cœur de Harper est en parfaite sécurité avec moi, répond Christopher, et je sais qu'il ne le pense pas de la même façon que Meryl.

« Bien joué », je lui dis en articulant sans un bruit.

— Bon, je vais vous laisser, vous les nouveaux tourtereaux, dit-elle en joignant les mains. Je suis certaine que vous avez beaucoup de choses à vous raconter. N'oubliez pas de venir dire bonjour à tout le monde, Christopher. Je suis sûre que le corps enseignant sera ravi de vous rencontrer.

— Bien sûr. Je suis impatient de rencontrer tout le monde, mais cela vous dérangerait-il que je garde Harper encore un petit moment ?

— Naturellement.

Meryl passe à côté de nous, me lançant un clin d'œil avant de retourner vers les canapés. Considérant qu'elle était la directrice quand j'étais élève à l'école, c'est un terrain complètement nouveau pour nous. Il va falloir un peu de temps pour s'y habituer.

Une fois Meryl hors de portée de voix, je me tourne vers Christopher et m'enthousiasme :

— Merci *infiniment*. Tu n'as pas idée à quel point ce que tu viens de faire compte pour moi.

— C'était la moindre des choses après que tu aies... fait ce que tu as fait.

Il parle du baiser.

— Oui, à ce propos, je commence, sachant pertinemment que mes joues rougissent au souvenir — et pas seulement de gêne. Je suis désolée pour ça. Il fallait que ça paraisse réaliste qu'on était ensemble, et s'embrasser, c'est le genre de choses que font les couples, alors j'ai tenté le tout pour le tout, pour ainsi dire.

— Oh, c'était réaliste, ça oui.

Ses yeux croisent les miens et c'est comme si je pouvais sentir à nouveau ses lèvres contre les miennes, respirer son parfum, sentir la chaleur qui émane de lui.

— J'ai probablement dépassé les bornes, et j'en suis désolée. Bien sûr, je connais le mouvement #MeToo et tout ça, et je veux que tu saches que je n'essayais pas de profiter de toi.

— Je ne me suis pas senti abusé, répond-il sur ce que j'apprends à reconnaître comme son ton formel caractéristique, bien que c'était un peu… surprenant.

Une bonne surprise, je me demande ? Je ne pose pas la question.

Je ne suis pas sûre de vouloir savoir.

— Je te promets que ça ne se reproduira plus.

— Eh bien, c'est une bonne chose, répond-il.

Ses traits reprennent cette expression sérieuse, légèrement grincheuse qu'il avait quand je l'ai rencontré hier. Enfin, je dis *rencontré*, c'était plutôt une *quasi-rencontre*, et certainement pas la situation où nous sommes *tombés amoureux l'un de l'autre avant même d'avoir prononcé un mot* qu'il a racontée à Meryl.

Même si ça a l'air super romantique.

— Bien. Parfait. Compris, je réponds avec un ferme hochement de tête, mes lèvres formant une ligne droite, en écho à son sérieux.

— Plus de baisers, dit-il sévèrement.

— Plus de baisers, je répète, malgré le fait que je me surprends à avoir envie d'une nouvelle démonstration.

Mais ce n'est pas pour ça qu'on fait ça.

— Je suis content qu'on ait mis ça au clair. Maintenant, tu peux peut-être m'expliquer de quoi il s'agit ?

J'aperçois une table libre dans un recoin sombre du bar.

— On va s'asseoir pour parler ?

Il semble hésiter un instant, se demandant probablement s'il est prudent de se retrouver dans le coin désert d'un bar avec cette femme qui l'a embrassé de force, puis l'a obligé à mentir à une parfaite inconnue qui se trouve être la directrice de l'école primaire locale.

Après une seconde de réflexion, il acquiesce d'un signe de tête et nous nous dirigeons vers la table.

— Je commence par le début ? demandé-je.

— C'est généralement un bon point de départ.

— D'accord, alors voilà quelques informations sur moi, quelque chose qui risque de te surprendre.

Il croise soigneusement ses mains sur la table, et je remarque à quel point ses doigts sont fins et impeccablement manucurés. Je glisse mes mains aux ongles abîmés sur mes genoux.

— Très bien, dit-il.

— Je suis la femme de la vidéo avec Dex Ryder, je déclare en me calant dans mon siège, attendant la réaction attendue, celle que j'obtiens de tous ceux à qui je le dis.

Non que je l'aie dit à beaucoup de monde. Ce n'était pas vraiment mon heure de gloire, mais si on doit se lancer là-dedans, il faut qu'il sache toute la vérité, aussi laide soit-elle.

— Pardon, quelle vidéo ? demande-t-il.

— Tu sais, c'est moi qui lui ai renversé du soda sur la tête sur la jetée ?

Il fronce de nouveau les sourcils.

— Tu as dit que tu allais commencer par le début, alors tu pourrais peut-être revenir un peu en arrière pour moi ? Je ne suis au courant d'aucune vidéo ni d'aucun soda renversé sur la tête de qui que ce soit, même si j'ai bien entendu quelqu'un parler de toi et d'un soda au café, et je n'ai certainement jamais entendu parler d'un certain Dex Brian.

Sa méprise me fait pouffer de rire. Dex serait absolument mortifié. Ça me fait encore plus apprécier Christopher.

— Tu n'es pas au courant pour la vidéo ?

Il secoue la tête.

— Il va falloir que tu me mettes au parfum.

Eh bien, mesdames et messieurs, je l'ai trouvé, la seule personne sur cette planète qui n'a pas été témoin de mon humiliation.

Je pose mes mains, paumes vers le bas, sur la table et j'essaie d'ignorer l'allure de mes ongles à côté des siens.

— D'accord, je me sens un peu ridicule, là.

Il hausse un sourcil dans ma direction.

— Un peu ?

Est-ce qu'il se moque de moi ?

— Qu'est-ce que *ça* veut dire ? je lance, sèchement.

— Je pensais seulement que tu te sentais plus qu'un peu ridicule à cause de ce qui se passe ce soir, et du fait que tu as supposé que je savais qui tu étais alors qu'il est tout à fait clair que ce n'est pas le cas. À mon avis, l'une ou l'autre de ces choses a le potentiel de rendre quelqu'un ridicule, mais si on les additionne, le ridicule est presque assuré.

Le ridicule est presque assuré ? Mais qui *est* ce type ?

— OK, au temps pour moi, je réponds.

J'essaie, sans succès, de le cerner. Sa façon de parler et sa façon d'embrasser… Ça ne colle pas.

— Je vais tout t'expliquer, absolument tout.

— Ce serait une bonne chose, merci.

Mon Dieu. Coincé, le garçon ?

Mais pour l'instant, je n'ai que lui. Je dois ravaler mon irritation et continuer.

— Voilà le topo, Chris.

— C'est Christopher.

— Personne ne t'appelle Chris ? demandé-je, et il secoue la tête. Je le parcours du regard. Il est si parfait, si tiré à quatre épingles que je n'arrive pas à imaginer qu'il laisse les gens percer son armure si bien contrôlée. — Non, c'est vrai. Tu es plutôt du genre Topher, je le taquine.

— C'est Christopher, répète-t-il comme si je ne l'avais pas entendu la première fois.

— Tu es sûr ? Ça fait trois syllabes à chaque fois que je dois utiliser ton prénom. C'est beaucoup de syllabes, Topher.

— C'est seulement une de plus que Topher.

— Mais cette syllabe fait toute la différence entre des gens qui sortent ensemble.

— Suggères-tu qu'il est trop épuisant pour toi d'utiliser mon prénom en entier ?

— C'est un peu long à prononcer. Topher, c'est mieux.

— D'autres ont réussi à utiliser mon prénom entier de trois syllabes, alors j'imagine que tu y arriveras aussi, si tu y mets un peu du tien.

Je cherche sur son visage un signe montrant qu'il plaisante. Je n'en trouve aucun.

Il est droit comme un piquet, et en plus, un peu grincheux. J'aurais aimé le savoir avant de l'embrasser et de le présenter à Meryl comme mon petit ami.

Mais Hunter's Creek ne regorge pas exactement d'un large choix de célibataires disponibles, surtout des célibataires que personne ne connaît et, point crucial, qui seraient prêts à endosser le rôle de mon faux petit ami.

Ce que, je l'espère, ce type est sur le point de faire.

— Maintenant que la nomenclature est établie, tu allais expliquer ce qui t'a amenée aux événements de la soirée, dit-il pour me relancer, parlant comme s'il avait avalé un dictionnaire.

Je me penche en arrière sur mon siège.

— Je sais à qui tu me fais penser : à Data dans la série télé *Star Trek*. Mon ex était un Trekkie, alors je les ai tous vus. Tu es exactement comme lui, sauf pour la peau blafarde et les yeux bizarres.

— Il a l'air fascinant. Je ne manquerai pas de me renseigner sur lui.

Ce type est-il sérieux ? Je veux dire, je crois qu'il plaisante, mais je n'en suis pas sûre. Sinon, il se pourrait que ce soit la fausse relation la plus courte de l'histoire des fausses relations.

— Bon, voilà mon histoire. Je suis sortie avec un acteur du nom de Dex Ryder qui joue dans une grosse série télé qui s'appelle *Serious Bite*.

— C'est une émission de cuisine ? demande-t-il, et je ne sais pas s'il essaie de faire une blague. Avec ce type, c'est difficile à dire.

Je décide de le prendre au premier degré.

— Ce n'est pas une émission de cuisine. C'est une série de vampires.

— Je pensais que les séries de vampires, c'était fini.

— On est deux à le penser, mon cher. Bref, ce que je veux dire, c'est que *Serious Bite* est super populaire et grâce à ça, Dex est devenu méga célèbre. Quand il a décidé de me larguer un soir sur la jetée de Santa Monica…

Il fait une grimace.

— Sur la jetée de Santa Monica ? C'est dur.

— N'est-ce pas ? Tout le monde sait que la jetée de Santa Monica, c'est là où les gens se fiancent.

— Et font des tours de manège. C'est à ça que je pensais, principalement.

Bien sûr qu'il pensait à ça.

Je nous remets sur la bonne voie.

— Donc, ce qui s'est passé, c'est que plein de gens l'ont filmé en train de me larguer et ont posté ça sur les réseaux sociaux. Maintenant, je suis devenue un peu célèbre et il y a tout un tas de mèmes qui circulent.

La peau entre ses sourcils se plisse. C'est étonnamment

attachant, et j'ai envie de tendre la main pour lisser ces plis du bout de mon doigt.

Bien sûr, je ne le fais pas, car ce serait dépasser les bornes — ce que j'ai déjà fait de façon spectaculaire ce soir.

— Quel est le rapport avec le soda ?

— J'ai peut-être vidé le contenu de ma canette sur sa tête.

Les coins de ses lèvres se relèvent.

— Bien joué.

Il y a une note d'admiration évidente dans sa voix.

— Ce n'était pas mon heure de gloire, mais quand le mec avec qui tu penses passer le reste de ta vie te largue, ton jugement a tendance à te faire défaut.

— Tu pensais que tu allais épouser ce type ? demande-t-il.

Je laisse échapper un long soupir.

— On était ensemble depuis le lycée et je pensais qu'il allait me demander en mariage ce soir-là, et pour ma défense, il m'avait demandé de le retrouver sur la jetée.

— La jetée de Santa Monica, où les gens font des tours de manège.

Les coins de ses lèvres s'étirent en un sourire, et je comprends qu'il plaisante.

— En fait, il voulait seulement me retrouver là-bas parce qu'il avait une séance photo de prévue plus tard dans la soirée.

Il inspire brusquement.

— Aïe.

— Ouais. Très aïe. Alors, je suis partie, j'ai fait mes valises et je suis rentrée à Hunter's Creek, où je reste aussi loin des hommes que possible sans pour autant entrer au couvent.

Il me sourit.

— Il y a des couvents dans le coin ?

— Non. Et puis, le noir ne me va pas.

Encore ce léger sourire. C'est comme si son visage voulait sourire, mais qu'il ne le laissait pas faire.

— Ce n'est pas facile d'avoir le cœur brisé comme ça. Dis-moi, c'est de ça que parlaient les gens au café ?

— De ça, précisément. Ce qui m'amène au problème.

— Le problème ?

— Dex était aussi de Hunter's Creek.

— Ah. Donc, tu es revenue ici, à l'endroit où vous avez tous les deux grandi, où il est probablement l'ex-résident le plus célèbre. C'est bien ça ?

— Ouais.

— Et ça rend les choses d'autant plus difficiles pour toi parce que tout le monde te plaint, te voit comme la pauvre fille larguée par l'enfant chéri de Hunter's Creek.

Il a tout compris.

— Sans oublier les tentatives de me caser. Il y en a eu plein, et ça ne fait que cinq minutes que je suis de retour.

— D'accord. Donc, je suis le nouveau petit ami pour mettre fin à la pitié et aux rendez-vous arrangés, pour que tu puisses… quoi ? Que tout le monde te fiche la paix ?

— Exactement. Tu sais à quel point c'est dur de supporter les regards pleins de pitié des gens ? Ce n'est pas une expérience amusante. Je dois leur montrer que je vais bien, que Dex a peut-être tourné la page, mais que moi aussi.

— Et c'est là que j'entre en scène.

Je hoche la tête.

— Je tiens à ce que tu saches que j'apprécie vraiment que tu te sois prêté au jeu tout à l'heure quand je… tu sais.

— T'ai embrassé, complète-t-il, serviable.

Gênée, je réponds :

— Ouais. Ça.

— Ce fut un plaisir, répond-il, puis il semble regretter sa réponse et ajoute : Ce n'était pas un plaisir, mais plutôt…

Il cherche le mot juste, et je le prends en pitié.

— C'est bon. Je vois ce que tu veux dire.

Je prends une gorgée de ma bière, les bulles me chatouillant le nez.

— J'imagine que ce qu'on doit décider maintenant, c'est comment on va procéder avec cette histoire.

— Procéder ?

— Ouais. Tu sais, toi et moi et toute cette histoire de faire semblant de sortir ensemble.

Il plisse ses yeux noisette.

— Tu es en train de dire que tu veux *continuer* cette ruse au-delà de ce soir ?

— Ce n'est pas une *ruse*, protesté-je, même si je sais que c'est exactement ce que c'est. C'est plutôt une vérité partielle, si tu veux.

— Quelle est la partie vraie ?

Aucune ?

— Le fait qu'on se soit vus au café, déclaré-je, heureuse d'avoir trouvé un peu de vérité dans toute cette affaire.

— Je ne savais pas que tu étais tombée amoureuse de moi avant même que j'aie prononcé un mot, toi aussi, réplique-t-il.

Est-ce qu'il se moque de moi ?

Et puis son visage se fend d'un sourire qui, je l'admets, est plutôt séduisant, et je comprends qu'il se moque bel et bien de moi. Je lui pousse l'épaule de la main, d'un air enjoué.

— Christopher Young, tu as le sens de l'humour.

Il a l'air profondément mal à l'aise quand il répond :

— Concentrons-nous sur le sujet, veux-tu ?

Et… le naturel revient au galop.

Franchement. Ce type est indéchiffrable.

— Tu veux que je continue cette ruse avec les habitants de la ville ?

J'ignore son utilisation du mot « ruse ».

— Seulement pour un temps, jusqu'à ce qu'ils soient passés à autre chose concernant Dex et notre rupture.

— Je croyais que tu avais dit qu'il t'avait larguée.

Qui a dit qu'une bonne mémoire pouvait être un inconvénient ?

Je lui offre un sourire crispé.

— *Bref*, comme tu as été si gentil de m'aider ce soir et que tu es nouveau en ville, il me semble que ça pourrait être mutuellement bénéfique si nous faisions semblant de sortir ensemble pendant un moment.

— En quoi faire semblant d'être ton petit ami va-t-il *m*'aider, exactement ?

Pourquoi, oh, pourquoi faut-il qu'il me demande ça ?

Je cherche dans mon cerveau et ne trouve pas grand-chose.

Voilà le problème, le truc qui pourrait réduire toute cette conversation à néant : mon besoin de Christopher est nettement plus grand que n'importe quel besoin qu'il pourrait avoir de moi.

Je cherche encore une raison valable quand il pose les coudes sur la table et dit :

— Je sais ce que tu vas dire, Harper.

Ah oui ?

— Tu vas dire que, comme je suis nouveau en ville et que je ne suis là que pour quelques mois, trois au maximum, ça m'aiderait à me faire bien voir des habitants si je sortais avec une femme du coin clairement populaire et très aimée.

Ça n'aurait pas pu mieux tomber si je l'avais planifié moi-même.

— Tu m'as démasquée. C'est exactement ce que j'allais dire, je mens. Je veux que tu te fasses bien voir des braves gens de Hunter's Creek.

Il me gratifie d'un de ses hochements de tête curieusement formels.

Peut-être qu'il a grandi au Japon ?

— Il semblerait que nous ayons un accord. Nous allons faire semblant de sortir ensemble, et quand viendra le moment pour moi de retourner à ma vie normale, nous pourrons faire semblant de rompre et personne n'y verra que du feu.

— Parfait.

Je lève ma bouteille et nous trinquons.

— Alors, maintenant qu'on est d'accord là-dessus, tu fais quoi ce vendredi soir ?

— Je n'ai rien de prévu.

— Maintenant, si. Tu vas venir avec moi à la soirée de l'école de Hunter's Creek. On m'a dit qu'ils organisaient ça plusieurs fois par an. C'est là que les profs et leurs conjoints de toutes les écoles de la ville se réunissent pour dîner. Tu peux être mon cavalier.

— Tu veux dire, comme ton faux petit ami ?

— Christopher Young, tu comprends vite.

Gabe nous apporte les jojos, mais avant même que nous ayons eu le temps d'y goûter, je remarque Christopher qui fronce les sourcils en regardant son téléphone.

— Je dois y aller. Apparemment, je me suis trompé de bar.

— Tu étais censé aller au Grizzly Bear ? Ou au The Bear ?

— Oui, l'un des deux.

Il tapote son téléphone.

— Nous devrions échanger nos numéros, aussi.

Je lui donne le mien, et ses coordonnées apparaissent instantanément.

Il glisse son téléphone dans la poche intérieure de la veste de son costume.

— Ça a été… divertissant.

— Divertissant ? Ouah ! Ne te retiens pas, surtout, Topher.

Il fronce les sourcils.

— Quoi ? Je me dis qu'une fille devrait avoir un surnom pour son petit ami, même si ça n'enlève qu'une syllabe à ton vrai prénom.

Il secoue la tête, mais je suis heureuse de remarquer qu'une fois de plus, les coins de sa bouche se relèvent. Il se lève :

— Au revoir, Harper.

— À plus tard, petit ami, réponds-je avec un grand sourire.

Il m'adresse simplement un sourire pincé avant de tourner

les talons — des mocassins qui semblent chers, populaires auprès des gestionnaires de fonds et des riches dirigeants du monde entier — et de partir.

Je regarde la porte du bar se refermer derrière lui et je réalise que je ne lui ai même pas demandé ce qu'il faisait à Hunter's Creek.

Chapitre 8

Christopher

Le fait que je me sois trompé de bar et que je me retrouve avec une fausse relation avec une femme magnifique est une tournure intéressante et complètement inattendue ce soir.

Harper Cole.

C'est vraiment quelqu'un.

Même si je ne sais pas encore tout à fait ce que ce « quelqu'un » signifie.

Oui, elle est sans aucun doute magnifique et pleine de

fougue, et ce baiser ? Disons simplement que, aussi surprenant fût-il, je le recommencerais avec plaisir.

Encore et encore.

De plus, elle est facile à vivre et amusante, bien dans sa peau. En lui parlant, je sais que j'ai dû passer pour un vieux coincé, comme quelqu'un qui n'a aucune idée de comment s'adresser aux jolies femmes, mais je sais comment parler aux jolies femmes. Je vis à New York depuis des années. J'en ai rencontré beaucoup.

Mais les jolies femmes que je connais ne sont pas à moitié aussi intrigantes que Harper Cole.

Toute cette idée farfelue qu'elle a eue, d'être ma fausse petite amie pour m'aider à échapper à la pitié des habitants et à leurs tentatives de la caser, me fait douter de sa santé mentale. Enfin, je n'en doute pas sérieusement, mais ça m'a semblé étrange.

Alors, pourquoi ai-je accepté ?

J'aimerais vous dire que c'est uniquement pour me faire bien voir des habitants. Qu'être avec cette belle fille du coin, populaire et sûre d'elle, signifiera que les gens se méfieront moins de moi, qu'ils me feront plus facilement confiance, ce qui aura pour résultat de me faciliter la tâche.

Mais si je suis vraiment honnête avec moi-même, le fait que j'aie ressenti une sacrée étincelle d'attirance dès que je l'ai vue au café — sans parler de ce que j'ai ressenti en l'embrassant — a joué un rôle plus que mineur dans ma décision de suivre son plan.

Ne me jugez pas.

Je suis peut-être un peu accro au travail — d'accord, *beaucoup* accro au travail — et je ne gagnerais peut-être aucun concours de drague, mais je suis un homme.

Et Harper Cole est le genre de femme que les hommes remarquent.

J'arrive au Grizzly Bear, en espérant que c'est bien là que j'étais censé venir depuis le début.

C'est presque une copie conforme du bar précédent, à ceci près que l'ours empaillé qui nous accueille est un grizzly, comme on peut s'y attendre dans un bar portant ce nom.

J'aperçois Suzanne et Keith à une table avec deux ou trois autres personnes. Suzanne me remarque et me fait signe de la main de m'approcher.

— Christopher, tu es venu, dit Keith, surpris.

Cela me fait me demander si son invitation était sincère.

— Désolé, je suis en retard, réponds-je.

— Laisse-moi te présenter, dit-il. Voici Karen, qui travaille pour moi à la logistique.

— Bonsoir, dit une femme d'une quarantaine d'années, avec des cheveux noirs bouclés et une paire de lunettes en écaille de tortue.

Elle ne sourit pas.

— Et voici Ross, continue Keith. Il est en première ligne, il se sacrifie pour l'équipe jour après jour. N'est-ce pas, Ross ?

— Il veut dire que c'est moi qui fais le vrai travail, dit Ross, un homme portant l'uniforme de Hunter's Creek.

— Ravi de vous rencontrer, dis-je.

— Laisse-moi te trouver une chaise, propose Keith en se levant.

J'en repère une à la table voisine.

— Je vais prendre celle-là. Reste assis.

Je prends la chaise, et tout le monde se décale pour me faire une place.

— Tu as travaillé pendant tout ce temps ? me demande Suzanne.

— Non, en fait, je me suis trompé de bar, je réponds.

— Tu es allé au Black Bear ? Ou chez O'Connor's ? Pas The Bear, demande Keith.

— C'est une erreur facile à faire, répond Suzanne.

— Je trouve que ça montre un manque total d'originalité que trois des quatre bars que nous avons dans cette ville portent des noms d'ours, dit Karen.

— Tu dis ça seulement parce que ton mari tient le pub irlandais, répond Ross, sous les rires de la tablée.

— Mon neveu, Gabriel, travaille au Black Bear, je te signale, rétorque Karen.

— Seulement parce que ton mari est trop radin pour donner un boulot à Gabe chez O'Connor's, répond Keith.

— Gabe, le barman ? Je l'ai rencontré ce soir.

Je leur dis, y voyant une ouverture.

— Tu as rencontré Gabriel ? demande Karen.

— Il nous a servis, la, euh, jeune femme avec qui je parlais et moi.

Les sourcils de Suzanne remontent sur son front.

— Tu parlais avec une jeune femme ? Eh bien, eh bien. Tu n'as pas perdu de temps, Christopher.

— Ouais, tu viens à peine d'arriver et tu dragues déjà les filles du coin, dit Keith.

— Oh, je ne la draguais pas, je réplique.

Je faisais bien plus que ça, et le neveu de Karen était aux premières loges.

Si cette ville ressemble un tant soit peu aux autres petites villes où j'ai passé du temps pour Anderson and Smith, le fait que le nouveau ait embrassé une des filles du coin — sans compter que c'est elle qui a pris l'initiative et que ce n'était pas exactement pour de vraies raisons — va traverser Hunter's Creek aussi vite qu'une volée d'oies en migration. Bientôt, tout le monde sera au courant.

Ce qui, je suppose, était son but.

— Qui était cette fille que tu ne draguais pas, alors ? demande Suzanne avec un sourire sardonique.

— C'est une femme que j'ai rencontrée au café. Elle est revenue en ville récemment et on s'est vus, puis on a commencé à discuter.

— Tu as rencontré Harper Cole ? demande Karen.

— C'est exact.

Je ne devrais pas être surpris que Karen ait deviné de qui je parlais. Je ne suis plus dans une grande ville.

Karen pose sa main sur sa poitrine.

— Oh, elle est si adorable, n'est-ce pas ? Et si jolie. C'est vraiment dommage ce qui s'est passé entre elle et Dex.

— Quel dommage. Ils formaient un couple adorable, convient Suzanne. Je n'arrive toujours pas à croire qu'il ait largué notre douce Harper pour sa nouvelle covedette. Ce n'est pas comme ça qu'on traite sa petite amie de longue date.

Harper ne m'avait pas parlé de ce détail.

— Ils étaient ensemble depuis l'enfance, et je pensais vraiment qu'ils allaient rester ensemble, m'explique Suzanne.

Le visage de Karen s'assombrit lorsqu'elle dit :

— Moi aussi. On le pensait tous.

— Je n'ai pas du tout été surpris qu'il l'ait plaquée, dit Ross de sa voix bourrue. C'est toujours la même histoire : un type devient célèbre et largue sa chérie pour une nouvelle version, plus brillante. Harper a perdu son éclat et est devenue comme un vieux meuble.

— Ross Steinman, c'est une chose terrible à dire, proteste Suzanne. Harper n'a pas perdu son éclat. C'est toujours une belle jeune femme, Dex ou pas Dex. Non pas que j'aie l'intention de dire du mal de Dex. Après tout, c'est le fils aîné de ma cousine.

Est-ce que tout le monde est parent à Hunter's Creek ?

Qui suis-je en train de me raconter ? C'est probablement le cas. Je parie qu'il n'y a pas une grande diversité génétique par ici.

— Ouais, Ross. Où est passée ta fibre romantique ? demande Keith.

Il croise ses bras musclés, couverts de flanelle, sur sa poitrine.

— Ne me tombez pas dessus. Je dis juste les choses comme elles sont.

— Il a raison. Un nombre incalculable de gens l'ont fait

avant, et je suis certaine qu'un nombre incalculable de gens le referont. Regardez Brad Pitt et Jennifer Aniston. Une nouveauté fraîche et brillante débarque, et que fait Brad ? demande Karen.

— Il se tape Angelina Jolie, répond Ross.

Sa réponse lui vaut une petite tape sur le bras de la part de Karen tandis que le reste de la table rit.

— Bref, assez parlé des starlettes d'Hollywood. Notre Harper te plaît ? demande Keith.

Si elle me plaît ? Je me suis retrouvé à prétendre être en couple avec elle. Pas la peine de le mentionner maintenant. Ils le découvriront bien assez tôt.

— J'ai trouvé qu'elle était formidable, leur dis-je.

Ma réponse est bien reçue.

— Ce sera une bonne chose pour toi de faire connaissance avec les gens du coin. Non pas que tout le monde sera super enthousiaste à l'idée d'accueillir un étranger de New York, venu s'assurer que nous faisons tous du bon travail, prévient Keith. Mais on s'assurera qu'ils soient sympas avec toi.

Il m'adresse un clin d'œil et un grand sourire.

J'étire mes lèvres en un sourire.

— J'apprécierais.

Nous avons passé le reste de la soirée à parler de la scierie, de ce qu'il y a à faire le week-end — chasse, pêche, randonnée, camping et autres activités de plein air nécessitant la tenue réglementaire de Hunter's Creek — et j'ai apprécié de plus en plus la compagnie de ces habitants sympathiques et sans complication.

À la fin de la soirée, il est devenu clair pour moi qu'ils me regardaient avec moins de méfiance, bien qu'ils soient toujours clairement préoccupés par l'objectif du travail pour lequel j'ai été engagé.

Pour un type qui aime être direct et franc avec les gens, j'ai vraiment tissé une toile de mensonges à Hunter's Creek. Soudain, je suis un consultant en management qui travaille à rendre la scierie plus efficace, tout en sortant avec Harper Cole.

Bien que ces deux affirmations soient des mensonges, je ne peux m'empêcher de penser que j'aimerais qu'au moins l'une d'entre elles soit vraie.

Chapitre 9

Harper

Je laisse tomber par terre mon sac de cours rempli de livres de maths et de fiches de compréhension de lecture des enfants, juste à côté de mon lit, et m'effondre aussitôt sur le matelas, le visage enfoui dans mon oreiller.

Ça a été une sacrée semaine.

Entre apprendre à connaître une nouvelle classe, retrouver mes anciens professeurs qui sont maintenant mes nouveaux collègues — ce qui est un défi assez particulier en soi — et revivre dans la maison de mon enfance avec mes deux parents et ma petite sœur, je suis épuisée.

Une chose qui s'est passée à merveille, cependant, c'est d'annoncer à tout le monde que j'avais un nouveau petit ami.

La semaine a commencé par des regards apitoyés, des commentaires et des tentatives de me caser qui semblaient sans fin. Mais tout ça a disparu comme par magie quand j'ai partagé la très excitante nouvelle que j'étais en couple avec un certain Christopher Young, anciennement de New York et maintenant résident de Hunter's Creek.

Il y a eu beaucoup de questions.

Ce qui m'amène à ce soir, notre première sortie officielle. J'espère que mon nouveau petit ami éblouira tellement tout le monde qu'on entendra « *Dex qui ?* » à partir de maintenant.

On frappe à ma porte et je lève la tête.

— Ma puce ? Tu es là ? C'est moi, Papa, dit mon père de façon complètement inutile, car c'est le seul homme dans une maison avec trois femmes.

— Entre, Papa.

Me sentant aussi lourde qu'un rocher, je me redresse en position assise pour ne pas alarmer Papa, pour qu'il ne prenne pas ma silhouette avachie comme la preuve que j'ai sombré dans la dépression qui menaçait de m'engloutir après que Dex a mis fin à notre relation.

Je sais que je n'en suis plus là.

Non pas que je me sois remise de l'avoir perdu, parce que je ne suis pas sûre de m'en remettre un jour. C'est juste qu'en étant de retour ici, loin de la ville que j'associe à lui, où ma vie tournait autour de la sienne, les choses ne semblent plus aussi terribles qu'avant.

Je suis optimiste pour l'avenir. Optimiste quant à ce qu'il pourrait m'apporter.

C'est un sentiment agréable.

Le visage de Papa apparaît alors qu'il pousse la porte.

— Ta mère veut savoir si tu as besoin de manger quelque chose avant de sortir ce soir.

— Non, ça va, merci. La soirée est au Second Chance, et ce sont eux qui s'occupent du repas.

— La soirée. C'est vrai. On avait oublié ça.

Son regard se détourne et je sais que ma mère se cache dans les parages.

— Vous pouvez entrer, vous savez. *Tous les deux*, dis-je.

Papa ouvre plus grand la porte pour révéler Maman, qui attend à ses côtés, vêtue du tablier à fleurs qu'elle porte toujours quand elle cuisine. Elle m'offre le sourire compatissant qu'elle me donne chaque jour depuis mon retour.

— Ça va, ma chérie ? Tu as l'air un peu pâlotte, dit-elle en traversant la pièce d'un pas pressé pour poser sa paume sur mon front.

— Je vais bien, Maman. Je suis juste fatiguée. La semaine a été chargée.

— Tu seras assez en forme pour aller à la soirée ?

Elle presse le dos de ses doigts contre ma joue, puis lisse mes cheveux en arrière, comme elle le faisait quand j'étais petite.

— Ça lui fera du bien d'y aller, dit Papa. Tu pourras faire connaissance avec tous tes nouveaux collègues et leurs conjoints.

— Papa, je connais déjà mes nouveaux collègues. La plupart d'entre eux étaient mes professeurs.

— N'empêche, après ce que tu as traversé, ça te fera du bien de sortir avec eux à nouveau. Comme tu l'as fait en début de semaine.

Les souvenirs de mon baiser avec Christopher inondent mon esprit.

— Ne vous en faites pas, j'y vais, leur dis-je.

Le visage de Papa s'illumine d'un large sourire.

— C'est ma fille !

— Du moment que tu en es sûre ? ajoute Maman.

— Maman, j'ai le cœur brisé, pas les os brisés. Et de toute façon, je pense que ça va être amusant.

— Maman ? Papa ?

Appelle ma petite sœur, Ryn — diminutif de Kathryn, mais elle a toujours détesté ce prénom — depuis le couloir.

— On est là, avec Harper, beugle Papa.

— Elle va très bien, ajoute Maman en prenant ma main dans la sienne et en la pressant pour m'encourager.

— Sérieusement, Maman. Je vais bien, lui dis-je.

Ryn apparaît dans l'embrasure de la porte. Son regard se pose sur moi, sur Maman qui serre ma main dans la sienne comme si j'étais une parente mourante à son dernier soupir.

— Qu'est-ce qui se passe ? demande-t-elle lentement.

— Ta sœur va à une soirée pour les enseignants de toutes les écoles de Hunter's Creek ce soir. N'est-ce pas merveilleux ? lui dit Maman.

Ryn me lance un regard dubitatif.

—Je suppose… ? J'y vais avec Gabe.

— Comment peux-tu aller à une soirée d'enseignants avec un barman ? je lui demande.

Ryn et Gabe sont des amis proches depuis l'enfance et traînent toujours ensemble. J'espère seulement que Gabe ne lui a pas parlé de mon baiser avec Christopher.

Ryn hausse les épaules.

— Que veux-tu que je te dise ? On est populaires. On se fait inviter à des trucs.

— Tu vois ? Ta sœur sera là, et tu connais Gabriel, dit vivement Maman.

— Sérieusement, Maman. Je vais bien, je répète.

— Tu garderas un œil sur Harper pour nous ? demande Maman à ma sœur avant de lever ma main et de déposer un baiser sur mes doigts, me regardant avec espoir. C'est une fleur délicate qui a besoin d'un abri contre la pluie.

J'en ai assez de cette comédie.

— Écoutez, je ne suis pas en train de mourir, je ne suis pas malade, je vais aussi bien que possible dans les circonstances actuelles, et je n'ai certainement pas besoin que ma petite sœur veille sur moi ce soir, je leur dis à tous.

Le visage de Papa s'illumine littéralement.

— Ça, c'est le bon état d'esprit, ma puce.

— Tu es bien sûre ? demande maman une nouvelle fois.

Ryn lève les yeux au ciel.

— On dirait que c'est un miracle que Harper se bouge enfin les fesses pour sortir et voir de vraies personnes, alors qu'en réalité, il paraît qu'elle s'est déjà dégoté un nouveau mec.

Elle croise les bras et m'adresse un sourire suffisant.

Merci, Gabe.

— Un nouveau mec ? demande maman, les sourcils froncés en me regardant d'un air alarmé.

Le visage de papa est un mélange d'inquiétude, de jubilation et du besoin imminent d'avoir une conversation sérieuse avec un jeune homme.

— Harper ? C'est quoi, cette histoire de nouveau mec ?

Je foudroie du regard ma sœur et sa petite révélation. Bien que j'aille à la soirée avec Topher ce soir, je n'avais jamais prévu de parler de lui à mes parents. Je m'étais dit qu'une fois qu'il aurait rempli son rôle de faux petit ami et empêché tout le monde de me prendre en pitié, il pourrait passer au second plan, pour ne réapparaître qu'en cas de besoin si jamais on me proposait des rendez-vous arrangés ou si l'on me témoignait de la pitié à l'avenir.

Comme ça, je n'aurais pas besoin de mentir à ma famille.

Oui, je sais. Je n'ai pas vraiment réfléchi à tout ça. Dans une ville aussi petite que Hunter's Creek, il est impossible de garder ses affaires pour soi. Mes parents auraient très bien pu entendre parler de ce nouveau petit ami un jour ou l'autre.

Et cet « un jour ou l'autre » est devenu « maintenant ».

— Tu vas leur parler de lui ? Parce que Gabe m'a dit qu'il vous a vus et…, commence Ryn.

Hors de question que je la laisse finir cette phrase.

— Ryn, arrête ! la grondai-je.

À ma grande surprise, elle obéit.

Me mordillant la lèvre, je me tourne vers mes parents.

— Je… je vois quelqu'un, en quelque sorte, je suppose.

Leurs visages expriment le choc, l'incompréhension et, pire que tout, l'espoir.

— Ce n'est pas sérieux, les rassurai-je, parce que, mon Dieu, ils ont vraiment l'air d'en avoir besoin.

Maman pousse un cri strident, portant les mains à son visage. Les yeux de papa s'écarquillent d'incrédulité jusqu'à atteindre la taille de ceux de l'écureuil obsédé par les glands dans les films *L'Âge de glace*. Ryn, qui a inutilement partagé cette information et qui le sait, a l'air du chat qui a eu toute la crème.

— Qui est-ce ? D'où vient-il ? Est-ce que je le connais ? Comment est-il ?

Une flopée de questions jaillit de la bouche de maman.

Papa adopte une approche plus calme, mais néanmoins tout à fait effrayante.

— Quand est-ce que tu l'amènes à la maison pour qu'on le rencontre, Harper ?

— Oui, Harper. Quand est-ce que ça va arriver ? demande Ryn en se laissant tomber sur mon lit.

Je la foudroie du regard.

— Assez de questions, m'exclamai-je. Je vous en parlerai en temps voulu. C'est encore tout nouveau, c'est très informel et on y va doucement.

— C'est… une bonne chose ? demande maman.

— C'est une très bonne chose, lui dis-je. Pour l'instant, il faut que j'aille sous la douche pour me faire belle avant d'aller à la soirée. Je fais une pause avant d'ajouter : Et oui, avant que vous ne posiez la question, j'y vais avec Christopher.

— Christopher ? Quel joli nom, s'exclame maman.

— Christopher Bell ? demande papa, faisant référence à

l'homme d'âge mûr qui tient l'épicerie locale depuis aussi longtemps que je me souvienne.

— Certainement pas Christopher Bell, papa. C'est un Christopher qui est nouveau en ville.

S'ensuit un babillage plus excité de maman, un hochement de tête et un regard sévère de papa qui planifie les questions qu'il va poser à Topher, tandis que Ryn me sourit comme si elle n'avait rien fait de mal.

Alors que c'est *totalement* le cas.

— Plus tard. Promis.

Maman me tapote la main.

— Bien sûr, ma chérie. On va te laisser te préparer pour ton rendez-vous.

— Est-ce que Christopher vient te chercher à la maison ? Parce que si c'est le cas, on aimerait bien le rencontrer, dit papa.

Je secoue la tête.

— Non, mais si ça devient sérieux, je ne manquerai pas de l'amener. D'accord ?

Ce qui signifie qu'ils ne le rencontreront jamais.

— Quel genre d'homme ne vient pas chercher sa cavalière ? demande papa.

— Un homme du XXIᵉ siècle, papa, répond Ryn.

— Allez, Michael. Laissons Harper se préparer pour son rendez-vous, dit maman en emmenant papa avec elle en sortant de la chambre.

Je pousse un soupir de soulagement quand ils partent.

— Pourquoi a-t-il fallu que tu leur parles de lui ?

Je pince les lèvres en regardant ma sœur.

— J'ai dit quelque chose de mal ?

Elle joue les innocentes, mais nous savons toutes les deux qu'elle jetait de l'huile sur le feu. Je lui lance mon regard de grande sœur, celui qui fonctionnait sur elle quand nous étions préadolescentes.

— Je pensais que tu crierais sur tous les toits que tu vois Christopher après ce qui s'est passé avec Dex.

— Pas à maman et papa.

— Pourquoi pas ? Qu'est-ce que ça peut faire qu'ils le sachent ? Au contraire, ça les empêchera de trop s'inquiéter pour toi.

Elle n'a pas tort.

Depuis ma rupture avec Dex, mes parents agissent comme si j'étais mourante ou quelque chose du genre. En Californie, je recevais des messages presque toutes les heures, des colis de soutien quotidiens, et maman a même débarqué sur le pas de ma porte la première semaine. Papa, fidèle à lui-même, a proposé d'avoir une petite discussion avec Dex en mon nom. Je n'ai pas accepté son offre, mais j'avoue que j'ai été tentée sur le moment.

La seule chose qu'ils ne pouvaient pas faire pour moi, c'était de me prêter de l'argent, et c'est d'argent dont j'avais besoin. Mes parents sont peut-être des gens bien, mais ils ne sont certainement pas riches. Papa travaille à la scierie depuis aussi longtemps que je me souvienne. C'est un homme travailleur qui gagne un salaire assez décent, mais juste assez pour payer les factures et laisser peu de surplus.

Je ne pouvais pas leur demander de m'aider financièrement.

Ryn se lève et s'étire comme un chat.

— Je te demanderais bien de me parler de lui, mais tu n'es pas obligée, puisque je vais le rencontrer ce soir.

Son joli visage s'illumine d'un large sourire alors qu'elle saute du lit et sort de la chambre en courant.

Génial.

Trente minutes plus tard, je me suis suffisamment remise pour enfiler une robe noire à col en V que j'ai cintrée à la taille avec une ceinture argentée. Mon collier préféré en topaze et argent est suspendu à mon cou, et je porte une paire de bottes montantes à lacets que j'ai eues pour une bouchée de pain l'été dernier. Dex m'a dit un jour, quand je les portais, que je ressemblais à Lara Croft.

Non pas que je pense à Dex ce soir.

Certainement pas.

Ce soir, il s'agit d'aller de l'avant. Il s'agit de prendre un nouveau départ dans un lieu nouveau-slash-ancien, avec un nouveau mec mignon. Même si c'est juste pour de faux.

J'ai insisté pour aller chercher Christopher à son motel, voulant éviter toute l'épreuve de la rencontre avec mes parents. Il a fallu le persuader. Il s'avère que Christopher Young est super traditionnel, ce qui ne devrait vraiment pas me surprendre, étant donné qu'il s'habille comme l'un de ces publicitaires de la série *Mad Men*, et qu'il parle aussi beaucoup comme eux.

J'arrive aux Pines Cabins, le plus chic des trois motels que nous avons à Hunter's Creek, et je trouve le chalet numéro sept. C'est une maisonnette en rondins avec un toit en pente et une cheminée. On dirait que c'est tout droit sorti de *Virgin River*, et je m'attends presque à voir le séduisant propriétaire du bar en sortir nonchalamment.

Ce que j'ai à la place, c'est un séduisant consultant en management, en visite de New York.

Christopher Young, version décontractée.

Il porte une chemise blanche en coton et une veste bleue sur mesure. Jusque-là, du Christopher tout craché. Ce qui l'est moins, c'est que non seulement il ne porte pas de cravate, mais en plus il est en jean. Un jean qu'il a visiblement repassé, ce qui rend cette version potentiellement plus décontractée de l'Homme en Costume un peu guindée et formelle.

Et pour couronner le tout, il tient un bouquet de marguerites, comme s'il se rendait à un rendez-vous galant, façon 1955.

Le truc, c'est que non seulement les marguerites sont hors saison — il a donc dû se donner du mal pour en trouver — mais ce sont mes fleurs préférées.

Comment le savait-il ?

Les a-t-il devinées au hasard ?

C'est mignon, c'est touchant, et c'est totalement déplacé pour un faux rendez-vous. À tel point qu'il me faut un instant pour me rappeler que ce n'est pas pour de vrai. La tenue et les fleurs font partie intégrante du jeu auquel nous jouons.

Mais une petite partie de moi — une partie de moi qui se souvient de ce baiser que nous avons échangé dans le bar, de la façon dont ses yeux noisette me fixaient avec tant d'intensi-té — souhaite que ce ne soit pas un jeu, qu'il soit vraiment mon cavalier pour la soirée.

Que le baiser que nous avons partagé n'était pas juste pour la galerie.

Qu'il me veuille pour ce que je suis.

Chapitre 10

Christopher

Harper est tout simplement époustouflante ce soir, alors que je me retourne pour la voir sortir de sa voiture.

Entendons-nous bien, je l'ai trouvée magnifique chaque fois que je l'ai vue. Mais ce soir ? Ce soir, c'est un cran au-dessus.

Ses cheveux bouclés sont, je ne sais comment, devenus lisses et sont rabattus sur un côté. Avec ses lèvres peintes en rouge et ses yeux bleus, elle ressemble plus à une star de cinéma qu'à la fille sympa du coin. Elle porte une robe noire sobre qui ne révèle rien jusqu'à ce qu'elle bouge, et les fentes de la jupe laissent deviner ses longues jambes, accentuées par ses bottines à lacets et à talons hauts.

Sexy ? Oh, oui.

Intouchable ? Absolument.

Alors qu'elle attend près de sa vieille voiture cabossée, me souriant, les yeux brillants, une part de moi voudrait que tout ça soit réel. Une part de moi voudrait qu'elle soit là pour *moi*, et pas seulement pour qu'on la voie avec un nouveau mec afin de montrer au monde entier qu'elle a tourné la page sur son ex.

Je sais, je sais. Éprouver quoi que ce soit pour cette femme n'est pas dans mes plans. Je me suis prêté au jeu tout autant qu'elle. C'est une situation *donnant-donnant*, mutuellement bénéfique mais de manières très différentes.

C'est tout ce que c'est.

C'est tout ce que ça peut être.

En ce qui concerne le plan, jusqu'ici, tout va bien. Cette semaine, le bruit semble s'être répandu au bureau que nous sortons ensemble, et les gens me traitent avec moins de méfiance. Ils m'ont dit à quel point Harper était une personne formidable et combien elle méritait d'être heureuse après ce qui lui était arrivé ; par association, on commence maintenant à me considérer comme un type bien. Un membre de l'équipe.

Exactement comme je l'avais prévu.

Mais maintenant, alors que je regarde Harper dans cette robe, avec son sourire espiègle, ses beaux yeux pétillants, une part de moi désire plus que ce que notre faux couple peut offrir.

Beaucoup plus.

Je la veux, *elle*.

Pas seulement de la manière évidente, même si mon attirance pour elle grandit chaque fois que je la vois.

Il y a quelque chose en elle qui m'a eu. Je veux passer du

temps avec elle, apprendre à la connaître, profiter de sa compagnie.

Et oui, l'embrasser à nouveau, respirer son parfum, sentir son souffle chaud sur ma joue, toucher sa peau douce… tout ça serait incroyable.

Bien sûr, j'ai déjà été attiré par des femmes. Je suis sorti avec des filles. Pas depuis longtemps, comme me le rappelle Kelly, mais je l'ai fait à la fac et au lycée. Oui, je sais que ça remonte à loin, mais bâtir ma carrière, me concentrer sur l'ascension des échelons de l'entreprise, travailler deux fois plus dur que ceux qui sont nés avec une cuillère en argent dans la bouche, a exigé que je sois ultra-concentré.

En bref, je n'ai jamais eu le temps pour l'amour.

Je n'ai pas le temps pour ça maintenant.

Mais… et il y a un mais. Malgré nos différences, malgré le fait que nous venions de mondes différents, malgré le fait que je ne sois là que pour quelques mois, peut-être pourrions-nous voir où cette histoire nous mène ?

Peut-être que je pourrais tenter ma chance avec Harper Cole ?

Et après ? Après, je devrai partir et ce sera fini entre nous.

Condamné avant même d'avoir commencé.

De toute façon, il n'y a eu aucun signe de sa part qu'elle s'intéresse à moi en dehors de mon rôle de faux petit ami. Enfin, à part la façon dont elle m'a embrassé, mais elle ne me connaissait même pas à ce moment-là.

Je pousse un soupir.

C'est bien trop compliqué.

— Hé, Topher, dit-elle d'un ton joyeux.

— Bonsoir, Harper. C'est un plaisir de te revoir, dis-je.

Je regrette immédiatement de paraître si guindé et rigide.

Kelly me dit toujours que je dois relâcher un peu la pression que je m'impose. Elle m'a appelé alors que je me préparais ce soir, et en apprenant que j'allais à un vrai rendez-vous, elle a insisté pour passer en appel vidéo afin d'inspecter ma tenue.

Je pensais avoir tout bon : costume bleu marine, cravate décontractée — d'un bleu plus vif que toutes mes autres — et chemise fraîchement repassée.

Kelly n'était pas d'accord.

Elle m'a dit de laisser tomber le costume et la cravate et de mettre à la place le jean qu'elle m'avait fait acheter la dernière fois qu'elle m'avait traîné de force faire les boutiques. Le jean que je n'ai encore jamais porté, mais qu'elle m'a dit d'emporter pour ce voyage.

— Personne n'a envie d'un rendez-vous avec un type dans un vieux costume guindé, m'avait-elle dit. Tu as besoin d'un air plus détendu et accueillant, qui montre à cette femme que tu aimes peut-être bien t'habiller, mais que tu sais aussi t'amuser. Tu te souviens comment on s'amuse, pas vrai, Kit ?

Ça faisait si longtemps, je n'étais pas sûr de m'en souvenir.

Elle a éclaté de rire.

— Pourquoi est-ce que je te pose la question ? Je parie que tu as oublié, tellement tu es occupé à grimper si haut sur cette échelle de l'entreprise que tu en saignes du nez.

Mon esprit s'est tourné vers la promotion.

— Je ne suis pas encore au point de saigner du nez.

Elle a levé les yeux au ciel.

— Bien sûr que non. Tu as payé toi-même tes études de droit, tu as été diplômé major de ta promo, et maintenant tu obtiens des promotions toutes les cinq minutes dans ce grand cabinet pour lequel tu bosses, achetant et vendant des entreprises pour eux dans des transactions de plusieurs millions de dollars. Je dirais que tu as un saignement de nez métaphorique permanent.

C'était l'opinion de Kelly. Moi ? Je savais que ce n'était pas suffisant. Un échelon de plus sur l'échelle, jusqu'à associé junior, et je serais bien plus proche de mon objectif. Bien plus proche d'être financièrement en sécurité. En sûreté.

— Alors, raconte-moi tout. Qui est l'heureuse élue ? m'a demandé Kelly.

— Elle s'appelle Harper Cole. C'est une institutrice. Elle a une classe de CE1. Elle est… gentille.

— C'est le premier rencard que tu as depuis une éternité et tu la décris comme étant *gentille* ? Tu dois revoir ta technique.

Je décide de tout lui avouer.

— Le truc, c'est qu'elle m'a demandé de me faire passer pour son petit ami pendant un certain temps, pour que les gens d'ici lui fichent la paix au sujet de sa rupture avec un type.

— Pour moi, ça ne ressemble pas à un vrai rencard.

— Ce n'en est pas un, mais…

— Mais elle te plaît, n'est-ce pas ?

Je n'ai pas pu retenir un sourire en pensant à elle.

— Oui. Elle est drôle, excentrique, magnifique et gentille, et mon parfait opposé à bien des égards, mais ça n'a pas d'importance, parce qu'elle est… parfaite.

Je pensais chaque mot.

Kelly m'a fait un grand sourire.

— Mon frère a un méga béguin pour une fille, a-t-elle chanté sur le ton d'une petite sœur immature.

Non pas qu'elle le soit vraiment. Elle fait preuve d'une perspicacité que bien des personnes plus âgées et plus sages lui envieraient.

— Pas de chanson, ai-je protesté.

Pour toute réponse, Kelly a haussé un sourcil.

— Kit, tu dois absolument mettre le jean.

Debout devant mon chalet, Harper pince les lèvres comme pour étouffer un rire.

— Bonsoir à toi aussi, Topher, dit-elle en me détaillant du regard.

J'espère que ce qu'elle voit lui plaît, moi, dans ce nouveau look approuvé par Kelly. Porter un costume tous les jours est une sorte d'armure pour moi. Ne pas en porter ce soir est... différent. Comme si j'avais laissé tomber ma carapace et que je permettais à Harper d'entrevoir ce qui se cache en dessous.

— Tu es en jean, dit-elle, manifestement surprise.

Elle regarde d'un peu plus près, les lèvres frémissantes.

— Tu l'as... repassé ?

— Évidemment que je l'ai repassé, je réponds, gêné.

Tout le monde ne repasse pas ses jeans ?

Et si ce n'est pas le cas, pourquoi ?

Elle pince les lèvres pour réprimer un sourire, ses yeux pétillants.

— Bien joué.

— Ton ton suggère qu'il y a quelque chose de mal à repasser ses vêtements.

Elle secoue lentement la tête.

— Pas du tout.

Je ne la crois pas.

— Ma sœur m'a suggéré de le porter, j'explique. Elle pensait que j'avais besoin d'une « vibe » différente, comme elle dit.

— Je l'aime déjà. Dis-moi, est-ce qu'elle savait que tu allais le repasser ?

— Nous n'en avons pas discuté, si c'est ce que tu demandes.

— Eh bien, tu es très élégant. Tout le monde va se ruer pour savoir qui est le type à mon bras ce soir, ça, je peux te le dire.

Je décide de prendre son commentaire comme son sceau d'approbation, jean repassé et tout le reste.

En verrouillant la porte du chalet, ce que Clarisse, la gérante, avait insisté pour que je ne fasse pas, je me souviens des fleurs et je les lui tends.

— C'est pour toi, dis-je, énonçant une évidence.

Elle les prend entre ses mains. Son visage est radieux quand elle relève les yeux vers moi.

— Elles sont magnifiques, mais tu n'avais pas besoin de m'offrir des fleurs. C'est pour de faux, tu te souviens ?

— Bien sûr que je m'en souviens, je renifle, sur la défensive mais me sentant toujours idiot. J'ai pensé qu'elles te plairaient quand même.

Ses traits s'adoucissent.

— Les marguerites sont mes fleurs préférées. Comment le savais-tu ?

Je lui souris en retour.

— Tu as porté deux robes avec des marguerites dessus, alors je me suis dit que tu devais les aimer.

L'expression sur son visage me dit qu'elle est touchée par mon geste. Touchée et un peu décontenancée.

— Où les as-tu trouvées ? Elles ont dû être difficiles à trouver.

C'est le moins qu'on puisse dire. Je n'avais aucune idée de la saison des marguerites, mais je l'ai découvert assez vite quand j'ai commencé ma quête. Disons simplement qu'Internet et une liasse de billets ont été mes amis.

— C'était assez facile, je lui dis.

Elle contemple les fleurs une fois de plus avant de reposer son regard sur moi.

— Topher, c'est tellement adorable de ta part. Merci.

— De rien.

Elle soutient mon regard, et mon cœur s'emballe dans ma poitrine. Il serait facile de la prendre dans mes bras et de l'embrasser, là, tout de suite.

Tellement facile.

Les lèvres que je veux embrasser se courbent en un sourire.

— Tu es de la vieille école, n'est-ce pas ?

— Je suppose que oui.

Son regard glisse vers ma bouche, et je me demande si elle le ressent aussi. Cette envie de m'embrasser pour de vrai cette fois, pas dans le cadre de notre comédie.

Elle cligne des yeux plusieurs fois et détourne le regard, brisant le charme.

Donc… *non*.

— Hé, j'ai une idée, commence-t-elle avec ce qui semble être un entrain forcé. Et si j'entrais seule à la soirée, et que tu arrivais quelques minutes plus tard pour me donner les fleurs ? Comme ça, on aura un public.

Elle veut transformer mon cadeau en une sorte de spectacle ?

Mais à quoi je pense ? Bien sûr qu'elle le veut, parce que c'est exactement ça : un spectacle.

Elle n'a pas senti d'étincelle quand on s'est rencontrés au café et elle ne m'a embrassé dans le bar que pour montrer à son patron qu'elle avait tourné la page avec son ex.

Le plus tôt je me mettrai ces deux faits dans le crâne, le mieux ce sera pour nous tous, et ce sera aussi moins embarrassant pour moi si j'arrête de faire des choses stupides comme lui offrir un bouquet de marguerites parce que je pensais que ça lui ferait plaisir.

Tout espoir que Harper veuille plus de ma part disparaît parmi les arbres.

— Bien sûr. C'est une excellente idée.

Je me force à afficher ce que j'espère être un sourire assez convaincant.

— On y va ? demande-t-elle. Nous sommes assez en retard pour faire une entrée remarquée, mais pas trop pour avoir manqué les délicieux amuse-bouches.

— Tu as tout planifié, n'est-ce pas ?

— La planification est la clé de toute fausse relation réussie, tu ne trouves pas ?

Elle me gratifie de son sourire et je m'adoucis.

Est-ce que c'est complètement nul de vouloir sauter sur la moindre occasion de passer du temps avec Harper, même si je ne suis qu'une pièce de son jeu ?

À la réflexion, je ne suis pas prêt à répondre à cette question.

Elle ouvre sa portière.

— Monte. Ce n'est pas fermé.

— Pourquoi ne voulais-tu pas que je vienne te chercher ce soir ? je demande en bouclant ma ceinture.

Elle sort la voiture de la place de parking en marche arrière et s'engage dans la rue.

— Totale franchise ?

— Totale franchise.

— Je ne voulais pas que mes parents te voient. Je savais qu'ils poseraient beaucoup de questions et je ne voulais imposer ça à aucun de nous deux.

— Bien sûr. C'est tout à fait logique.

Comme si j'avais besoin d'une preuve de ce que ça représente pour elle.

De toute façon, ça ne servirait à rien de céder à l'attirance que je ressens pour elle. Nous sommes de parfaits opposés, elle et moi. Ça ne marcherait jamais.

C'est une institutrice qui adore son travail, et qui se contente de vivre dans la petite ville où elle a grandi. Moi, je suis un avocat ambitieux et prometteur, avec une carrière toute tracée devant moi, poussé par un besoin profond de réussir.

Et de toute façon, même si nous n'étions pas de parfaits opposés, dans deux petits mois, je serai loin d'ici, laissant Hunter's Creek et Harper Cole bel et bien derrière moi pour me tourner vers un avenir plus radieux.

— De toute façon, le plan, c'était que mes parents n'apprennent rien sur nous. Mais ma sœur et sa grande bouche ont vendu la mèche.

— Comment ta sœur était-elle au courant pour moi ?

Elle marque une pause avant de répondre :

— À cause de ce qu'on a fait au bar. Gabe, le barman, est son ami.

— Le *truc* en question, c'est quand tu m'as embrassé ? je la taquine.

Son regard croise brièvement le mien avant de retourner sur la route.

— Si je me souviens bien, tu n'étais pas vraiment un participant réticent.

— Je...

Comment répondre à ça ? Oui, je n'étais pas un participant réticent ? Oui, j'aimerais t'embrasser à nouveau ? Finalement, je m'en tiens à la vérité.

— Tu as raison.

J'essaie d'ignorer la façon dont le souvenir de notre baiser, la sensation de ses lèvres sur les miennes, la chaleur de son corps pressé contre le mien m'ont bouleversé. Et j'ignore totalement l'envie de me pencher pour recommencer avec elle, ne serait-ce que parce qu'elle est en train de conduire.

Mais je ne peux pas faire ça. Ni maintenant, ni jamais.

Elle a été on ne peut plus claire : peu importe ce que je peux ressentir pour elle, Harper ne me voit que comme un simple pion dans son petit jeu.

Chapitre 11

Harper

Je m'agrippe au volant comme à une bouée de sauvetage, l'estomac complètement retourné.

Christopher a vraiment admis avoir été un « participant enthousiaste » au baiser que nous avons échangé ?

Genre, ça lui a plu ?

Genre, il aimerait peut-être recommencer avec moi un jour ?

Et, plus important encore, qu'est-ce que *j'en* pense, moi ?

Est-ce que je voudrais l'embrasser à nouveau ?

Ne te méprends pas, ce type est canon. Genre, torride. Il est peut-être très collet monté et conservateur, mais je suis sûre que beaucoup de femmes voudraient se faire embrasser par un homme comme Christopher. Il a peut-être l'air très sérieux, et il a peut-être repassé un pli sur son jean — je veux dire, qui fait ça ? — mais il est beau dans ce qu'il porte ce soir. Plus que beau.

D'accord, il est séduisant au point de vouloir l'embrasser. Genre, il se pourrait que j'aie envie qu'il me prenne dans ses bras et me regarde avec une profonde intensité avant que nous ne nous laissions emporter par un long baiser passionné.

Je laisse échapper un soupir.

Pourquoi est-ce que j'espère que Christopher ressente quelque chose pour moi alors que j'ai déjà fait ma grande déclaration dans le bus comme quoi j'en avais fini avec les hommes ?

Plus jamais. Hors de question.

Ça n'a aucun sens !

On m'a arraché le cœur de la poitrine. J'ai tiré un trait sur les hommes. Ça devrait être le point final.

Mais me voilà, assise à côté de Christopher dans la vieille voiture cabossée de mon père, me sentant comme une adolescente qui a le béguin pour un garçon et espérant qu'il ressente la même chose.

Punaise.

Quand on tire un trait sur les hommes, on devrait vraiment s'y tenir pendant un certain temps, non ? Ça fait à peine une semaine de travail complète.

Je me mordille la lèvre en tournant dans Main Street.

Je suppose que ce que je voulais vraiment dire quand j'ai fait cette déclaration à Flo dans le bus, c'est que j'en avais fini avec les hommes comme Dex. Les hommes dont le charisme vous saute aux yeux. Les hommes qui adorent être le centre de l'attention. Les mâles alpha. Les hommes dominants. Les hommes qui ramènent tout à *eux*.

Christopher n'est pas comme ça. Il est calme, maître de lui, comme s'il avait cette confiance intérieure tranquille qui le guide. Il n'est pas tape-à-l'œil ou bruyant comme Dex, et il n'a certainement pas ce besoin constant d'être admiré qu'avait Dex, ce besoin constant qui me rendait folle.

Et maintenant, je me retrouve assise dans une voiture avec un homme si différent de mon ex, un homme qui est probablement mon opposé total, à me demander s'il ressent la même étincelle inattendue que je n'avais jamais prévu de ressentir pour lui.

Beau travail, Harper.

Je me gare en épi devant le Second Chance Café. Je coupe le contact, prends une inspiration pour me donner du courage, puis je me tourne pour lui faire face.

— Je ne t'ai jamais vraiment remercié pour ça, d'ailleurs. Tu sais, de m'avoir laissé t'embrasser. Certains types m'auraient repoussée, vu que je les ai embrassés comme ça, au milieu d'une phrase.

Il fronce les sourcils à sa manière caractéristique.

— Tu embrasses souvent des hommes au hasard sans prévenir ?

— Bien sûr que non !

J'éclate de rire.

— C'est quoi cette question ? Tu me croirais si je te disais que tu es le premier ?

Il incline la tête.

— J'en suis honoré.

Il y a un moment de silence où nous restons assis, côte à côte, l'air autour de nous lourd de mots non dits.

Du moins, c'est comme ça que je le ressens.

Christopher, en revanche, est impossible à déchiffrer. Il ne laisse rien paraître. Il passe la plupart de son temps le visage impassible, les sourcils froncés, son visage s'éclairant d'un sourire à peu près tous les trente-six du mois.

— Alors, les nouvelles se sont répandues, n'est-ce pas ? demande-t-il.

Il me faut un moment pour comprendre de quoi il parle.

— Les nouvelles ?

— À propos de toi et moi.

Ah, oui. Il change de sujet pour ne pas parler de notre baiser. Bonne idée. La *bonne* décision.

Céder à mon attirance pour ce type serait une idée stupide.

J'affiche un sourire forcé.

— En effet.

— Ce qui est ce que nous voulions tous les deux.

— C'est ça.

Il m'observe un instant avant de dire :

— Le problème, c'est que tu ne voulais pas que ta famille le sache parce que tu ne voulais pas avoir à leur mentir.

En plein dans le mille.

— Je ne veux pas qu'ils s'attachent à l'idée de toi parce que nous ne sommes pas un vrai couple et que tu seras parti d'ici quelques mois.

Il regarde par la fenêtre.

— C'est vrai.

Comme si j'avais besoin d'une autre preuve.

À mon tour de changer de sujet.

— Je ne t'ai jamais demandé ce que tu fais ici, ce qui me semble être une chose que je devrais savoir, en tant que petite amie. Tu ne crois pas ?

Il s'éclaircit la gorge.

— Je suis consultant en management. Je suis ici pour le compte de M. Cantor afin d'optimiser les processus de la scierie pour les rendre aussi efficaces que possible et augmenter la rentabilité.

— Eh bien, quelle phrase à rallonge.

Ses lèvres se retroussent.

— C'est comme ça.

— Tu sais, j'ai toujours trouvé que M. Cantor ressemblait à ce vieil acteur célèbre. Tu sais, celui qui a dit : « La vérité ? Vous n'êtes pas prêts à l'entendre ! »

— Jack Nicholson.

— Oui !

— C'est exactement ce que j'ai pensé quand je l'ai rencontré, jusqu'à ce sourire qu'il a. C'est un peu déconcertant, non ? La façon dont il sourit quand il dit quelque chose de sérieux. C'est déstabilisant. Tu ne peux pas lui dire que j'ai dit ça. Je suis désolé, c'était très peu professionnel de ma part.

— Ce n'est pas grave. Je ne fréquente pas beaucoup M. Cantor en dehors du travail, étant donné que je ne fais pas partie du Country Club et que je ne pilote pas mon avion depuis un aéroport privé dans la ville voisine.

— D'où pilotes-tu ton avion privé, toi ?

Je laisse échapper un petit rire.

— Encore une blague, Topher ?

— Si tu n'avais pas deviné, c'est que je suis en difficulté.

— J'avais deviné. Je ne m'y attendais pas, c'est tout.

— Parce que j'ai repassé mon jean ?

Je le parcours du regard. Ai-je déjà dit qu'il est particulièrement séduisant ce soir ?

— C'est juste ta nature, j'imagine. Tu es sérieux et tu apportes à une fille ses fleurs préférées pour un faux rendez-vous. Tu n'es pas du genre à plaisanter.

Il hausse un sourcil dans ma direction.

— Et tu es parvenue à cette conclusion parce que tu me connais si bien que ça ?

Il n'a pas tort.

— C'est l'image que tu renvoies. Tu n'es pas frivole et bavard, c'est tout.

— Non, je suis un ogre grincheux et ennuyeux.

Je me recule brusquement sur mon siège.

— Je n'ai pas dit ça !

— Non, pas toi. Quelqu'un d'autre.

— Eh bien, cette personne ne t'aime clairement pas. Tu ne devrais pas prendre la peine de l'écouter.

Son visage se plisse en un sourire.

— Bon conseil.

— Peut-être qu'on n'est pas si différents, toi et moi.

— Qu'est-ce qui te fait dire ça ? Parce qu'on pense tous les deux qu'un homme qui ressemble comme deux gouttes d'eau à Jack Nicholson ressemble comme deux gouttes d'eau à Jack Nicholson ?

Je glousse.

— Peut-être ?

— Ce n'est pas ce que tout le monde pense de lui ?

— Je suppose. C'est une sorte de célébrité locale.

— Plus célèbre que ton ex ?

Ma poitrine se serre.

— Désolé. Je n'aurais pas dû mentionner Dex, l'ex.

— Dex, l'ex ? Ça ressemble à un truc que mes élèves écriraient pour leurs devoirs de poésie.

— C'est une rime très sophistiquée. Je devrais peut-être déposer un copyright, non ? Je ne voudrais pas qu'un de tes élèves de sept ans s'approprie mon génie.

Je secoue la tête en le regardant, savourant la facilité avec laquelle je peux lui parler. Et dire que je le croyais coincé et ennuyeux, vieux avant l'âge. Un type coincé et ennuyeux que j'avais envie d'embrasser il y a à peine quelques instants.

— Christopher Young, tu es en pleine forme ce soir, lui dis-je.

— J'essaie juste de me rattraper après avoir mis les pieds dans le plat au sujet de ton ex.

Je balaie son inquiétude d'un revers de la main.

— Tu es adorable, mais ce n'est rien. Vraiment.

Je regarde par la fenêtre et vois des gens entrer dans le Second Chance Café.

— Tu es prêt à entrer et à montrer à toute la ville que j'ai tourné la page ?

— Avant qu'on y aille, je me suis dit qu'on devrait parler de notre arrangement.

— De quoi voulais-tu parler ?

— Je pense qu'il vaut mieux qu'on se mette d'accord sur les paramètres de notre relation, pour qu'on soit tous les deux sur la même longueur d'onde.

— Les paramètres de notre relation, hein ? Quel romantique, toi alors, le taquinai-je avec un grand sourire.

Il fronce les sourcils.

— Mais n'est-ce pas le but ? Ce n'est pas une situation romantique.

C'est ce qui s'appelle remuer le couteau dans la plaie. Comme si j'avais besoin d'une preuve supplémentaire qu'il ne ressentait rien pour moi.

— Qu'est-ce que tu as en tête ?

— D'abord, mettons-nous d'accord sur un calendrier pour nos apparitions publiques. Nous avons cette soirée d'école ce soir, où tes collègues nous verront ensemble. Ensuite, je me suis dit qu'on pourrait faire quelque chose avec mes collègues de travail. Peut-être boire un verre dans l'un des bars qui portent des noms d'ours ?

— Ça me va, sans problème.

Je remarque du mouvement sur le trottoir et lève les yeux pour voir Rachel accompagnée de son mari. Je lève la main pour les saluer.

— C'est Rachel et son mari, Keith. C'est une collègue de mon école.

— Je travaille avec Keith à la scierie.

— Alors, on fait d'une pierre deux coups, Topher, réponds-je en remuant les sourcils.

— Vite, regarde-moi et souris, comme si j'étais la meilleure chose qui te soit jamais arrivée.

Ses yeux se posent sur les miens et, alors que son visage se fend d'un sourire, quelque chose se noue en moi.

J'aimerais tellement que ce soit la réalité.

— Ils arrivent par ici, me dit-il.

— Vite. Ris, l'informai-je avant de rejeter la tête en arrière et de faire exactement ça.

— Ça t'amuse, pas vrai ?

— Allez, tu dois admettre que c'est amusant.

— « Amusant » n'est pas le mot que j'emploierais.

Ses paroles sont en contradiction avec son visage, qui s'illumine du sentiment même qu'il prétend ne pas éprouver.

Vous savez, quand on obtient quelque chose si rarement que ça en devient encore plus spécial ? Comme Noël qui n'arrive qu'une fois par an. C'est la même chose avec le sourire de Christopher. Il valait la peine d'attendre.

On frappe à la vitre et je détache à contrecœur mes yeux de ceux de Christopher pour voir Rachel et Keith nous sourire à travers la fenêtre.

— Je crois qu'on ferait mieux de sortir, dit Christopher.

Son regard croise le mien avant qu'il ne sorte de la voiture, ne salue rapidement Keith et Rachel, et ne se précipite pour contourner le véhicule. Je pousse la portière juste au moment où il tend la main pour l'ouvrir, et la porte heurte sa main tendue.

— Oh, mon Dieu ! Désolée. Ça va ? demandai-je en me redressant péniblement.

Il inspire brusquement et plaque sa main contre son torse.

— Ça va.

— Tu n'as pas l'air d'aller bien.

Je pose ma main avec hésitation sur la sienne et je vois bien qu'il essaie de ne pas grimacer.

— C'était un sacré coup, commente Keith avec un petit rire.

— Tu essaies de blesser le plus récent citoyen temporaire de Hunter's Creek, Harper ?

Ce n'est pas comme ça que j'imaginais ce moment.

— Ce n'est rien, dit Christopher. Il se tourne vers la femme de Keith et dit :

— Bonjour. Je m'appelle Christopher Young. Enchanté de vous rencontrer.

— Moi, c'est Rachel. Je travaille avec Harper.

Elle tend la main pour la lui serrer et il lui offre sa main gauche à la place.

Oh, non. Je lui ai vraiment fait mal.

— Harper vient de me dire que vous êtes aussi institutrice.

— Pour ma pénitence, répond-elle avec un sourire radieux.

— On est vraiment ravis d'avoir Harper dans l'équipe. C'est un excellent ajout. Les enfants l'adorent.

— J'essaie encore de m'habituer à appeler mes anciens professeurs par leur prénom.

— Comment je m'appelle ? demande Rachel.

— Rachel, je réponds.

— Tu vois ? Ce n'était pas si difficile, n'est-ce pas ? dit-elle.

— Oui, parce que tu ne m'as pas fait cours quand je portais des couettes et des chaussettes montantes, je la contredis.

— On entre ? demande Keith.

— Bien sûr.

Je dois juste attraper quelque chose avant.

Christopher saisit les marguerites sur la banquette arrière et me les tend.

Rachel donne un petit coup de coude à son mari, tout sourire.

— Pour moi ? je m'extasie, jouant mon rôle à la perfection, les mains sur la poitrine comme si je n'arrivais pas à croire que mon cavalier puisse m'offrir des fleurs.

— Oh, Topher, il ne fallait pas.

— Je... je voulais que tu les aies, Harper, me dit-il, et il y a

137

quelque chose dans sa voix, quelque chose qui capte toute mon attention.

Cela m'en dit plus que tous les mots et tous les regards que nous avons échangés ce soir.

J'avale ma salive, la gorge soudainement sèche. Je tends la main pour prendre les fleurs, et alors que nos doigts s'effleurent, nos regards se scellent, et l'expression dans ses yeux est si intense, si sincère, que je sais.

Lui aussi, il ressent la même chose.

Chapitre 12

Harper

— Savez-vous ce que cela signifie, Olivia ? lui demandai-je en marquant la dernière ligne de son évaluation de lecture continue, sachant que mon élève a si bien réussi qu'elle a clairement besoin de textes plus difficiles.

En regardant la fillette enthousiaste assise à mon bureau, je poursuis :

— Cela signifie que vous passez au groupe de lecture supérieur. Bravo.

Elle me fait un grand sourire, fière de sa réussite.

— Merci, madame Cole. Je trouvais ça difficile, alors je suis super contente d'avoir réussi.

— Vous avez très bien réussi, lui dis-je. Maintenant, allez terminer votre exercice de compréhension. Il ne nous reste qu'environ cinq minutes avant l'heure du déjeuner.

Olivia bondit de sa chaise comme un diable en boîte.

— Bien sûr, madame Cole, dit-elle avec un sourire fier avant de retourner à son bureau pour finir son travail.

Je souris en la regardant partir. C'est l'un des aspects les plus gratifiants de mon travail : quand un élève travaille dur sur quelque chose et obtient un résultat qu'il ne pensait pas pouvoir atteindre. Olivia avait eu du mal à passer au niveau de lecture supérieur en même temps que les autres membres de son groupe, mais avec mes conseils et quelques devoirs supplémentaires, elle a retrouvé la place qui est la sienne.

Je vois ça comme une leçon pour nous tous : si on s'y met vraiment, on peut y arriver.

Je passe entre les groupes d'enfants, encourageant ceux qui sont concentrés, tout en recadrant ceux qui ne le sont pas. On a toujours un mélange d'élèves dans une classe, et la classe de CE1 de l'école primaire de Hunter's Creek ne fait pas exception. C'est en partie ce que j'aime dans ce métier. J'aide les enfants à accomplir de petites et de grandes choses, que ce soit passer dans un groupe de lecture supérieur, maîtriser leurs tables de multiplication ou se souvenir de manger leur déjeuner pour avoir de l'énergie l'après-midi. Ensemble, nous vivons de petites victoires chaque jour. Je me demande si on peut en dire autant de beaucoup d'autres métiers.

Je tape dans mes mains pour attirer l'attention de la classe, et les enfants applaudissent en réponse.

— Il est temps de ranger vos affaires de français et de venir vous asseoir sur le tapis avant le déjeuner, dis-je à tout le monde.

Les enfants s'affairent à leurs tâches — certains plus efficacement que d'autres — et une fois que les derniers traînards ont terminé, ils s'assoient en tailleur sur le tapis devant moi.

— C'était un super rangement aujourd'hui, l'équipe. Freddie, j'ai beaucoup aimé la façon dont vous avez rangé non seulement votre livre de lecture, mais aussi ceux de Samuel et de Toby.

Freddie me sourit, rayonnant de fierté. C'est l'un des enfants qui ont besoin d'un soutien et d'un encouragement supplémentaires.

— Nous avons une décision importante à prendre et j'attends vos suggestions. Levez la main si vous avez une suggestion pour le projet d'art plastique que nous devrions faire après le déjeuner. Je voudrais que nous fassions des peintures pour décorer les murs de notre classe avec de nouvelles œuvres.

Je sais que je vais avoir droit à des idées farfelues, mais c'est toujours amusant d'impliquer les enfants dans le processus de décision, et je trouve qu'ils s'investissent aussi beaucoup plus dans la tâche quand ils y participent.

Une forêt de mains se lève. Je choisis une première élève.

— Amelia, quelle est votre suggestion ?

— Je pense qu'on devrait toutes peindre des princesses dans leurs châteaux parce que les princesses sont si jolies et qu'elles peuvent avoir de longues robes avec des nœuds et porter des diadèmes, répond-elle.

J'écris le mot « princesse » sur le tableau blanc.

— Qui a une autre idée ? Thomas ?

Sans grande surprise, la suggestion de Thomas n'a rien à voir avec les princesses.

— On devrait peindre des robots, du genre de ceux qui détruisent des trucs parce que ce serait cool, dit-il, ce qui lui vaut une vague d'approbation de la part de certains garçons.

J'écris le mot « robot » sur le tableau blanc.

— Excellente idée, Thomas.

Je choisis plusieurs autres idées, allant des dinosaures aux licornes, en passant par des peintures de nos familles — ce qui est le but vers lequel je voulais amener cette discussion. Des peintures de nos familles, donc, pas des dinosaures et des licornes.

— J'adore l'idée de peindre nos familles, l'équipe. Je désigne la liste. Quand vous aurez terminé, si vous voulez ajouter l'une de ces autres idées, vous pourrez le faire.

— Madame Cole ? demande Freddie, la main levée. Est-ce qu'on est obligés de peindre des princesses, parce que je n'aime vraiment pas ça ?

— Ouais, c'est nul, approuve Thomas, beaucoup moins poliment, sous les regards indignés d'Amelia et de quelques autres filles. Elles sont clairement dans l'équipe Princesse.

— Thomas, nous acceptons toutes les idées valables dans cette classe. Vous n'êtes pas obligé de peindre une princesse avec votre famille, mais vous devez accepter que d'autres veuillent le faire.

— Je peux peindre un ninja ? demande-t-il.

— Vous pourrez peindre un ninja une fois que vous aurez peint votre famille.

La cloche du déjeuner sonne.

— D'accord, l'équipe. Excellent travail ce matin. C'est l'heure de manger.

Je demande aux élèves de se mettre en rang, de prendre leurs sacs-repas et d'aller manger dehors. Il fait un temps magnifique mais frais aujourd'hui à Hunter's Creek, et l'école primaire jouit d'un emplacement enviable, entourée d'une herbe verte et luxuriante et de certains des plus vieux arbres de la ville.

Alors que les enfants sortent en file indienne et récupèrent leurs boîtes à déjeuner, je les suis dehors, respirant l'air frais et vif après la pluie matinale. Autant j'aime enseigner, autant il est parfois bon de se retrouver seule avec ses pensées. J'ai lu un jour que les enseignants reçoivent près de 400 questions de la part de leurs élèves chaque jour. J'ai besoin de cette pause.

Et d'ailleurs, j'ai autre chose en tête.

Christopher.

Je ferme les yeux et lève le visage vers le faible soleil, en pensant à lui.

Après le moment que nous avons partagé hier soir, quand il m'a tendu les marguerites, il a réussi à se frayer un chemin dans mes pensées pour de bon.

Et c'était vraiment un moment spécial. La façon dont son regard s'est posé sur le mien, le contact de ses doigts, la façon dont mon cœur battait la chamade tandis que notre regard s'intensifiait, partageant un sentiment inexprimé entre nous.

Si nous n'avions pas été interrompus, je ne sais pas où cela nous aurait menés.

Mais à cet instant, je savais très bien où je voulais que ça aille.

La voix de Rachel a percé notre bulle lorsqu'elle a commenté à quel point Christopher était adorable, et le charme a été rompu. Nous avons repris nos rôles de faux couple pour la soirée, bavardant avec les autres professeurs et leurs partenaires, parfois ensemble, parfois séparément.

Mais il n'a pas quitté mes pensées un seul instant.

Quand je l'ai redéposé à son chalet, aucun de nous n'a mentionné ce qui s'était passé entre nous devant le café, mais cela m'a laissé penser qu'il pourrait y avoir quelque chose entre nous.

C'est un homme bien, un homme respectable, un homme qui a de l'ambition, qui est loyal et qui désire bien faire. Un homme prêt à m'aider en jouant le rôle de mon faux petit ami, même s'il sait que cet arrangement m'est bien plus profitable qu'à lui.

Mon cœur pourrait-il être en sécurité avec lui ? Pourrais-je tenter ma chance avec Christopher ?

Une partie de moi en a envie. Une partie de plus en plus grande. Il représente tant de choses que je recherche, et il est si différent de Dex. L'ex, sans complexe. Je souris en me rappelant la jolie rime de Topher.

Peut-être que le faux pourrait devenir réel ? Peut-être que ce moment que nous avons partagé pourrait être le début de quelque chose de merveilleux entre nous ?

Et puis je me suis réveillée et je suis revenue à la réalité.

Je ne peux pas penser à Christopher de cette façon. C'est mon faux petit ami, et j'insiste sur le *faux*. Peu importe la façon dont il m'a regardée, peu importe à quel point j'ai pu avoir envie de le tirer contre moi et de presser mes lèvres contre les siennes dans un baiser à couper le souffle, ça ne pourra jamais marcher.

Il y a tant de raisons. Je me les récite mentalement :

Nous sommes de parfaits opposés. Il est Monsieur Costard et je suis Mademoiselle Insouciance.

Il n'est à Hunter's Creek que pour deux mois, et ensuite, il s'en ira.

Mon cœur est encore meurtri après Dex.

Je ne sais même pas si Christopher veut être avec moi.

C'est une liste insurmontable.

— Mademoiselle Cole, vous voilà.

J'ouvre les yeux et je vois Meryl se faufiler entre les élèves dans ma direction.

— Bonjour, madame Holmes. Que puis-je faire pour vous ?

Entre professeurs, nous nous appelons toujours par nos noms de famille quand les élèves sont là, et personnellement, ça me va très bien, étant donné que la plupart des professeurs ici ont aussi été *mes* professeurs.

— Allons parler dans votre salle de classe, dit-elle en me dépassant d'un pas décidé pour entrer dans ma classe.

Je la suis à l'intérieur.

— Tout va bien ?

Elle me regarde, le visage grave.

—Jeanette a la mononucléose.

— Jeanette Latimer ? je demande, je croyais qu'on attrapait la mononucléose en embrassant les gens.

Jeanette Latimer doit avoir au moins soixante-dix ans. C'est une veuve qui a été mon professeur, ainsi que celui de ma sœur, et avant nous, de nos parents. Si elle se met à embrasser des gens et à attraper la mononucléose, ça rendrait ma situation actuelle de célibataire super tragique.

— Oh, je ne sais pas comment elle l'a contractée. Le fait est qu'elle l'a. Elle est en arrêt maladie pour un mois, et elle est censée s'occuper du spectacle des enfants au Festival de Printemps de Hunter's Creek dans quelques semaines.

— Ce n'est pas une bonne nouvelle.

— Rappelez-moi, Harper, je crois avoir lu sur votre CV que vous avez travaillé avec les enfants sur des pièces de théâtre dans votre ancienne école ?

Je sais où elle veut en venir.

— C'est exact.

— Et je me souviens à quel point vous étiez douée pour la musique quand vous étiez enfant.

— Je jouais de la flûte à bec. Et mal.

— N'importe quoi. Vous étiez merveilleuse.

Oh, elle est en train de me tendre une sacrée perche.

Je décide de la sortir de l'embarras. Ou de m'en sortir moi-même. Enfin, peu importe comment fonctionne cette analogie de pêche.

— Vous voulez que je remplace Jeanette ? je demande.

— Harper, ce serait fantastique, s'enthousiasme-t-elle, comme si l'idée venait entièrement de moi. Elle m'a donné la liste des chansons et a déjà fait passer les auditions, donc vous avez vos chanteurs, ils sont inscrits et prêts à commencer. Il ne reste plus que les répétitions, les costumes et la représentation au festival.

Je jette un coup d'œil à la pile de travail sur mon bureau et je me demande comment je vais réussir à y caser l'organisation d'un spectacle musical pour le festival de printemps de la ville. Mais je suis toujours heureuse d'aider les autres dans le besoin, et Meryl est clairement dans le besoin en ce moment.

— Vous aurez besoin d'aide, bien sûr. Aucun des autres professeurs n'est disponible pour l'instant, mais je sais que Jeanette demande généralement à son petit-fils de s'occuper des tâches physiques, comme les décors et tout ça.

— Lequel ? Dallas, Donnie ou Derek ?

Je les connais tous, bien sûr, parce que nous sommes à Hunter's Creek, population *minuscule.*

— Donnie, je crois. Le grand et costaud.

— « Grand et costaud » décrit la plupart des mecs de cette ville, à quelques exceptions près.

Elle laisse échapper un rire.

— Je suppose que c'est vrai.

— Je suis jeune, en forme et capable. Je suis sûre que je pourrai déplacer quelques décors.

Elle balaie ma déclaration d'un geste de la main.

— N'importe quoi. Vous faites des chansons de *La Mélodie du bonheur* et ces décors sont lourds. Nous les utilisons toutes les quelques années, vous savez. Les gens adorent *La Mélodie du bonheur.*

— Comme dans *Do-Ré-Mi* ? je souffle. Je ne connais pas du tout la comédie musicale, à part cette unique chanson. J'ai vraiment du pain sur la planche, mais je ferai tout mon possible pour que le spectacle soit formidable.

— Oh, vous ferez un travail extraordinaire. Je me souviens de comment vous étiez au lycée, toujours prête à aider pour n'importe quoi. Si vous avez toujours cette attitude volontaire, tout se passera très bien. Trouvez juste de l'aide pour les décors.

— Qu'est-ce qu'ils ont, ces décors ? Ils sont en béton ou quoi ? je demande en riant, parce que qui a déjà entendu parler de décors si lourds qu'il faille demander à des gars costauds comme Donnie Latimer de donner un coup de main ?

— C'est à cause de toutes ces montagnes suisses, ces lacs et ces manoirs. Pourquoi ne demandez-vous pas à votre nouvel homme ? Je suis sûre que Christopher serait ravi de vous aider, vu à quel point il est sous votre charme.

L'idée de demander une autre faveur à Christopher me donne des papillons dans le ventre.

— Bien sûr, je murmure.

— C'est donc réglé, tape-t-elle dans ses mains de joie. Qui sait, peut-être que Christopher est aussi musicien que vous ? On pourrait vous faire chanter tous les deux avec les enfants. Alors là, vous seriez vraiment la famille Von Trapp. Maria et Georg von Trapp.

Je peux vous dire une chose tout de suite : je ne monterai pas sur scène avec les enfants, même pas avec Georg von Trapp. Qui que soit ce type.

Le visage de Meryl rayonne. Comment devrais-je me sentir en voyant que ma patronne est clairement séduite par mon nouveau faux petit ami ?

Gênant. Vraiment gênant.

Elle me prend par les bras et rayonne littéralement.

— Vous êtes un ange tombé du ciel, Harper Cole. Vous l'êtes vraiment, vraiment.

— Je n'irais pas *jusque*-là, je réponds, l'esprit s'emballant déjà en pensant à tout ce que je vais devoir faire pour qu'un groupe d'élèves de primaire interprète des chansons d'une célèbre comédie musicale que, j'en suis certaine, la plupart des gens de la ville connaîtront.

— Comment Christopher se plaît-il à Hunter's Creek ?

— Ça lui plaît énormément, et après la soirée d'hier, il a mentionné à quel point il vous avait tous trouvés sympathiques.

Christopher m'a dit que quelques-uns de mes collègues l'avaient passé sur le gril sans pitié, au point de le faire suer à grosses gouttes à un moment donné. Mais je ne vais pas le mentionner.

— Oh, n'est-ce pas merveilleux ? Je l'aime beaucoup. Il a un certain — comment dire ? — *gravitas*.

— Gravitas ?

Est-ce la manière polie de Meryl de dire qu'il est bien trop sérieux et un peu grincheux ?

— Oui, vous savez, il est mûr pour son âge et il semble être une personne qui se connaît bien. Tellement différent de Dex.

C'est le moins qu'on puisse dire.

— Sans ce contrat d'acteur, Dex travaillerait sur les machines à la scierie avec le reste des jeunes qui ne sont pas allés à l'université. Non que je veuille être indiscrète ou quoi que ce soit. Je sais que ce que je dis, vous le savez déjà vous-même.

Ce doit être la première fois que j'entends quelqu'un en ville dire autre chose que du bien de Dex.

Je ne sais pas trop quoi en penser.

— Vous savez, je peux dire à quel point il vous aime.

Mon rythme cardiaque s'accélère instantanément.

— Christopher ?

Elle hoche la tête.

— Il n'a pas arrêté de vous fixer. Toute la soirée. Même mon mari a remarqué à quel point il avait l'air amoureux, et d'habitude, il ne remarque pas ce genre de choses. Les hommes, n'est-ce pas ?

J'avale ma salive, mon ventre fait des loopings. Christopher n'a pas arrêté de me regarder ?

Pourquoi est-ce que ça me rend si heureuse que je pourrais exploser de joie ?

J'ai déjà dressé la liste des raisons pour lesquelles je ne peux pas être avec Christopher, et il y en a beaucoup. De bonnes raisons. Des raisons que ma tête comprend parfaitement.

Le problème, c'est que mon cœur ne veut rien entendre.

Chapitre 13

Christopher

Ajoutant les chiffres finaux à la feuille de calcul, je la trans-fère dans le dossier que j'ai intitulé « Accords commerciaux » avant d'ouvrir la tâche suivante sur ma longue liste d'actions. Mes recherches ont montré que l'usine a un ensemble compliqué d'accords commerciaux avec les fournisseurs et les clients, ainsi que divers baux, et je n'ai fait qu'commencer à démêler la décennie d'informations que Suzanne et Keith m'ont fournie.

C'est pourquoi je suis appuyée contre les coussins du

canapé dans ma cabine, avec mon ordinateur portable posé sur mes genoux, travaillant encore à huit heures du soir.

Cela pourrait être amusant de courir en ville, faisant semblant d'être avec quelqu'un que j'aimerais vraiment fréquenter, mais c'est ce pour quoi je suis ici. Travailler.

Un usage beaucoup plus productif de mon temps.

Il y a un coup à ma porte et instantanément je ferme mon ordinateur portable d'un coup sec. Je n'attends personne, et malgré ma nouvelle acceptation ici en ville, grâce au fait que je « sors » avec Harper, mes soirées se passent généralement seule dans ma chambre, travaillant ou ayant l'un de mes appels vidéo réguliers avec Kelly, au cours desquels elle me dit de moins travailler et plus m'amuser.

Je ne suis pas ses conseils.

M'attendant à ce que ce soit M. ou Mme Carlisle, le couple peu amical qui dirige le motel et ne semble pas aimer les gens—clairement un couple dans le mauvais secteur d'activité—je suis agréablement surprise quand j'ouvre la porte pour trouver Harper debout dans l'embrasure.

Elle porte l'une de ses robes caractéristiques ornées de marguerites, celle-ci plus courte que les autres que j'ai vues, tombant quelques centimètres au-dessus de ses genoux, qu'elle a assortie avec des bottines. Ses cheveux sont attachés en arrière, avec quelques mèches tombant autour de son visage, ses yeux bleu profond me regardant depuis sous sa frange.

Elle parvient à paraître mignonne, originale et sexy à la fois, et je trouve que je dois me forcer à me concentrer sur son visage plutôt que de laisser mes yeux s'attarder sur ses longues jambes bronzées.

Pour être honnête, ce n'est pas si difficile. Son visage est agréable à regarder aussi.

Que puis-je dire ? Harper Cole, c'est le package complet.

— Harper, dis-je avec surprise. Que fais-tu ici ?

— Est-ce une façon d'accueillir ta petite amie ? demande-t-elle, ses yeux écarquillés dans une offense feinte.

— Ce le serait si tu étais réellement ma petite amie.

— Chut ! Ne dis pas ça. Tu ne sais pas qui écoute, chuchote-t-elle en tournant sa tête d'un côté puis de l'autre.

Sa nature décontractée et son large sourire me détournent de mes pensées sur le travail et je lui souris en retour, sincèrement ravie de cette interruption.

— La cabine à côté de nous est vide, et je soupçonne fortement que les Carlisle regardent un jeu télévisé en ce moment. Personne ne peut t'entendre.

— Eh bien, c'est troublant dans le genre tueur en série dans les bois.

— Est-ce que j'ai l'air d'un tueur en série à tes yeux ?

Ses yeux me parcourent, et je regrette d'avoir enlevé ma veste et ma cravate et desserré les deux premiers boutons de ma chemise. Une armure, souviens-toi ?

— C'est exactement ce qu'un tueur en série dirait.

— Je ne connais aucun tueur en série, donc je ne peux pas commenter.

— C'est bon à savoir. Je t'ai apporté quelque chose.

Elle tient une boîte avec des rayures roses et blanches et les mots « Brown Bear Bakery ».

Sérieusement, cette ville est-elle obsédée par tout ce qui concerne les ours ? D'après ce que j'ai vu jusqu'à présent, je dirais que la réponse à cette question est un « bon sang, oui » retentissant.

— Laisse-moi deviner. Des pattes d'ours ? je propose.

Elle me sourit en agitant ses sourcils.

— Tu vas devoir m'inviter à entrer pour le découvrir.

— Bien sûr.

Je parcours le chalet du regard. Mes vêtements sont soigneusement pliés et rangés dans les tiroirs, mes costumes sont suspendus dans le placard, le lit est fait et la cuisine est propre — principalement parce que je ne suis pas un grand cuisinier et que je préfère manger au restaurant.

— Tu sais ce qu'on dit : « Un espace bien rangé, c'est un esprit bien rangé, et donc une vie bien rangée. »

— Qui dit ça ?

— Les gens.

— Personne que je connais.

Je me désigne d'un geste.

— Bienvenue dans mon monde organisé, Harper.

— Tu devrais me trouver un surnom, *Topher*.

Est-ce le moment de lui avouer que j'aime bien quand elle m'appelle Topher ?

— Tu veux que je te trouve un surnom ?

— Dans la plus pure tradition des relations interperson-nelles petit ami-petite amie, je dirais que tu m'en dois un.

J'y réfléchis un instant.

— C'est quoi, le diminutif de Harper ? Ce n'est pas un prénom facile à raccourcir. Tu avais l'embarras du choix avec mon prénom : Chris, Chip, Kit. *Topher*.

Je lui lance un regard, mais ça ne fait qu'intensifier son magnifique sourire.

— Kit ?

— C'est le diminutif de Christopher.

— Quelqu'un t'appelle Kit ?

— Ma sœur, je concède.

— Mignon.

— Pour Harper, il n'y a pas de diminutif connu, à ma connaissance.

— Dex m'appelait toujours Harps, répond-elle.

Visiblement, les mots ont dépassé sa pensée en mention-nant son nom, et je vois un nuage passer sur son visage avant qu'elle ne recompose ses traits en un sourire.

— Ça te plaisait qu'on t'appelle par le pluriel d'un grand instrument à cordes ?

Je gagne un autre de ses sourires, et je le sens, au plus profond de mon ventre.

— Je n'y avais jamais vraiment pensé comme ça.

— Mais est-ce que l'origine de ton prénom n'est pas « quelqu'un qui joue de la harpe » ? Une « harpiste », si tu veux ?

— Ah. Qui l'eût cru ? Je ne suis même pas sûre que mes parents le savaient. Tu es intelligent.

Je pince les lèvres pour réprimer un sourire.

— Quoi qu'il en soit, j'enlève « Harps » de la liste, pour des raisons évidentes. Que dis-tu de « Har » ? Ou « Per » ?

Elle plisse le nez. C'est adorable.

— Pipi ? je suggère d'un air facétieux.

Elle laisse échapper un petit rire.

— Pipi ? Tu ne peux pas être sérieux.

— Pourquoi pas ? je demande, savourant la facilité avec laquelle je discute avec elle.

Je me sens attiré par elle comme je ne l'ai pas été par quelqu'un depuis très, très longtemps.

Peut-être même jamais.

— Outre l'évidence, si mes élèves savaient que tu m'appelais « Pipi », je n'arriverais plus jamais à leur faire faire quoi que ce soit, car ils seraient trop occupés à se tordre de rire à mes dépens.

— Tu es en train de me dire que Pipi ne convient pas non plus ? je demande en gardant un ton sérieux.

— C'est un grand non.

— Je sais, pourquoi ne pas mettre cette conversation de côté pour l'instant, et tu me montres ce qu'il y a dans cette boîte qui, je l'espère, n'a rien à voir avec des ours ?

Elle retire le couvercle de la boîte pour révéler une sélection de différents cookies : pépites de chocolat, flocons d'avoine et raisins, et tout chocolat.

— Ce sont les meilleurs cookies que tu pourras trouver en dehors de la cuisine de ma mère. Mais je me souviendrai de te prendre une patte d'ours la prochaine fois. La version viennoiserie.

L'arôme sucré fait saliver mes papilles.

— J'ai arrêté le sucre il y a quelques années.

Elle me regarde, le visage vide.

— Pourquoi est-ce que tu as arrêté le sucre ?

Elle est sérieuse ?

— Parce que c'est très mauvais pour la santé ? Parce qu'en excès, ça peut donner du diabète ? Des maladies cardiovasculaires ? Le cancer ? Tu as le choix.

Elle me tend la boîte et je perçois une fois de plus ce délicieux arôme.

— Comment ça pourrait être mauvais pour la santé ? Crois-moi, ils sont délicieux. Celui aux flocons d'avoine a des raisins secs dedans, et ce sont des fruits, tu sais.

— Les raisins secs sont techniquement des fruits ?

— Bien sûr que oui, répond-elle, les yeux pétillants de malice.

Ce que je donnerais pour l'embrasser, là, tout de suite.

— En plus, le chocolat n'est peut-être pas techniquement sain, mais je suis sûre que c'est bon pour l'âme d'en manger.

Je hausse un sourcil.

— Le chocolat est bon pour l'âme ?

— Mec, je compte là-dessus.

Je lève les mains.

— Merci d'avoir pensé à moi, mais je vais devoir passer mon tour.

— Parce que tu ne manges pas de sucre.

— Exactement. Mais vas-y, sers-toi, profites-en.

— Oh, j'ai bien l'intention d'en profiter plus d'une fois, dit-elle en prenant un cookie aux pépites de chocolat avant d'y mordre à pleines dents.

Elle me sourit en mâchant.

— Délithieux, dit-elle, ce qui, je suppose, est sa façon de dire « délicieux » la bouche pleine.

En la regardant savourer manifestement sa friandise, je souris.

Qu'est-ce qui chez cette femme m'attire autant ? Qu'est-ce

qui chez elle me remplit la poitrine de chaleur dès que je suis près d'elle ?

Quoi que ce soit, je n'en ai jamais assez.

Je n'en ai jamais assez d'*elle*.

Il serait probablement préférable que je la fasse partir, maintenant.

— Dis-moi, Harper, tu es venue ici ce soir juste pour pouvoir manger des cookies devant moi ? Parce que j'ai beaucoup de travail.

Je désigne mes dossiers, me sentant comme un salaud.

Mais plus elle reste, plus mon envie de l'embrasser grandira encore et encore. Et l'embrasser ne fait pas partie du plan.

Elle tapote le côté de son nez.

— Ah oui, le travail top secret.

Elle s'assoit sur le canapé, croise ses jambes nues et bronzées, et me sourit d'un air détendu.

Quant à moi ? J'ai du mal à ne pas m'attarder sur le fait que cette femme magnifique aux lèvres si douces est dans ma chambre. Là où je dors.

L'envie de l'attirer à moi et de l'embrasser est assez forte pour m'obliger à penser à autre chose pendant un moment. N'importe quoi d'autre.

N'importe quoi sauf elle.

— Ce n'est pas top secret, c'est juste confidentiel, je lui répète.

— Compris.

Elle prend une autre bouchée de son cookie et semble s'installer pour de bon.

Je m'éclaircis la gorge.

— Au risque de paraître grossier, j'ai vraiment beaucoup de travail. Que puis-je faire pour toi ?

Ça sonnait vraiment grossier, même à mes propres oreilles. Si Harper s'est vexée, elle ne le montre pas.

— Je suis contente que tu me le demandes, Topher. Tu

vois, le truc, c'est que ma directrice m'a demandé de m'occuper du spectacle des enfants pour le festival, qui a lieu dans quelques semaines. On va chanter des chansons de *La Mélodie du bonheur*. Les élèves sont vraiment enthousiastes, mais le chant ? Eh bien, ça, c'est une autre histoire.

— Ils ne savent pas chanter ?

— Disons juste que lors de notre première répétition cet après-midi, il y avait beaucoup plus d'enthousiasme que de talent dans la pièce.

— Tu es en train de me dire que tu veux que je t'aide à apprendre à des enfants à chanter des chansons d'une comédie musicale de Julie Andrews ?

Je demande, surpris.

— Qu'est-ce qui chez moi te fait penser à une « comédie musicale » ?

Elle éclate de rire, renversant la tête en arrière, dévoilant la peau douce de son cou délicat.

— Pourquoi est-ce si drôle ?

Je demande.

— Tu as la fibre musicale ? Parce que c'est bien la dernière chose que j'aurais imaginée te concernant. Sans vouloir te vexer.

— Comment sais-tu que je n'ai pas la fibre musicale ?

Je demande, faussement offensé. Enfin, je joue l'offensé bien plus que je ne le suis réellement.

La vérité, c'est que j'ai la fibre musicale, mais je ne suis pas du genre à m'en vanter. La musique a toujours été mon refuge, un moyen de me détendre et de m'évader de tout. Quand j'étais enfant, lorsque les choses étaient difficiles à la maison, je fermais ma porte, je mettais mon casque et je jouais du clavier. Je me perdais dans la musique, oubliant tout le reste. C'était mon échappatoire, mon réconfort.

Depuis, c'est ce que je fais à chaque fois que les choses se corsent.

— J'ai pris des cours de piano pendant des années quand j'étais petit. Je me débrouillais, lui dis-je.

— Je parie que tu fais juste ton modeste. Je parie que tu as une formation classique, un niveau de concertiste, te connaissant, Monsieur le golden-boy.

Je ne suis pas sûr que ce soit un compliment, mais je décide de le prendre comme tel.

— Absolument pas un niveau de concertiste, je peux te l'assurer, mais je connais *La Mélodie du bonheur*.

— Alors, tu as une longueur d'avance sur moi. Tout ce que je sais, c'est que c'est super vieux et qu'il y a la chanson *Do-Ré-Mi* qu'on a dû apprendre une fois en colonie de vacances.

— Tu ne connais pas *La Mélodie du bonheur* ? je demande, étonné. Qui ne connaît pas *La Mélodie du bonheur* ?

— Je n'ai pas quatre-vingt-cinq ans. Comment ça se fait que tu connaisses, toi ?

— Ma mère était une grande fan. Elle adorait toutes les comédies musicales, mais surtout les plus anciennes. Elle nous mettait *La Mélodie du bonheur* chaque Thanksgiving et nous n'avions pas d'autre choix que de le regarder. C'est devenu une sorte de tradition familiale chez les Young, j'imagine.

Je souris à ce souvenir. La chanson préférée de ma mère était *Edelweiss*. Nous vivions dans le Colorado, et même si la chanson parle de l'Autriche où vivaient les von Trapp, elle nous disait toujours qu'elle aurait tout aussi bien pu parler des montagnes enneigées de notre État.

— C'est mignon. Non pas que je la connaisse.

— Elle est magnifique. Maman nous faisait chanter certaines des chansons avec elle. Elle avait une voix adorable.

— « Avait » ? demande-t-elle doucement.

Une lueur hésitante sur son visage, et même si c'est arrivé il y a des années, je ressens la perte de maman comme une douleur sourde dans mon cœur.

— Elle est décédée il y a quelques années. En fait, j'ai perdu mes deux parents. Mon père est mort quand j'avais vingt ans. On pourrait dire que je suis un orphelin de vingt-neuf ans.

Je lui expose les faits, comme je l'ai fait pour beaucoup de gens avant elle. Papa parti. Maman partie. Des faits bruts, cruels. Je garde toute émotion à distance.

C'est plus simple comme ça.

— Oh, Topher, je suis tellement, tellement désolée, répond-elle. Et d'un mouvement fluide, elle se lève du canapé et prend mes mains dans les siennes.

C'est un geste touchant, et en voyant la gentillesse dans ses yeux, en sentant la chaleur de ses mains sur les miennes, je suis à la fois surpris et gêné de voir comment sa compassion a suscité en moi une profondeur de réaction que je réserve habituellement aux moments où je suis loin de tout le monde.

Cela fait neuf ans que mon père est décédé, et presque quatre que ma mère l'a rejoint. J'ai eu le temps de digérer leur perte, de l'accepter. En général, je garde mes émotions sous cloche. Mes parents sont partis et je ne peux rien y faire. Je suis pragmatique. Presque clinique.

Il n'y a plus que ma sœur, Kelly, et moi ; les seuls membres de la famille Young encore en vie.

Quelque chose dans la façon dont Harper me regarde, ses petites mains délicates et tachées de peinture sur les miennes, me donne envie de m'ouvrir à elle, de partager mon histoire avec elle. Mon chagrin.

Je ressens pour elle une connexion que je n'avais pas vue venir, une connexion que j'ai du mal à expliquer.

— Ça doit être si difficile pour toi. Ça te dérange si je te demande ce qui est arrivé à tes parents ?

— Papa est mort d'une crise cardiaque, c'était rapide et inattendu, mais ma mère était malade depuis longtemps. Un cancer. Il s'était propagé et… eh bien, c'est toujours la même histoire, j'imagine. Elle ne s'en est pas sortie.

— Avoir déjà perdu tes deux parents, je ne peux même pas imaginer. Ce sont tes *parents*.

— J'ai vingt-neuf ans. Je suis plus vieux que toi, dis-je faiblement, comme si le fait que j'aie vingt-neuf ans rendait la perte des personnes que j'aimais plus facile d'une manière ou d'une autre.

Ce n'est pas le cas.

— Tu n'es pas tellement plus vieux que moi, juste de quelques années. Et de toute façon, ça ne rend pas les choses moins horribles pour toi. Topher, je suis vraiment désolée.

Elle serre mes mains dans les siennes.

Je lève mon regard vers le sien et je vois une fois de plus la profondeur de la compassion dans ses yeux.

Je dois me ressaisir. Bien sûr, elle est adorable avec moi, et j'ai ce désir inexplicable de m'ouvrir à elle, mais elle n'est que ma fausse petite amie. Nous nous connaissons à peine. Elle n'a pas besoin de voir mes failles.

Deux mois et je serai parti.

Je retire doucement mes mains des siennes. Pas à cause de mes souvenirs, mais parce que la façon dont elle me regarde, la façon dont elle tient mes mains, me donne envie de plus de sa part que ce qu'elle est prête à donner.

Je m'éclaircis la gorge.

— Je vais bien.

— Tu es sûr ? demande-t-elle.

— Oui, vraiment, je la rassure. Parle-moi de ce festival.

— Toute la ville participe. C'est très amusant. Je l'ai manqué ces dernières années, mais j'y allais tous les ans. J'y ai même chanté quelques fois, généralement debout au premier rang, chantant faux mais avec enthousiasme.

J'imagine une jeune Harper, chantant à tue-tête, et faux. Je parie qu'elle était adorable.

— Alors, c'est *La Mélodie du bonheur* ?

— J'allais te demander si tu voulais regarder le film avec

moi, mais après ce que tu viens de me dire, je pense que je devrais peut-être te laisser à ton travail.

Nos regards se portent tous les deux sur la pile de dossiers sur la table basse.

Je prends une décision. Le travail peut attendre. Harper a besoin de moi, et je suis plus qu'heureux de l'aider.

— Installons-nous et regardons le film.

— Tu n'es pas obligé de faire ça.

— J'en ai envie.

Son regard croise le mien et nous échangeons un sourire, mon ventre se serrant à l'idée de passer les prochaines heures avec cette femme incroyable.

— J'aimerais bien, dit-elle. Mais tu dois me promettre une chose.

— Laquelle ?

— Que tu chanteras sur toutes les chansons, me dit-elle avec un sourire à faire fondre.

Je laisse échapper un rire.

— Compte sur moi.

Je réponds, parce qu'en cet instant, je crois que je ferais tout ce qu'elle me demanderait. Absolument tout.

Chapitre 14

Harper

Depuis bien plus d'une heure, nous sommes assis côte à côte sur le canapé de Christopher, à regarder Julie Andrews chanter au milieu d'une rangée de nonnes, d'un groupe d'enfants parfaitement sages — ce qui, en tant qu'institutrice, est un pur fantasme, je peux vous l'assurer — et de nombreux paysages spectaculaires. J'ai jeté des regards furtifs à Christopher à chaque nouvelle chanson, observant la façon dont ses lèvres s'étiraient en un sourire. Il est clair pour moi qu'il aime vraiment ce film, et je suis sûre que cela lui rappelle de nombreux et tendres souvenirs du temps où il le regardait avec sa mère.

Je suis encore sous le choc de ce qu'il m'a raconté sur ses parents. Je veux dire, perdre non pas un, mais ses deux parents avant d'avoir trente ans, ça doit être tellement dur. J'aime mes parents et je ne peux pas imaginer la vie sans eux. Bien sûr, je ne les voyais pas aussi souvent que je l'aurais voulu quand je vivais en Californie, mais maintenant que je suis rentrée, je les vois beaucoup, et c'est merveilleux. Je suis certaine qu'il viendra un moment où je devrai trouver mon propre appartement, mais pour l'instant, revivre chez mes parents dans mon ancienne chambre m'a apporté le réconfort et la stabilité dont j'avais besoin.

C'est un choc de réaliser que même si Christopher avait eu besoin de ce soutien, il n'aurait pas pu l'obtenir.

Mon cœur se serre pour lui. Ce garçon a dû faire face à beaucoup de choses, comme si toute une vie de tristesse s'était condensée dans les neuf dernières années de sa vie.

Pour couronner le tout, je parie qu'il ressent un profond sens des responsabilités envers sa petite sœur. D'une manière très concrète, il est son parent de substitution depuis des années maintenant.

Ça fait beaucoup.

Ça explique beaucoup de choses sur sa façon d'être, sur son comportement. Il est si sérieux et formel, si concentré sur son travail. Si renfermé — du moins jusqu'à ce soir, où il a partagé avec moi cette partie très triste de son histoire.

Le fait qu'il se soit ouvert à moi m'a non seulement permis de mieux le comprendre, mais m'a aussi attirée encore plus vers lui. C'est une personne profonde, une personne qui a eu beaucoup à affronter. Comparé à quelqu'un comme Dex, c'est un homme, pas un garçon.

Si mon cœur était déjà attiré par lui auparavant — malgré tout ce que ma tête me disait —, je risque sérieusement de tomber amoureuse de lui maintenant.

Julie Andrews est assise dans l'herbe, une guitare sur les genoux, entourée d'un auditoire d'enfants captivés alors qu'elle commence à chanter le célèbre *Do-Ré-Mi*.

— Oh, celle-là, je la connais, dis-je à Christopher.

— Tes élèves vont la chanter ?

— Absolument, principalement parce que c'est la seule que je connaisse de la comédie musicale, mais aussi parce qu'elle est éducative.

Il hausse les sourcils.

— Éducative ?

— Bien sûr ! Elle enseigne les notes, un bonus supplémentaire.

Il me sourit.

— C'est vrai.

Encouragée par son sourire, et sachant que je voulais lui dire quelque chose ce soir, surtout maintenant que nous avons trouvé cette nouvelle proximité entre nous, j'attrape la télécommande et j'appuie sur « pause » au moment où Julie Andrews parle aux enfants d'un rayon de soleil.

— Pourquoi as-tu arrêté ? demande-t-il.

— Je peux te dire quelque chose ?

Il jette un coup d'œil à la télécommande dans ma main.

— Je pense que tu vas le faire, quoi que je dise.

Il n'a pas tort.

Je me recule sur le canapé et me tourne vers lui, ramenant un de mes genoux vers moi et glissant mon pied sous mon autre jambe. Je prends une profonde inspiration et je dis :

— Je te dois des excuses.

— Pour les cookies ? demande-t-il avec une lueur dans les yeux.

— La prochaine fois, je m'assurerai d'apporter un shake protéiné. Ça te va mieux ?

— Mieux.

— L'autre soir, quand nous sommes allés à la soirée et que tu m'as donné ces marguerites, j'ai l'impression que je n'aurais pas dû en faire une affaire publique. C'était super adorable de me les offrir, et que tu saches que les marguerites sont mes fleurs préférées était… eh bien, c'était un geste adorable et je l'ai gâché. Je suis désolée.

Il marque une pause, son visage indéchiffrable.

— J'aurais pensé que la plupart des gens savaient que les marguerites sont tes fleurs préférées, répond-il en montrant ma robe. Tu as porté trois robes avec un motif de marguerites. En fait, une seule des robes avec lesquelles je t'ai vue n'avait pas cette fleur.

Je baisse les yeux vers l'imprimé de ma robe.

— Tu as tenu le compte ? le taquiné-je.

C'est vraiment adorable qu'il ait remarqué les types d'imprimés que j'aime porter.

Adorable, séduisant et tout ce qui me donne envie que nous soyons ensemble pour de vrai, pas pour de faux.

— Dit comme ça, on dirait que je suis une sorte de harceleur.

— Pas du tout, le rassuré-je. Dex n'aurait jamais su quelle était ma fleur préférée, même si sa vie en avait dépendu.

— Vraiment ? Ça me surprend.

— Il m'offrait des roses rouges.

— Classique.

— Ennuyeux, je rétorque. Je suis anti-roses rouges.

Il hausse les sourcils.

— Anti-roses rouges ?

— C'est tellement cliché. Aucun effort d'imagination. Il n'a pas pris le temps d'apprendre quelle était ma fleur préférée. Il a simplement opté pour la facilité. Dex pensait plus à Dex qu'à Harper.

— Mais vous êtes restés ensemble pendant combien d'années ? Depuis le lycée, c'est ça ?

— C'est là que nous sommes sortis ensemble pour la première fois, en terminale, mais je suis partie à l'université et il a déménagé à LA pour poursuivre sa carrière d'acteur. Nous ne nous voyions pas beaucoup. Nous étions officiellement toujours ensemble, et je ne suis sortie avec personne d'autre, bien sûr, mais ce n'est pas comme si nous passions beaucoup de temps l'un avec l'autre pendant ces années.

— Et quand tu as eu ton diplôme, tu as déménagé à Los Angeles pour être avec lui ? suggère-t-il.

Les souvenirs de mon installation dans cette ville, avec son trafic infernal, son smog et sa foule, la façon dont Dex semblait s'en délecter alors que moi, pas du tout, envahissent mon esprit.

— C'est ça. Je ne voulais pas être à LA, mais c'est là qu'il était, alors c'est là que j'étais.

Il m'étudie un instant avant de répondre :

— Tu as fait passer ses besoins avant les tiens. Être avec lui te manque ?

Je pense à Dex. Est-ce qu'être avec lui me manque, ce garçon dont je suis tombée amoureuse à l'adolescence, ce garçon que j'ai suivi dans un autre endroit pour qu'il puisse poursuivre son rêve ?

— Le mec qui a fini par prendre mon amour pour acquis ? On a partagé beaucoup de choses, mais tu as raison, je le faisais passer en premier. J'ai construit ma vie autour de la sienne. Je ne referai pas cette erreur. Et de toute façon, à mon avis, ce qui est fait est fait, et puis, j'ai fini par revenir ici, même si j'avais le cœur brisé et que j'étais triste.

— Je n'aime pas t'entendre dire que tu as eu le cœur brisé.

— Ça arrive même aux meilleurs. Sur cent personnes, quatre-vingt-dix-neuf ont déjà eu le cœur brisé, et la dernière ment probablement à ce sujet. L'important, c'est que je vais bien.

— Je suis content de l'entendre.

— Pas autant que moi, crois-moi, dis-je en gloussant. J'ai pu vivre et travailler dans un endroit où je n'aurais jamais pensé aller. Los Angeles est tellement différent d'ici.

— Mais tu n'as pas aimé.

C'est une affirmation, pas une question.

— Pas vraiment.

— Où voulais-tu être ? demande-t-il.

— Je sais que ça va paraître ridicule pour quelqu'un comme toi, mais je voulais revenir à Hunter's Creek et enseigner à l'école primaire. Ça a toujours été mon rêve.

Ses lèvres s'étirent en un de ces sourires qui se font de moins en moins rares à mesure que je passe du temps avec lui.

— Ça ne me paraît pas du tout ridicule. On dirait que tu sais ce que tu veux dans la vie. En cela, nous sommes pareils.

— Oui, mais tu as une grande carrière dans une ville passionnante, tu fais des choses importantes. Moi, je veux apprendre aux enfants à épeler leur nom et à ne pas se couvrir de peinture pendant un projet artistique.

Je lève mes mains maculées de peinture.

— Ça te va bien, dit-il avec un sourire. Pourquoi ne me parles-tu pas des décors ?

— Les décors ? Apparemment, ils sont super lourds et l'institutrice qui s'occupe habituellement du spectacle du festival demande à l'un de ses fils de l'aider. Ma directrice a suggéré que tu pourrais m'aider. C'est logique, parce que je me suis dit, à qui pourrais-je demander un coup de main si j'avais besoin de gros bras et que nous étions dans une vraie relation ?

Ses lèvres tressaillent.

— À moi ?

— À toi.

— Je me demande si je dois être offensé que tu viennes de me qualifier de « gros bras ».

Je laisse échapper un rire.

— Les mecs n'aiment pas que leurs femmes les trouvent grands et forts ?

Pour être honnête, j'ai remarqué à plus d'une reprise la largeur de ses épaules, la façon dont sa chemise moule les muscles de ses bras, comment les boutons ouverts de sa chemise laissent deviner des pectoraux fermes en dessous.

Vraiment, c'est difficile de ne pas remarquer ces choses, surtout quand nous sommes assis assez près pour nous toucher.

Il commence à faire chaud ici, non ?

— Je suppose que si, répond-il. Je serais ravi d'aider. C'est quand, le festival ?

— C'est samedi prochain, donc nous n'avons pas beaucoup de temps pour répéter toutes les chansons. Je dois demander aux parents de trouver des éléments pour les costumes, et ensuite monter le meilleur spectacle que la ville ait vu depuis…

— L'année dernière ?

— Exactement.

— Dis-moi ce que tu veux que je fasse.

— Tu es le meilleur.

— Je ne dirais pas le meilleur, exactement, mais peut-être que je me débrouille pas mal en tant que petit ami, faux ou pas.

Je hausse les sourcils.

— Ah oui ? Quel genre de petit ami est Christopher Young ?

— Je suis un bon petit ami, je crois. Je n'ai eu aucune plainte, en tout cas. J'offre des fleurs aux femmes, comme tu le sais. Je paie lors des rendez-vous. J'appelle toujours quand je dis que je vais appeler. Et je suis génial avec les parents.

— Oh, ça, j'en suis sûre. Je parie qu'ils t'adorent.

— C'est le cas, répond-il en hochant la tête. C'est un de mes super-pouvoirs.

— *Un* de tes super-pouvoirs ? Quels sont les autres ?

— J'en ai quelques-uns, est sa réponse évasive qui me donne envie d'en savoir plus.

Je hausse les sourcils vers lui.

— Ah oui ? Lesquels ?

— Tu devras attendre et voir.

Attends. C'était un peu dragueur, ça ?

J'ai l'impression que c'était un peu dragueur.

Je ne peux pas dire que ça me déplaît, parce que j'aime vraiment ça.

— Comment t'es-tu retrouvée avec le spectacle ? En tant que nouvelle enseignante à l'école, tu n'en as pas déjà assez sur les bras ?

— Ça ne me dérange pas. Ça signifiera des journées de travail plus longues, mais ça me va.

Son regard m'évalue.

— Tu aimes ton travail, n'est-ce pas ?

Je ne peux empêcher un large sourire de s'étaler sur mon visage.

— Vraiment. J'adore travailler avec les enfants, les aider à apprendre à lire, à écrire, à compter et toutes ces choses, mais aussi aider à cultiver leur amour de l'apprentissage. Je sais que c'est un cliché total. C'est ce qu'on attend d'un enseignant ; que nous le fassions parce que nous aimons aider la prochaine génération. Mais pour moi, c'est vrai.

— Je t'admire.

— Vraiment ?

— Bien sûr. Tu sais ce que tu veux faire, ce qui te rend heureuse. Peu de gens peuvent en dire autant.

C'est une chose étrange à dire.

— Tu n'aimes pas ce que tu fais ? je lui demande.

— « Aimer » est un mot fort. J'apprécie, ça me met au défi, et j'essaie de faire le meilleur travail possible, mais je n'ai pas ta passion.

— Alors pourquoi le fais-tu ?

Sa mâchoire se contracte.

— Parce que c'est mon travail, et j'ai travaillé dur pour arriver là où je suis. J'ai des objectifs.

— Est-ce que l'un de ces objectifs est d'être heureux dans

ton travail ? je demande en retenant mon souffle. Je suis peut-être en train de dépasser les bornes.

Il expire bruyamment.

— Tout le monde n'a pas le luxe de faire quelque chose qu'il aime, tu sais.

— Il doit bien y avoir quelque chose dans ton travail que tu aimes, quelque chose qui te fait te lever chaque jour ?

— J'aime le droit. J'aime le fait qu'il y ait des réponses à tout, la façon dont, lorsqu'un précédent est établi, on sait exactement où on en est. J'aime le fait que ce soit net et organisé et que chaque chose ait sa place.

Pendant qu'il parle, je l'observe. Il est clair pour moi qu'être avocat correspond à la personnalité de Christopher. Il est lui-même soigné et ordonné, discipliné.

— Je pensais que tu étais consultant en management, mais tu es aussi avocat ?

Il baisse les yeux.

— Les deux ne sont pas incompatibles.

J'en suis sûre. J'ai l'impression qu'il y a plus en lui que ce qu'il laisse paraître, mais je ne sais pas quoi, et après qu'il se soit confié à moi sur ses parents, je ne veux pas insister.

Il lève les yeux vers moi.

— Quand as-tu su que tu voulais enseigner ?

— Depuis que Mme Macintosh m'a montré comment déchiffrer un problème de maths que je n'arrivais tout simplement pas à résoudre en CM1. Quand elle me l'a expliqué et que j'ai eu le déclic, j'ai senti qu'elle avait ce pouvoir incroyable, et je voulais être capable de faire ce qu'elle faisait pour les autres.

— Tu sais que tu veux enseigner depuis que tu as neuf ans ?

— Ouais. Bon, je voulais aussi être sirène, princesse et compagne de licorne, mais je n'ai pas réussi à trouver où étudier pour devenir l'un de ces trois-là.

Il laisse échapper un rire grave et profond qui me pénètre

et me chatouille le ventre. Je me rends compte que c'est la première fois que j'entends Christopher vraiment rire. C'est un rire chaud et profond et je veux le faire rire à nouveau, juste pour la joie de l'entendre.

— Dis-moi, Harper, que font exactement les compagnes de licorne ?

— Je ne sais pas. Les caresser, les monter, les emmener voir des arcs-en-ciel ? Je ne l'ai jamais su.

Il se penche en arrière sur son siège et me regarde comme pour m'évaluer une fois de plus.

— Tu es une âme charitable.

— Et comment, et maintenant je vais m'en prendre un.

Je brandis un cookie.

— Sûre que je ne peux pas te tenter ?

— Non, ça ira.

Je croque dans le cookie, savourant son délice chocolaté.

— Le fait d'être enseignante, de changer de vie pour être avec quelqu'un que tu aimais, même si tu n'aimais pas l'endroit où tu étais, fait de toi une Altruiste typique. C'est intéressant, parce que je t'aurais plutôt cataloguée comme une Enthousiaste.

Je le regarde, perplexe.

— Enthousiaste de quoi ?

— C'est plus un type de personnalité qu'un sentiment.

— Ah, c'est tout de suite plus clair, dis-je en riant.

— Tu connais les types de l'ennéagramme ?

— Les types de quoi ?

— C'est une façon de classer les différents types de personnalités. Selon ce modèle, il y a neuf personnalités de base, dont l'une est la tienne, l'Altruiste. Les Altruistes sont généralement des personnes attentionnées avec de bonnes compétences relationnelles, qui sont généreuses et très à l'aise avec les gens.

Il est en train de me complimenter. C'est agréable.

— Pour l'instant, tu dis tout ce qu'il faut, Topher.

— Il y a un revers à la médaille.

— On voudrait aussi secrètement être de grands seigneurs du mal qui construisent des Étoiles de la Mort et font des bruits bizarres en respirant ?

— Une référence à *Star Wars* ? Je croyais que tu avais dit que ton ex était un fan de *Star Trek* ?

— Je suis une personne à part entière, tu sais, le taquinai-je.

— Oh, j'en suis pleinement conscient, répond-il, les yeux pétillants.

— Quel est le revers de la médaille quand on est une Altruiste ?

— Tu as tendance à vouloir plaire à tout le monde, ce qui signifie que tu fais souvent passer les besoins des autres avant les tiens, comme accepter de te charger du spectacle du festival alors que tu n'es à l'école que depuis une semaine.

— Je suis si prévisible que ça ?

Ses yeux sont doux tandis qu'il soutient mon regard.

— Tu es unique en ton genre, Harper Cole.

Et *bam* ! Maintenant, je n'ai plus qu'une envie : l'attraper par sa chemise, le tirer vers moi et l'embrasser. Pour toujours.

— Alors, si je suis une Altruiste, et un grand seigneur du mal le week-end, commençai-je.

Cela me vaut un sourire de sa part qui met mon ventre en émoi.

— Qu'est-ce que ça fait de toi ?

— Tu veux essayer de deviner ?

— Étant donné que je n'ai jamais entendu parler de ce machin-gramme de ma vie, pourquoi ne me le dis-tu pas, tout simplement ?

— C'est l'ennéagramme, et c'est très utile.

— Si tu le dis.

— Je peux te présenter les options. Il y a le premier type, qui est le Réformateur.

— J'en ai déjà utilisé au Pilates.

— C'est probablement un peu différent.

— Qu'est-ce qu'un Réformateur ?

— Un Réformateur est un type rationnel et idéaliste, avec de grands principes et une grande maîtrise de soi.

— Un vrai boute-en-train, je remarque avec un sourire ironique. Laisse-moi deviner. C'est toi.

— C'est ce que tu penserais, n'est-ce pas ? Mais non. Je suis un Battant.

— Tu veux dire que tu es le héros de tous les films ?

Je marque une pause avant de décider d'ajouter :

— Le garçon qui séduit la fille ?

Ses yeux s'enflamment et je suis instantanément ramenée à ce moment que nous avons partagé devant le café, quand j'ai commencé à me demander si cette chose entre nous n'était pas aussi factice que nous le prétendions.

Est-ce que *je* pourrais être la fille que ce Battant veut séduire ?

Plus j'apprends à connaître Christopher, plus je veux que la réponse soit *oui*.

— Quelque chose comme ça, répond-il de manière évasive. Un Battant se concentre sur la réussite et est généralement déterminé.

— Même s'il n'aime pas son travail ? je le pousse.

— La volonté de réussir l'emporte sur l'amour, tu sais.

Mais le devrait-elle ?

— Je parie que le revers de la médaille d'un Battant, c'est qu'il aime jouer avec des Petits Poneys et se tresser les cheveux en écoutant Taylor Swift. J'ai raison ?

Il laisse échapper un autre de ses rires délicieux.

— Je suppose que le revers de la médaille devrait être quelque chose comme ça, mais en réalité, c'est que nous sommes concentrés sur nos propres réussites plutôt que sur les besoins des autres.

— C'est donc officiel : nous sommes des opposés. Est-ce

que ça veut dire que je suis gentille, et que tu ne l'es pas ? demandai-je avec un petit rire.

— Tu as deviné, me dit-il, les yeux brillants de malice. Je pense que c'est sans doute une bonne chose que tu aies décidé de ne pas te lancer dans une carrière de compagne de licorne, principalement parce que je soupçonne fortement qu'un tel emploi n'existe pas, mais aussi parce que tu aurais privé le monde d'une enseignante passionnée et dévouée. Et nous avons tous besoin de ça.

La chaleur me monte aux joues.

— C'est gentil de dire ça. Et toi ? Tu as toujours voulu être un avocat-consultant en management travaillant dans des petites villes où tout le monde porte des chemises en flanelle, avec une fausse petite amie qui se trouve être aussi une Altruiste ?

— Ça a toujours été mon rêve, répond-il avec une lueur dans les yeux.

Il est si différent de l'homme que je croyais qu'il était : chaleureux et drôle, avec un sens de l'humour ironique. Il n'est pas l'image qu'il projette au monde.

Je suis si heureuse de pouvoir voir le vrai Christopher.

— Sois sérieux, lui dis-je.

Il pince les lèvres en fronçant les sourcils, et je ne peux m'empêcher de me demander pourquoi.

— Comme tu le sais maintenant, grâce à ma séance éducative de tout à l'heure, je suis un Battant, donc quoi que je choisisse de faire, je me donne à fond pour atteindre mes objectifs.

— C'est ce que mon père appellerait une réponse de Normand : tu réponds à la question sans y répondre. Quel est ton objectif ? C'est peut-être une meilleure façon de voir les choses.

— C'est facile. Mon objectif est de faire du bon travail ici pour qu'à mon retour à New York, je sois en lice pour la grosse promotion que je vise depuis un certain temps maintenant.

— C'est quoi, le poste ?

— C'est associé junior dans la division F&A de la côte Est.

— Il va falloir que tu m'expliques ce que signifie F&A. Pour l'instant, je pense que ça a un rapport avec…

Je saisis les deux mots qui me viennent à l'esprit et je dis :

— Fraises et ananas ?

J'obtiens à nouveau ce rire, et ça me fait sourire.

— Ce n'est pas fraises et ananas, bien que ça ait l'air beaucoup plus amusant. C'est fusions et acquisitions, et c'est une grosse affaire.

— Ça en a tout l'air. Christopher Young, associé junior de la division F&A de la côte Est.

Je fais la grimace.

— Ça fait un peu long. Ce sera un grand changement par rapport au travail à Hunter's Creek.

— En effet.

Malgré toutes les raisons qui devraient m'empêcher de développer des sentiments pour Christopher, je réalise soudain qu'une part grandissante de moi ne veut pas qu'il parte. Ni dans deux mois. Ni jamais.

Chapitre 15

Christopher

Harper jette un regard critique sur mon repas.

— Je n'arrive pas à croire que tu aies commandé le fameux burger du Second Chance sans le pain ni les frites. Je crois que c'est une véritable infraction pénale à Hunter's Creek. Tu ferais mieux d'espérer que je ne te dénonce pas.

Un sourire effronté super mignon se dessine sur son visage tandis qu'elle prend une frite dans son assiette et la porte à sa bouche.

Nous sommes attablés au Second Chance Café pour le

dîner. Nous avons passé beaucoup de temps ensemble la semaine dernière, et pas forcément devant les autres, d'ailleurs. Je sais que c'est parce que nous apprécions la compagnie de l'autre, et pour ma part, être avec elle illumine mes journées et y apporte de la chaleur.

Bien sûr, une partie du temps que nous passons ensemble est consacrée à notre numéro pour le festival, mais nous nous sommes aussi vus pour déjeuner, prendre un café et faire de longues promenades dans les parcs et la forêt qui bordent la ville.

Ce soir encore, Harper est d'une beauté à couper le souffle, comme chaque fois que je la vois. Cette fois, elle porte un jean délavé qui épouse ses formes de la meilleure façon qui soit, et un de ses hauts à fleurs, ample mais sexy à la fois. Pas de marguerites cette fois.

Oui, je continue de compter les points.

Je secoue la tête tandis qu'elle s'enfourne d'autres frites dans la bouche.

— Eh bien, moi, je n'arrive pas à croire que tu aies commandé le même burger avec un supplément de frites.

— C'est parce qu'elles sont trop bonnes. Tiens, il faut que tu en goûtes une.

Elle prend une frite et la tend vers mes lèvres, comme si elle allait me la donner à manger. C'est un geste intime, qui me montre à quel point nous sommes devenus proches — et pas seulement pour la galerie.

J'ouvre la bouche pour protester, mais elle y enfonce la frite.

— Hé ! m'exclamai-je avant de mâcher la frite.

— Tu vois ? C'est bon, hein ?

— Je n'arrive pas à croire que tu viennes de me faire ça, réponds-je en riant.

Elle a raison. La frite est très bonne. Mais ça reste une frite, et d'habitude, je n'y touche pas.

— Tu sais que c'est la première fois que je mange de la friture depuis des années ?

— Eh bien, il était grand temps que tu t'y remettes, non ? répond-elle, le même sourire aux lèvres.

— Tante Sheila ? lance-t-elle.

Le fait que la propriétaire du café soit la tante de Harper vient confirmer mon hypothèse selon laquelle tout le monde est parent à Hunter's Creek.

— Qu'est-ce qu'il y a, ma chérie ? demande Sheila.

— Topher me dit qu'il n'a pas mangé de frites depuis des années.

— Il a fait quoi ? crie Sheila.

Toutes les têtes dans la salle se tournent vers moi.

Génial.

— Apportez une assiette de frites à cet homme, et que ça saute ! s'exclame une voix à une autre table.

Je me tourne et vois que c'est Suzanne, ma collègue de la scierie, qui me sourit.

— Bonne idée, lui dit Harper. Une assiette de frites, s'il te plaît, tante Sheila.

— Ça arrive tout de suite, ma chérie, répond-elle en nous faisant un clin d'œil et un sourire aussi large que le mont Rainier.

Je maîtrise parfaitement le jargon local.

Les choses ont bien changé depuis que je suis entré dans ce café pour la première fois, le jour de mon arrivée à Hunter's Creek, et c'est à ma relation avec Harper que je le dois.

Sauf que ce n'est pas une « relation » comme j'aimerais qu'elle le soit.

Pas encore, en tout cas.

Le truc, c'est que non seulement j'ai passé beaucoup de temps avec Harper, mais mes sentiments pour elle ne cessent de grandir. À tel point que, même si nous ne nous sommes pas embrassés depuis ce tout premier jour au bar, j'ai l'impression que nous sommes ensemble. Sauf qu'aucun de nous n'a fait le premier pas pour changer notre statut d'amis-faux-petits-amis-ou-un-truc-du-genre pour devenir ce que je veux que nous soyons.

Ensemble.

Et oui, le fait demeure que je quitterai bientôt Hunter's Creek, mais j'ai envie de me lancer, d'une manière très peu « christopherienne », et d'oublier les conséquences. Oublier que cette chose entre nous a une date d'expiration. Je veux simplement être avec elle, de toutes les manières possibles.

— Tu n'étais pas obligée de me commander une assiette de frites, je lui dis.

— Si, il le fallait bien. Tu sais ce qu'on dit : trop de shakes protéinés et pas assez de glucides, ça fait de Topher un faux petit ami ennuyeux, répond-elle, les yeux brillants, intimes.

Je souris.

— Je mange des glucides pour les grandes occasions. Et je te l'ai déjà dit, je suis un petit ami génial.

Elle se penche en arrière sur son siège et me sourit.

— Et maintenant, tu seras un petit ami génial qui mange les frites que sa petite amie a commandées pour lui.

Je secoue la tête.

— Est-ce que tu sais dans quel genre de graisse les frites sont cuites et ce que ça peut faire à tes organes ?

Pour toute réponse, elle attrape une poignée de frites de son assiette et les presse de nouveau contre mes lèvres, ne me laissant d'autre choix que d'ouvrir la bouche. N'importe qui d'autre sur cette planète qui me ferait ça ne s'en tirerait pas comme ça, mais comme je l'ai déjà dit, les choses sont différentes avec Harper Cole.

Différentes de la plus merveilleuse des manières.

— Non, et je ne veux pas le savoir, me dit-elle alors que je prends quelques bouchées de ces frites, délicieuses je dois l'admettre. Parfois, Topher, il faut juste lâcher prise et faire quelque chose qui fait du bien.

Comme te prendre dans mes bras et te faire mienne.

— C'est ta vision générale de la vie, ou ça s'applique juste aux frites ?

Elle remue les sourcils dans ma direction.

— À tout.

— Salut, vous deux, lance une voix féminine.

Je lève les yeux et j'aperçois une jolie jeune femme qui me rappelle celle qui est assise en face de moi. Elle a de longs cheveux d'une teinte plus claire que ceux de Harper, relevés en queue de cheval. Ses joues sont un peu plus pleines, ses yeux noisette, mais elle possède ces traits distinctifs des Cole qui rendent Harper si irrésistible.

Enfin, l'une des nombreuses choses qui la rendent si irrésistible.

Que voulez-vous que je vous dise ? Je suis complètement mordu.

— Ryn, qu'est-ce que tu fais là ? Je te croyais à la maison, dit Harper, manifestement décontenancée par l'arrivée de celle que je ne peux qu'imaginer être sa sœur.

— Oh, je me suis dit que j'allais passer voir le fameux Christopher Young, répond-elle en me faisant un grand sourire.

Je me lève, je pousse ma chaise et lui tends la main.

— C'est un plaisir de te rencontrer, Ryn.

Son sourire s'élargit.

— Beau garçon et gentleman accompli ? Harper, tu as tiré le gros lot avec celui-là.

Harper et moi échangeons un sourire.

Ryn regarde nos assiettes.

— Mm, tu as pris le burger Seconde Chance. Ça te dérange si je te pique quelques frites ?

La question est posée, mais Ryn n'attend pas de réponse, se servant d'une poignée de frites dans l'assiette de sa sœur et les enfournant dans sa bouche.

— Hé ! Prends les tiennes, se plaint Harper.

— Je ne peux pas, répond Ryn la bouche pleine de frites. J'ai pas un sou.

— Pourquoi ne t'assois-tu pas ? Harper vient d'en commander d'autres et je serais ravi de les partager, je propose.

Harper me lance des poignards du regard et je hausse les épaules, un sourire volontairement aimable affiché sur mon visage.

— Je les ai commandées juste pour toi, chérie, dit-elle gentiment.

Ryn n'est pas découragée par le mépris évident de sa sœur pour sa présence. Elle tire une chaise et s'y laisse tomber.

— C'est très gentil de ta part, Christopher. Ça fait plaisir de voir que *certaines* personnes ont des manières par ici.

Elle lance un regard appuyé à Harper.

Est-ce que c'est horrible que cette discorde fraternelle m'amuse ?

Oui, probablement.

— Non, vas-y, je t'en prie, incruste-toi à notre rencard, dit Harper avec une bonne dose de sarcasme.

— C'est si gentil de ta part, sœurette, répond Ryn sur un ton tout aussi sarcastique. Alors, Christopher, parle-moi de toi.

— Ryn, prévient Harper.

— Quoi ? Tu sors avec lui, alors j'estime avoir l'obligation envers toi et le reste de la famille de me renseigner sur ce type. Elle m'adresse un doux sourire, et je devine qu'elle peut être une sacrée cliente. D'où viens-tu ? Où est-ce que tu as grandi ? Qu'est-ce que tu fais dans la vie ? Oh, oublie ça. Tout le monde sait ce que tu fais dans la vie. Tu es célèbre ici, à Hunter's Creek.

— Ah bon ?

— Le type qui a embrassé ma sœur au bar ? Tu plaisantes ? Je suis surprise que tu ne fasses pas la une du journal local.

Je croise le regard de Harper.

— Que veux-tu que je te dise ? Il est difficile de résister à ta sœur.

Harper me sourit avant de détourner le regard et je jurerais voir une rougeur grandir sur ses joues.

— Oh, nous, les femmes Cole, *sommes* difficiles à résister. C'est un fait bien connu par ici. C'est dans nos gènes, me dit Ryn sans la moindre trace d'autodérision. Pas vrai, Harper ?

Harper laisse échapper un de ses rires légers et cristallins, ses joues rosies. Cela rend ses yeux encore plus bleus, et mon ventre se serre de désir pour elle.

— Ça n'existe pas, Ryn, et tu le sais très bien. Je dois m'excuser pour ma sœur. Contrairement à moi, on ne lui a pas bien appris à parler aux gens en public.

— Ha ! réplique Ryn, la bouche pleine de frites.

— Une assiette de frites, dit Sheila en posant le plat sur la table. Elle considère mon assiette d'un œil critique. Vous savez que celles-ci étaient incluses avec votre burger, n'est-ce pas ?

—J'ai changé d'avis, je lui dis.

—Je vois ça. Bon appétit !

Elle me lance un clin d'œil avant de retourner vers le comptoir.

Je remarque que Ryn est pratiquement en train de baver.

— Vas-y, sers-toi.

Je pousse l'assiette vers elle.

— Je ne me fais pas prier, répond-elle en prenant une grosse poignée qu'elle enfourne une par une dans sa bouche.

— Tu as rendez-vous avec quelqu'un ? Parce qu'on ne voudrait vraiment pas te retenir, dit Harper.

Elle secoue la tête.

— Je voulais rencontrer Christopher et un petit oiseau m'a dit que vous étiez ici pour un rencard.

Je n'ai pas besoin de demander quel petit oiseau, car il pourrait s'agir de n'importe qui. Sheila est peut-être une commère, mais elle n'est certainement pas la seule dans cette ville.

Harper croise mon regard et articule : « Désolée. »

Je secoue la tête vers elle en souriant. Bien que je préfère être seul avec Harper, rencontrer un membre de sa famille est agréable.

— Ryn, que fais-tu dans la vie ? je demande.

— Je suis entre deux boulots en ce moment ? Elle pose ça comme une question, même si ça n'en est pas une. Tu sais, je pèse le pour et le contre, je réfléchis à ma prochaine étape. Je suis à un tournant crucial de ma vie, tu vois, et la prochaine décision que je prendrai dictera toute l'orientation de ma vie.

— Ce qu'elle veut dire, c'est qu'elle est actuellement au chômage, clarifie Harper pour elle.

— Je prends une pause dans ma carrière, précise Ryn avec un haussement d'épaules.

— Ryn, pour prendre une pause dans sa carrière, il faut avant tout avoir une carrière, explique Harper. N'est-ce pas, Topher ?

Je ne vais pas me mêler de ça.

Heureusement, Harper n'attend pas de réponse de ma part.

— On ne peut pas toutes décrocher un poste d'enseignante en claquant des doigts, tu sais.

— Non, il faut un diplôme d'enseignement pour ça.

— Marlowe est de loin ma sœur préférée, me dit Ryn.

— Marlowe ? je demande.

— C'est notre sœur aînée. Elle vit à Seattle, explique Harper.

— Vous êtes trois ? je la taquine.

La femme de Keith, Rachel, arrive à notre table.

— Eh bien, c'est qu'on est bien ici ! Harper avec son nouvel amour et sa petite sœur.

— Eh bien, c'*était* censé être un rencard, répond Harper d'un ton accusateur, en regardant Ryn.

— C'est toujours un rencard, juste avec en prime le plaisir

de ma compagnie. De rien, d'ailleurs, répond Ryn avec un sourire narquois.

Oui, c'est une sacrée cliente, sans aucun doute.

— Vous vous entendez toujours aussi bien toutes les deux ? je leur demande.

Les deux sœurs échangent un sourire.

— On s'amuse juste un peu, n'est-ce pas ? dit Harper.

— C'est ça, approuve sa sœur. Toi aussi, tu ferais la même chose pour moi.

— Oh, tu peux compter là-dessus, répond Harper.

Certains pourraient prendre ça pour une menace, mais en les observant toutes les deux, on dirait plus une promesse de gentilles taquineries mutuelles. Avec ma sœur, Kelly, de sept ans ma cadette, nous n'avons pas eu cette rivalité fraternelle qui entraîne la compétition, les chamailleries et les piques que j'observe entre ces deux-là en ce moment. J'ai toujours été le grand frère protecteur, veillant sur ma petite sœur, un rôle qui a été décuplé quand nous avons perdu notre père, puis notre mère.

De son côté, Kelly me voyait plus comme un père de substitution, j'imagine, plutôt que comme une présence agaçante du même âge à la maison. Par conséquent, je trouve toujours fascinant de regarder les frères et sœurs interagir. Il est évident pour moi que même si ces deux sœurs adorent se taquiner, elles s'aiment, et je parie qu'en cas de coup dur, elles se serreraient les coudes en un clin d'œil.

— Bon, je suis juste passée m'assurer que vous veniez tous à la projection mardi soir, dit Rachel.

— La projection ? je demande.

— C'est le premier épisode de la nouvelle saison de *Serious Bite*, la série de vampires dans laquelle joue l'ex de Harper, explique Ryn.

— Il y a une projection pour ça ? je demande.

— Oh, oui. Tout le monde en ville y va. On l'a fait pour la saison dernière aussi. C'est à la mairie, répond Rachel.

Mon regard se tourne vers Harper. Elle est pétrifiée sur sa chaise, les traits tirés, et je sais en un instant qu'assister à une projection publique à laquelle toute la ville se rend pour voir son ex est la dernière chose qu'elle ait envie de faire.

Rachel sourit, visiblement excitée par la perspective.

— C'est très amusant, mais ça demande du travail d'installer le projecteur, les sièges et tout ça. Je suis venue demander si vous pouviez nous aider.

L'expression crispée de Harper s'intensifie.

— Je ne suis pas sûr que ce soit approprié, dis-je, souhaitant revenir aux douces taquineries fraternelles plutôt que de devoir rester assis ici à regarder la réaction de Harper pendant qu'on lui met le succès de son ex-petit ami sous le nez.

Rachel semble comprendre où je veux en venir.

— Oh. D'accord. Désolée. Je n'avais pas pensé que ça pourrait être un problème.

Harper étire ses lèvres en un sourire qui n'atteint pas ses yeux.

— Ce n'est rien. Vraiment rien, dit-elle, avec un ton qui suggère tout le contraire, d'après ce que je peux en juger.

— Tu es sûre ? je demande.

— Ce n'est pas parce que Dex et moi avons rompu que l'on ne peut pas parler de la projection. Je sais que c'est quelque chose que tout le monde attend avec impatience.

Ryn ricane, et Harper la foudroie du regard.

Je pose ma main sur la sienne et lui lance un regard encourageant. C'est gênant pour elle. Elle a peut-être rompu avec ce type, mais il reste l'enfant le plus célèbre de la ville et ils veulent clairement célébrer son succès.

— Bien dit, ma grande, répond Rachel avec un grand sourire. Alors, on peut compter sur vous pour aider ?

Sérieusement ?

Je suis sur le point de protester quand Harper répond :

— Avec plaisir, Rachel. Qu'est-ce que tu veux que je fasse ?

— Tu es folle, tu sais ça ? dit Ryn, faisant écho à mes propres pensées.

Rachel prend ce que j'imagine être son ton sévère de maîtresse d'école quand elle répond :

— Harper a toujours été si généreuse envers notre communauté. Tu pourrais prendre exemple sur ta sœur, tu sais.

Au lieu de répondre, Ryn enfourne quelques frites de plus dans sa bouche et lance un regard noir à Rachel. Ce qui est une réaction juste. Rachel n'est ni sa mère ni sa prof.

— Ça ne me dérange pas. Vraiment, insiste Harper.

— Je savais que je pouvais compter sur toi, répond Rachel. Ses yeux se posent sur moi, pleins d'attente.

— Si Harper aide, je serai heureux de le faire aussi, dis-je calmement, malgré le fait qu'aider à préparer la projection d'une série de vampires, avec un type qui a blessé Harper, soit à peu près la dernière chose que j'ai envie de faire.

Mais si Harper aide, je ne la laisserai pas le faire seule.

Rachel tape dans ses mains.

— Eh bien, c'est réglé. On se voit demain à l'école, Harper, et merci pour ton aide, Christopher.

Elle jette un regard à Ryn.

— Salut, Ryn.

— À plus dans le bus, répond celle-ci, ce qui me donne envie d'éclater de rire. Quelle femme adulte dit « à plus dans le bus » ? Ryn Cole, voilà qui.

— Tu devrais être plus gentille avec elle, la gronde Harper une fois Rachel hors de portée de voix.

— Tu devrais être *moins* gentille avec elle. Pourquoi as-tu proposé d'aider pour la projection ? Tu as rompu avec ce type, tu te souviens ?

Harper hausse les épaules.

— Ça n'a rien à voir avec Dex. C'est pour les habitants de Hunter's Creek. Ils veulent voir le premier épisode de la saison, et je suis heureuse de les aider à le faire.

Je sais qu'elle est trop gentille pour dire non à quiconque lui demande un service. Après tout, c'est une bonne samaritaine, mais si j'étais à sa place, ce serait la dernière chose que je ferais.

— Alors, tu es en train de me dire que tu vas t'asseoir là, avec tous les habitants de la ville, et regarder ton ex à l'écran avec la covedette pour qui il t'a quittée ? demande Ryn.

Même si je n'aurais pas été aussi direct dans ma question, elle n'a pas tort.

— Pourquoi pas ? Je suis passée à autre chose.

Harper affecte un air de nonchalance, mais je sais que ce n'est pas vrai. Ça fait mal. Même si je préférerais calculer l'effet de la graisse des frites sur mes artères avant de regarder Dex Ryder jouer un vampire aux côtés de la femme pour qui il a largué Harper, je dois être là pour elle.

J'espère seulement qu'elle aussi a besoin que je sois là.

Chapitre 16

Christopher

Il n'y a aucune autre raison à ma présence ici que d'aider Harper. Regarder son ex-petit ami courir partout en costume de vampire, planter ses crocs dans le cou de jolies filles et se comporter comme un con en général ne m'intéresse absolument pas. Non que j'aie la moindre idée du rôle que joue Dex Ryder dans *Serious Bite*, et bien sûr, je suis peut-être injuste envers ce type en supposant qu'il est un con à l'écran comme dans la vie.

Mais d'un autre côté, peut-être que non.

Le truc, c'est que je me sens un peu protecteur envers Harper ce soir. Ok, oubliez ça. Je me sens *très* protecteur envers Harper ce soir. Elle s'est totalement démenée pour les habitants, préparant la salle des fêtes, les en-cas, et tout ça avec un sourire sur son adorable visage.

Et me voilà, l'idiot qui l'a aidée. L'idiot qui a passé chaque soirée de la semaine à l'aider avec les répétitions du spectacle des enfants pour le festival.

J'ai réalisé quelque chose sur moi-même. Quelque chose que je n'aurais jamais cru faire un jour. Bien sûr, je veux faire un excellent travail pour Anderson et Smith. Je veux la promotion, il n'y a pas à tortiller, mais si je dois rester à Hunter's Creek un peu plus longtemps que les deux mois prévus initialement, alors qu'il en soit ainsi.

Et Harper Cole, magnifique une fois de plus dans une autre de ses robes à marguerites, n'a rien à voir avec cette décision. Vraiment. Rien du tout.

Et c'est le mensonge que je me raconte depuis des semaines.

Mais si je dois être honnête un instant, je dois me poser une question importante, une question qui me taraude en ce moment même. Comment diable est-ce arrivé ? Comment suis-je passé de « ne pas vouloir être ici du tout », et n'y étant que parce que j'ai raté le gros poste de Chicago que Wyatt m'a piqué sous le nez, à « ralentir mon travail pour pouvoir rester plus longtemps » ? Et pour une femme.

Mais pas n'importe quelle femme. Harper Cole est différente. Bien sûr, elle est belle, mais il y a plein de belles femmes dans le monde. D'après mon expérience, beaucoup de femmes magnifiques, en particulier celles qui sont assez intelligentes pour le savoir, ne se donnent souvent pas la peine d'être gentilles avec les autres. Elles s'en sortent simplement en étant belles, et leur entourage s'incline devant elles pour cette raison.

Harper est bien plus qu'extrêmement agréable à regarder.

Elle est drôle, pétillante et super intelligente. Qui plus est, elle est gentille. Elle aiderait n'importe qui, et je parie qu'elle le fait. Elle a un grand cœur, capable d'offrir tant de choses à tant de gens.

Mais parfois je pense que c'est à son détriment. Prenez ce soir par exemple, la projection du premier épisode de la nouvelle saison de *Serious Bite*. Tous les habitants sont ici, dans la salle des fêtes, bavardant avec enthousiasme en attendant que la série commence. Harper est là depuis la fin de sa journée de travail, aidant à installer les chaises et à préparer les en-cas. Je le sais, j'ai été là avec elle, et pas parce que je me fais passer pour son petit ami, mais parce que je voulais être là avec elle.

Voyez-vous, j'ai compris quelque chose à son sujet. Quelque chose d'important. Quelque chose qui est au cœur même de ce qu'elle est. La gentillesse de Harper est à la fois sa qualité la plus séduisante et la plus attachante, et son plus grand défaut.

Le problème avec beaucoup de gens, c'est qu'ils profitent de quelqu'un de gentil et c'est exactement ce qui s'est passé ce soir.

Je me tiens à l'avant de la salle et je balaie la pièce du regard, à la recherche de Harper. J'aperçois sa sœur, Ryn, debout dans l'allée centrale avec Gabe, le barman du Black Bear, et une autre femme qui lui ressemble de manière frappante.

Quand Ryn me voit, son visage s'illumine d'un sourire chaleureux et elle me fait signe de la rejoindre.

— C'est Topher, dit-elle alors que j'approche du groupe. Hé, c'est le petit ami de Harper.

La femme et Gabe me jaugent et je leur souris.

— Salut, dis-je.

— Topher, voici Gabe, que tu connais déjà, pas vrai ?

Elle remue les sourcils d'un air suggestif, et cela me

confirme que Ryn a tout entendu sur notre premier baiser, à Harper et à moi… ainsi que le reste de la ville.

— Salut, dit Gabe en levant son menton carré.

Il porte une chemise en flanelle, comme la plupart des autres hommes dans la salle.

— Content de te revoir, Gabe, je réponds.

— Et voici mon autre sœur, Marlowe. La gentille. Elle est venue de Seattle, poursuit Ryn.

— Salut, Topher, dit une femme aux longs cheveux auburn, les lèvres incurvées en un sourire.

— C'est un plaisir de te rencontrer. Harper n'a pas mentionné que tu venais.

— Je suis là pour le week-end pour voir la famille. Une visite impromptue. Tu sais ce que c'est. Je dois dire que c'est tellement bon de rencontrer enfin l'homme qui a aidé Harper à quitter un pré moins verdoyant.

Un pré moins verdoyant. Subtil. Je me demande si Marlowe aimait Dex. Une partie pas si petite de moi espère que non.

— Je suis ravi d'être le nouveau pré verdoyant, je réponds et suis récompensé par un sourire.

— J'ai faim. Ta tante a fait ses mini-burgers ? demande Gabe à Ryn.

— Elle en a fait.

Il se tourne vers moi avec un air interrogateur.

— J'ai aidé Harper au café cet après-midi, j'explique.

Ryn hausse les sourcils vers moi.

— Ah bon ?

— Je trouve ça adorable, déclare Marlowe.

— Je vais me chercher un mini-burger. Tu viens, Ryn ? dit Gabe.

— Évidemment, répond-elle.

Ils disparaissent tous les deux dans la foule, nous laissant, Marlowe et moi.

— Tu es fan de *Serious Bite* ? je lui demande.

— Et toi ?

— Jamais vu.

— Continue comme ça.

— Ça risque d'être un peu difficile, vu où nous sommes en ce moment.

Elle me sourit, et son visage s'illumine, ce qui la fait ressembler davantage à Harper.

— Bien vu.

Elle pose la main sur ma manche.

— Tu sais, Topher, ma sœur a traversé beaucoup de choses ces derniers mois, dit Marlowe d'un ton bas et sérieux. Je ne veux pas passer pour la grande sœur surprotectrice qui te dit que tu as intérêt à faire attention au cœur de ma sœur, mais tu as intérêt à faire attention au cœur de ma sœur.

Ses yeux sont intenses, rivés sur moi, et je ressens une profonde responsabilité de prendre soin de Harper, même si nous sommes seulement censés faire semblant.

En réalité, j'ai laissé cette partie de l'accord derrière moi il y a bien longtemps.

Ma mâchoire se crispe.

Je me souviens d'une fois où quelqu'un m'a dit exactement ces mots : fais attention au cœur de Harper. À l'époque, je n'ai eu aucune difficulté à l'assurer que son cœur était en sécurité avec moi, mais pas pour la raison à laquelle il s'attendait.

Tout ce que je ressentais pour Harper, c'était de l'attirance. Elle était mon opposé, pas mon genre.

Maintenant ? Maintenant, tout est différent.

Le fait est que je tiens à Harper. Profondément. Je me suis mis à tenir à elle d'une manière que je n'avais pas vu venir.

J'ai hâte d'être avec elle, de parler de sa journée, d'en apprendre toujours plus sur elle.

Simplement *être* avec elle.

Je n'ai pas souvenir d'avoir jamais ressenti ça pour une autre femme.

Bien sûr, j'ai été attiré par Harper dès que je l'ai vue, qui ne le serait pas ? C'est une femme vibrante, belle, sexy, qui a son propre style et conscience d'elle-même. Mais plus que ça, elle est drôle, elle est intelligente comme tout, et être avec elle me fait oublier ce que je suis censé faire ici. Ça me fait oublier que j'ai un travail à accomplir et que je dois le faire avec efficacité et diligence pour atteindre mon objectif de longue date : obtenir cette promotion, faire avancer ma carrière là où elle devrait être.

Ce qui n'était au départ qu'une distraction, un moyen de me faire apprécier des habitants de Hunter's Creek, s'est transformé en bien plus que ça.

J'étire mes lèvres dans ce qui ressemble le plus à un sourire. Que dire à Marlowe ? Que dire à une sœur qui veut le bien de Harper plus que tout ? Une sœur qui, en ce moment, me surveille comme un faucon surveille sa proie.

— Je trouve que Harper est géniale et j'ai adoré apprendre à la connaître ces dernières semaines. C'est quelqu'un de spécial.

Marlowe plisse les yeux.

— Pour moi, ça sonne un peu comme quelque chose de temporaire. C'est temporaire, Topher ?

Je pense au travail pour lequel on m'a envoyé ici, à sa date d'échéance, sa date de fin bien définie. J'ai peut-être ralenti le rythme, à force de passer autant de temps avec Harper, mais ça ne change rien au fait que ma mission ici se terminera bientôt et que je serai de retour à New York, loin d'ici.

Qui plus est, je n'ai jamais eu l'intention de développer de vrais sentiments pour Harper. Des sentiments profonds. Des sentiments que je ne devrais pas avoir.

C'était censé être une relation courte avec une date d'expiration, et une fausse relation qui plus est.

Rien à Hunter's Creek n'était censé durer pour moi.

Je souffle.

— Je quitte la ville le mois prochain.

Elle a l'air atterrée.

— Alors, ce n'est pas sérieux pour toi ?

Comment lui dire que ça l'est, mais que c'est impossible ?

— Que veux-tu que je te dise ? C'est encore tout récent, je commence, puis je me ravise. C'est peut-être la situation la plus étrange qui soit — une situation dans laquelle je fais semblant d'être en couple avec quelqu'un avec qui j'adorerais avoir une vraie relation —, mais Marlowe mérite mieux de ma part que les platitudes que je comptais lui servir.

Alors, je recommence.

— Sois rassurée, je trouve ta sœur fantastique et je tiens profondément à elle. La dernière chose que je souhaite, c'est de la voir souffrir.

Les traits de Marlowe se détendent.

— Je ne te demande pas d'avoir une boule de cristal ou quoi que ce soit du genre, car je sais que personne ne peut prédire l'avenir, mais je voulais savoir si tu étais là pour les bonnes raisons et pas juste pour t'amuser pendant ton séjour à Hunter's Creek, pour ensuite l'oublier complètement dès que tu partiras.

J'ouvre la bouche pour répondre, pour la rassurer sur le fait que ce que je ressens pour sa sœur est réel — absolument, cent pour cent réel — quand nous sommes interrompus.

— Écoutez-moi tous ! lance Rachel, debout sur la scène face à la foule. Le spectacle va commencer dans un peu plus de cinq minutes, ce qui veut dire qu'il ne vous reste plus beaucoup de temps pour trouver une place, ce que je vous suggère de faire tout de suite.

— C'est le signal pour que j'y aille, me dit Marlowe.

— Tu as vu Harper ? Je la cherche.

— Tu penses sérieusement qu'elle serait à la projection de l'émission de son ex-petit ami ?

— Elle a préparé l'installation et les en-cas, j'ai supposé qu'elle serait là.

— Tu n'es pas très perspicace pour quelqu'un de si brillant, n'est-ce pas ? Bien sûr qu'elle ne va pas être là. Ce n'est pas une masochiste étrange ou quelque chose du genre. Dex lui a fait beaucoup de mal. Je sais qu'elle a tourné la page, mais c'est la dernière personne qu'elle a envie de voir. J'essaierais le café de tante Sheila.

— Mais Sheila est là, je l'ai vue tout à l'heure.

Elle hausse les épaules.

— Peut-être que Harper a utilisé ses clés ? On a toutes travaillé au café de tante Sheila, alors on a toutes des clés. Je parie qu'elle a décidé de se cacher là-bas pendant que ça se passe. Toute la ville doit être ici, sauf Harper.

— Merci. Je vais aller voir là-bas.

Je me tourne pour partir, mais je sens à nouveau sa main sur ma manche.

— Je sais comment votre histoire a commencé, à vous deux, mais…

Elle se mord la lèvre. Mon intuition était bonne. Marlowe est la sœur à qui Harper se confie et elle sait tout ce qu'il y a à savoir sur elle.

Le cœur battant dans ma poitrine, je réponds :

— Pour moi, ça va bien au-delà de ça.

Son visage se fend d'un sourire.

— Je suis contente de l'entendre. Va chercher ta copine.

Enhardi, je réponds :

— C'est exactement ce que je compte faire.

Je lui dis au revoir et me fraie un chemin à travers la foule jusqu'à la rue, une soudaine envie désespérée de voir Harper me poussant à avancer.

Je ne peux plus attendre.

Je ne peux plus *faire semblant*.

Je dois la trouver et lui dire ce que je ressens.

Non, oublie ça. Je dois lui *montrer* ce que je ressens.

La rue est vide. L'ambiance est étrange alors que je me dirige vers le Second Chance.

Je regarde à travers la porte vitrée où le panneau est retourné sur « fermé », mais il fait sombre à l'intérieur.

Mon anxiété monte. Où est-elle ?

C'est alors que j'aperçois Harper, assise sur l'un des canapés près de la cheminée, une lampe éclairant son visage. Elle a la tête baissée, en train de lire un des livres de la bibliothèque.

Je frappe à la vitre et elle sursaute, se tournant pour voir qui c'est. Sa main vole vers sa poitrine et je suis heureux de voir son visage s'épanouir en un sourire quand elle me reconnaît.

Elle traverse la pièce et ouvre la porte.

— Qu'est-ce que tu fais ici ?

— Je suis venu te trouver, je lui dis, ma voix rauque de désir pour elle.

Elle hausse les épaules.

— Tu m'as trouvée. Tu veux entrer et te joindre à moi ? Sheila a dit que je pouvais rester.

— Pourquoi a-t-elle fait ça ?

Je demande alors qu'elle referme la porte derrière moi.

— Tout à l'heure, quand on préparait les sandwichs pour l'événement, je lui ai dit que je ne voulais pas assister au spectacle, et elle m'a suggéré de rester ici et de manger du gâteau au chocolat.

Je remarque l'assiette et la fourchette sur la table près du canapé, où il ne reste que quelques miettes de chocolat.

— Je vois que tu as suivi sa suggestion.

— Je te demanderais bien si tu en veux un morceau, mais je te connais trop bien pour ça. Je peux aller voir si Sheila a des restes de tiges d'épinards ou de la laitue nature, si tu veux ?

— Tu me taquines.

— C'est amusant.

Nous échangeons un sourire qui me touche au plus profond de moi et emplit ma poitrine de chaleur.

— Tu sais quoi ? Je crois que je vais prendre un morceau de ce gâteau au chocolat, lui dis-je en observant avec satisfaction ses sourcils s'envoler jusqu'à la racine de ses cheveux.

— Christopher Young qui mange du sucre et des glucides ? Tu as prévenu les médias ?

— Je t'ai dit que j'en mangeais parfois, pour les occasions spéciales.

— C'est une occasion spéciale ? demande-t-elle.

Mon regard glisse sur son visage, jusqu'à ses lèvres douces et accueillantes. L'embrasser, lui montrer ce qu'elle représente pour moi, la prendre dans mes bras et la faire mienne, c'est tout ce que je peux faire.

J'oublie que ce qu'il y a entre nous n'est pas réel. J'oublie que je ne suis à Hunter's Creek que temporairement. J'oublie que je ne fais ce travail que comme un moyen d'arriver à mes fins, pour obtenir la promotion que je veux depuis si longtemps.

J'oublie tout ça parce qu'à cet instant, il n'y a qu'*elle*.

Chapitre 17

Harper

Mon cœur bat la chamade dans ma poitrine, ma respiration devient soudainement courte. Christopher me regarde avec un tel feu dans les yeux que ça m'en coupe le souffle.

— Harper, il fallait que je te trouve, murmure-t-il de sa voix grave et pleine de désir.

Je déglutis.

— Pourquoi ? demande-je, en espérant connaître la réponse, ma propre voix aussi haletante que la sienne.

— On fait semblant depuis si longtemps, et il faut que je te dise…

Il s'interrompt.

— Quoi ? Qu'est-ce que tu dois me dire ?

— J'ai développé des sentiments pour toi, des sentiments auxquels je ne m'attendais pas. Jamais de la vie.

— C'est vrai ? demande-je, la voix tremblante.

Il prend ma main. La sienne est chaude, grande et rassurante, et elle envoie une délicieuse décharge électrique dans mes veines. Une flamme qui me révèle l'ampleur de mes sentiments pour cet homme.

— Depuis notre première rencontre, j'ai senti une étincelle pour toi, et cette étincelle est devenue quelque chose de plus, bien plus qu'une simple attirance.

J'avale ma salive, le battement de mon cœur résonnant fort à mes oreilles.

— Je ressens la même chose.

Les coins de sa bouche se relèvent en un sourire qui illumine son visage et me donne envie de l'embrasser plus que tout au monde.

— Vraiment ? demande-t-il.

Je dois être courageuse.

— Je… Je veux que ce soit réel entre nous, dis-je.

Toutes ces fois où j'ai eu l'impression d'être la seule à y croire, qu'il ne faisait que jouer le jeu et n'avait aucun sentiment sincère pour moi. Et maintenant, le voilà, venu me chercher alors que je me cachais de tout le monde. Mais c'est plus que ça. Tellement plus.

Il veut être avec moi.

Il n'y a que nous. Lui et moi, et les sentiments merveilleux et puissants que nous éprouvons l'un pour l'autre.

Sans un mot de plus, d'un geste vif, il m'attire dans ses bras. Il est chaud, son corps est ferme et il sent Christopher, une odeur qui emplit ma poitrine lorsque je l'inspire, me submergeant d'un besoin désespéré et dévorant de lui.

Je penche le visage pour le regarder et nos yeux se croisent un instant avant que ses lèvres ne s'écrasent sur les miennes, m'embrassant avec une telle passion qu'elle me laisse étourdie. Je fais glisser mes mains sur son dos musclé et les enchevêtre dans ses cheveux courts et soignés tout en répondant à son baiser.

L'attirance à laquelle aucun de nous n'a cédé, les sentiments qui ont grandi, grandi entre nous, culminent en cet instant où nous nous donnons l'un à l'autre.

Entièrement et complètement.

Pendant tout ce temps où nous avons fait semblant, j'ai voulu que ce qui se passait entre nous soit réel. Pendant très longtemps, j'ai cru qu'il ne ressentait rien pour moi. Je ne pensais pas qu'il ressentait la même chose que moi.

Sur le papier, nous sommes un désastre.

Il est ce type coincé et ambitieux, seulement ici, à Hunter's Creek, pour faire son travail avant de partir vers des horizons plus prometteurs. Il a de l'avenir, au sens propre comme au figuré.

Moi ? Je suis la fille dont la vie a été bouleversée par un homme, la fille dont les espoirs et les rêves dépendaient d'une seule personne, la fille qui est rentrée chez elle, là où est sa place.

Nous ne pourrions pas être plus opposés, même en essayant.

Mais ne dit-on pas que les opposés s'attirent ?

En tout cas, en ce moment, c'est exactement ce que je ressens.

Je dois vous avouer une chose : je n'aurais jamais cru que les hommes coincés qui ressemblent à Christopher pouvaient embrasser comme *ça.*

Nous reprenons notre souffle après un baiser vertigineusement long et passionné qui a libéré tous les sentiments que j'avais refoulés pour lui, qui n'avaient cessé de croître depuis notre première rencontre.

Ce baiser ne pourrait pas être plus différent de notre premier, quand je ne connaissais même pas son nom ; le baiser que je lui avais donné pour prouver au monde entier que j'avais tourné la page Dex.

Maintenant, il n'y a personne autour. C'est lui et moi, et ce que je ressens est réel.

— À quoi tu joues ? M'embrasser quand personne n'est là pour le voir ? je le taquine.

Il me sourit, plissant la peau au coin de ses yeux, ce qui illumine son visage, et je crois que je tombe un peu plus amoureuse de lui.

— Je me suis dit qu'on pourrait s'entraîner un peu pendant qu'on est seuls, répond-il en faisant glisser un doigt sur ma joue avant de le poser sous mon menton. En fait, je pense qu'on peut faire encore mieux, tu ne trouves pas ?

Il incline mon menton vers le haut.

— Oh, je pense qu'il va nous falloir beaucoup plus d'entraînement pour y arriver parfaitement.

Ses lèvres s'emparent à nouveau des miennes, et cette fois il me soulève dans ses bras et je pousse un petit cri d'excitation. Il me porte jusqu'au canapé où j'étais assise, mangeant mon gâteau et pensant à lui avant son arrivée.

Jamais, même dans mes rêves les plus fous, je n'aurais imaginé qu'il débarquerait au café pour m'embrasser, à la manière de Ross dans *Friends*.

Mais, mon Dieu, ce que je suis contente qu'il l'ait fait.

Il me dépose délicatement sur les coussins, ses lèvres ne quittant pas les miennes, et alors qu'il me serre plus fort dans ses bras, nous nous embrassons encore et encore avec un désir grandissant qui me fait vouloir tellement plus avec lui.

Peu importent nos différences, peu importe la date d'expiration. Je veux tout avec lui.

— Si j'avais su que tu embrassais comme ça, je l'aurais suggéré il y a bien longtemps, murmure-t-il contre ma bouche.

— Si tu te souviens bien, je t'ai embrassée presque au moment même où je t'ai vue.

Il a un petit rire qui me fait des chatouilles à l'intérieur.

— Je m'en souviens, même si je crois que je préfère le faire de cette façon. Pas toi ?

— Oui, à cent pour cent.

Nous nous sourions, rayonnants comme deux adolescents transis d'amour, et j'ai envie de glousser.

— Je n'arrive pas à croire que tu voulais être avec moi, lui dis-je.

— Depuis l'instant où je t'ai vue au café.

— Le jour où on s'est rencontrés ?

— Le jour où on a *failli* se rencontrer. J'ai été frappé de stupeur par ta beauté.

— J'ai bien cru que tu étais devenu un peu silencieux, je réponds en riant. Je ne pense pas avoir déjà frappé quelqu'un de stupeur avec quoi que ce soit.

— Je suis content d'avoir été ton premier, murmure-t-il.

— Moi aussi.

— Et toi ? Quand est-ce que tu as ressenti quelque chose pour moi ?

— C'était notre premier baiser. Ça a commencé bizarrement, mais ensuite tu as semblé t'y abandonner et je me suis dit : « Waouh, ce type sait embrasser. »

Il éclate de rire.

— « Waouh, ce type sait embrasser ? »

Je le pousse gentiment du coude.

— Ça n'a rien de mal à dire.

Ses yeux sont doux quand il répond :

— Non, en effet.

— Ça m'a prise par surprise. Je ne pensais pas que les hommes qui ont ton allure et ton comportement, tu sais, embrassaient comme ça.

— Et ce n'était même pas ma meilleure performance.

Mon ventre se serre à l'idée de ce qu'est sa meilleure performance maintenant.

— Tu en es sûr ? Parce que ce dernier baiser ressemblait beaucoup à celui que nous avons partagé dans le bar, je le taquine.

— Ah oui ? Peut-être qu'on devrait vérifier cette théorie, répond-il en effleurant mes lèvres des siennes d'une manière incroyablement tentatrice, et en envoyant des décharges de désir à travers tout mon corps.

— Topher, je murmure avant d'enrouler mes mains autour de sa nuque et de l'embrasser à pleine bouche une fois de plus.

Un moment plus tard, il tend un bras pour que je puisse me blottir contre son épaule, sentant la chaleur de son torse derrière moi. Nous entrelaçons nos doigts. Il est solide et fort, et je me détends contre lui comme je ne pense pas m'être détendue depuis cette terrible soirée sur la jetée.

— Je pourrais m'habituer à ça, me dit-il.

— Ouais, moi aussi.

— Dis-toi qu'en ce moment même, on est en train de rater ton ex en costume, en train de planter ses crocs dans une victime, dit-il.

— Je préfère de loin être ici. Des souvenirs de Dex me traversent l'esprit, mais je les repousse. Dex est la dernière personne à laquelle je veux penser, surtout maintenant que Christopher et moi nous sommes enfin avoué nos sentiments.

— Je suis content qu'on soit là, dit-il en regardant autour de lui dans le café. On dirait un havre de paix, loin de tout le monde.

— C'est vrai, n'est-ce pas ? Peut-être qu'on devrait emménager ici ?

— Tu penses que ça plairait à tante Sheila ?

J'éclate de rire.

— Tant qu'on s'occupe de toute la cuisine et de la gestion de l'endroit ? Bien sûr, pourquoi pas ?

— Je ne suis pas sûr que l'un de nous veuille se reconvertir en propriétaire de café, si ?

— Ah, non.

— J'ai rencontré Marlowe.

— Ah oui ?

— Elle était à la mairie. Elle m'a dit de faire attention à ton cœur.

Je pense à ma sœur, la raisonnable, celle qui n'a pas suivi son petit ami dans sa quête pour réaliser ses rêves. Celle qui, au lieu de ça, a suivi ses propres rêves, jusqu'à Seattle.

— Vraiment ?

Je suis partagée entre l'agacement envers ma sœur qui fourre son nez dans mes affaires – même si je sais qu'elle l'a fait avec de bonnes intentions – et la gratitude pour ce qu'elle a dit à Christopher, car c'est ce qui l'a mené à moi ce soir.

— J'ai imaginé que tu t'étais confiée à elle. En fait, c'est en lui parlant que j'ai commencé à penser que tu ressentais peut-être la même chose que moi.

J'incline mon visage pour le regarder.

— Rappelle-moi de la remercier la prochaine fois que je la verrai. Je ne savais même pas qu'elle était là. Il faut dire que j'ai été dehors toute la journée, entre l'école et la préparation de la mairie.

— C'est parce que tu es une personne incroyablement gentille.

— Gentille ou stupide. Au choix, je réponds avec un rire léger.

— Absolument gentille. Tu sais quoi ? Je veux faire ça dans les règles de l'art.

— Qu'est-ce que tu veux dire ?

— Je veux dire que j'aimerais t'inviter à sortir, pour un premier vrai rendez-vous, pas pour la frime, pas pour qui que ce soit d'autre. Juste pour toi et moi.

Je tends la main et lui dépose un doux baiser sur les lèvres.

— Je pense que je pourrais peut-être trouver le temps, du moment qu'il y a la garantie d'autres baisers sur la table.

— Tu veux m'embrasser sur une table ? demande-t-il, ses yeux pétillant d'une malice que je ne lui avais jamais vue auparavant.

La plupart du temps, Christopher est sérieux, avec seulement quelques touches d'humour. Pas ce soir. Ce soir, je découvre une autre facette de lui, et c'est une facette que je veux voir beaucoup plus souvent. Il est détendu, il est heureux, il est charmeur et amusant.

C'est merveilleux.

Il dépose un nouveau baiser sur mes lèvres, et cela envoie des picotements dans tout mon corps, jusqu'au bout de mes orteils.

— Harper Cole, je t'embrasserai sur une table, à côté d'une table, sous une table, ou n'importe où tu voudras.

— On dirait une version sexy d'une comptine du Dr Seuss, je réponds avec un rire euphorique, parce que l'idée d'embrasser Christopher n'importe où est une idée à laquelle j'adhère totalement, d'une manière totalement immense et euphorique.

Nous nous sourions, le bonheur que nous partageons face à ce nouveau et merveilleux tournant dans notre relation se répandant et remplissant la pièce.

Qui l'eût cru ? Le type que j'ai choisi au hasard pour être mon faux petit ami, juste parce qu'il était nouveau en ville, le type que je trouvais guindé, formel, sérieux et plus qu'un peu grincheux, le type que je croyais être mon parfait opposé et avec qui je ne serais jamais sortie, même dans un million d'années, s'est avéré être mon âme sœur.

Chapitre 18

Christopher

J'arrive à la scierie plus tard que d'habitude, mais ça m'est égal. Hier soir, Harper et moi nous sommes assis sur les canapés du café et nous avons mangé du gâteau au chocolat, parlant de tout et de rien, les mains entrelacées, à nous regarder comme deux imbéciles. Des imbéciles dans le meilleur sens du terme, bien sûr.

Et n'oublions pas les baisers phénoménaux.

Je sais que je ne risque pas de les oublier.

Quand je me suis réveillé ce matin, j'avais le plus grand

sourire aux lèvres, et il m'a fallu quelques secondes pour comprendre pourquoi. Quand mon esprit s'est tourné vers Harper, comme chaque matin depuis que je l'ai rencontrée, j'ai compris exactement la raison. Et mon sourire s'est élargi.

Pour faire simple, elle me rend heureux.

Bien sûr, je sais que cette histoire entre nous est très récente et que je ne suis là que pour accomplir une mission avant de passer à d'autres projets. Une date d'expiration plane au-dessus de nos têtes.

Mais je ne vais rien laisser gâcher mon humeur aujourd'hui, parce qu'à l'heure actuelle, rien de tout cela n'a d'importance. Nous ressentons des choses l'un pour l'autre, des choses qu'aucun de nous ne s'attendait à ressentir, et je veux simplement en profiter pour ce que c'est.

Et, sérieusement, je ne me souviens pas de la dernière fois où je me suis réveillé en souriant.

Je pose la sacoche de mon ordinateur sur mon bureau, l'ouvre et l'installe, prêt pour la journée. En m'asseyant, j'ouvre le fichier intitulé « Obligations et Exigences Légales » et je commence à lire un rapport compilé par des membres de l'équipe de direction sur les autorisations délivrées pour l'utilisation de l'eau, des terres et les exigences des autorités locales. C'est un sujet aride, mais j'ai besoin d'avoir une vue d'ensemble complète, donc je dois le lire.

Bien que j'aie encore beaucoup de travail à faire, tout semble indiquer que l'achat de cette scierie est une bonne idée. Calvin Cantor, son père et son grand-père avant lui ont géré une entreprise efficace et rentable, avec toutes les relations, les autorisations et les aspects légaux en ordre. C'est une affaire rondement menée, et si mes conclusions sont justes — et il n'y a aucune raison qu'elles ne le soient pas, car je suis on ne peut plus méticuleux, même quand je passe un peu trop de temps avec ma distraction préférée — mes patrons chez Anderson et Smith verront cela comme une excellente acquisition, nécessitant très peu d'intervention à l'avenir.

Pour les habitants de Hunter's Creek, cela signifie une transition de propriété quasi transparente de la famille Cantor à Anderson et Smith. Et même si je suis certain qu'ils seront contrariés en découvrant que je ne suis pas le consultant que je prétendais être, la plupart de leurs emplois étant garantis, je suis convaincu qu'ils s'en remettront.

D'ailleurs, il vaut mieux que ce soit mon entreprise qui les rachète plutôt qu'une de ces boîtes qui vous démantèlent et vous ferment.

Quant à moi ? Je pourrai partir d'ici en sachant que non seulement j'ai fait du bon travail, mais que ma présence et la décision qui en découlera auront un impact minimal sur les habitants de cette ville. La promotion que je convoite depuis si longtemps m'est presque assurée.

Je serai financièrement stable, et Kelly le sera aussi.

On frappe à ma porte, et je referme mon ordinateur portable avant de dire :

— Entrez.

Un homme que je n'ai jamais vu auparavant pousse la porte, un sourire timide aux lèvres. Il doit avoir au moins cinquante ans, des cheveux poivre et sel, une barbe bien taillée et un visage ouvert et souriant. Bien sûr, il porte l'incontournable chemise en flanelle, mais je les remarque à peine ces jours-ci.

— Monsieur Young ? Vous ne me connaissez pas, mais je suis Ed Cole. Je suis le père d'Harper.

Je me lève immédiatement.

— Monsieur Cole, c'est un plaisir de vous rencontrer, monsieur. Entrez, je vous en prie.

Je lui tends la main et nous nous la serrons.

— Je ne vous retiendrai pas. Harper m'a dit qu'elle était amie avec vous et ça me semblait bizarre de travailler ici, d'avoir tout entendu sur vous de la part des gars, mais de ne pas vous avoir encore rencontré. J'espère que ça ne vous dérange pas que je sois passé.

— Bien sûr que non. C'est un honneur de vous rencontrer, monsieur.

Il agite la main, un sourire sur son visage agréable.

— Pas besoin de m'appeler monsieur. Ed, ça ira.

— Très bien, Ed. Vous travaillez ici à la scierie, si je comprends bien.

— J'y ai passé toute ma vie, comme beaucoup de gens d'ici. On grandit dans une ville de scierie, et à moins de partir, on finit par y travailler.

— C'est logique. Depuis combien d'années travaillez-vous ici ?

— Ça fera trente-trois ans l'été prochain.

— C'est un sacré bout de temps à consacrer à un seul employeur. On ne voit plus beaucoup ça de nos jours, j'imagine. Les gens ont tendance à beaucoup plus changer d'emploi.

— Pas par ici. Pas grand-chose d'autre vers quoi sauter, si vous voyez ce que je veux dire.

Je pense à la petite ville de Hunter's Creek et au fait que la scierie est le cœur battant de l'endroit. Bien qu'il y ait de petites entreprises, comme le Second Chance Café et les divers magasins, sans parler de tous ces bars à ours, sans la scierie, je ne pense pas que Hunter's Creek existerait.

— Non, je suppose que non. Où ai-je la tête ? Puis-je vous offrir un café ? J'en ai préparé une cafetière fraîche en arrivant il y a un petit moment, comme je le fais tous les matins.

— Parce que vous êtes le premier au bureau ?

— C'est ça, et je ne peux pas me mettre au travail sans ma dose de caféine.

Il glousse.

— Je vous comprends. Je sors de l'équipe de nuit, sur le point de rentrer à la maison pour piquer un somme.

— Donc le café est la dernière chose dont vous ayez envie.

Il me serre à nouveau la main.

— C'est un plaisir de vous rencontrer. Harper dit beaucoup de bien de vous. Vous devriez venir dîner à la maison bientôt.

— J'adorerais ça, monsieur. Pardon, Ed. C'est une habitude.

Les sourcils d'Ed se haussent un instant avant que son visage ne s'illumine d'un sourire.

— Je vais être franc avec vous. Au début, quand Harper a mentionné qu'elle vous voyait, j'étais… inquiet.

Bien que je soupçonne déjà la réponse, je demande :

— De quoi étiez-vous inquiet exactement, si ce n'est pas indiscret ?

— Qu'elle se soit engagée trop loin, trop vite avec un type sur lequel aucun de nous ne savait rien, à part ce que les gens disaient de vous, bien sûr.

Je me pince les lèvres.

— Ce que les gens disaient sur moi ?

Une autre question dont je suis presque sûr de connaître la réponse.

Il a l'air mal à l'aise.

— Vous savez, les soupçons habituels à l'égard d'un étranger, surtout un homme qui porte un costume chic. On ne voit pas ça souvent par ici, sauf si on est sur son trente-et-un pour un enterrement.

— On me l'a déjà dit, mais je peux vous assurer que je suis ici pour faire un travail, rien de plus.

— Alors… nos emplois ne sont pas menacés ?

Il me regarde avec de l'espoir dans les yeux, et je voudrais pouvoir lui assurer qu'en effet, son emploi est sûr. Que l'emploi de tout le monde à la scierie est sûr, mais le fait est que si Anderson and Smith décident d'acheter la scierie, je ne peux donner cette assurance à personne. Pas même à un homme qui a consacré toute sa vie professionnelle à cet endroit.

Ed Cole ne connaît pas la véritable raison de ma présence

ici. Personne à Hunter's Creek ne la connaît, pas même Harper, et j'ai promis à M. Cantor de garder le secret jusqu'à ce que la décision finale ait été prise.

— Je ne vais renvoyer personne, si c'est ce que vous demandez, je réponds. En fait, j'irais même jusqu'à dire que cette scierie est bien gérée. Vous n'avez pas à vous en faire.

Son visage s'éclaire d'un nouveau sourire, son soulagement est palpable.

— Eh bien, ça me refait ma journée, mon garçon. Sur ce, je vais rentrer chez moi, retrouver ma charmante femme et mes filles et prendre un peu de repos bien mérité.

Il me tend la main et nous nous la serrons une fois de plus.

— J'ai été ravi de vous rencontrer, Christopher. Harper avait raison. Vous êtes un type bien.

— Merci.

Je le regarde partir avant de retourner à mon bureau et de m'adosser à mon siège, en regardant par la fenêtre les arbres d'un vert luxuriant.

Bien que notre relation n'en soit qu'à ses débuts, mes sentiments pour Harper n'ont fait que grandir depuis l'instant où j'ai posé les yeux sur elle. Pour être tout à fait honnête avec moi-même, non seulement je ne m'attendais pas à avoir des sentiments pour elle, mais leur profondeur m'a complètement pris par surprise. Bien sûr, c'est une femme magnifique et facile à vivre. Mais je suis sorti avec des femmes magnifiques avant, et je n'ai jamais ressenti ça.

Et en plus, Harper est bien plus qu'une simple jolie femme.

Pour commencer, je pense à elle tout le temps. Je pense à elle quand je m'endors le soir, et je pense à elle dès que je me réveille le matin. Son abnégation et sa volonté d'aider les autres sont une source d'inspiration, et elle s'est immiscée dans chacune de mes pensées.

Que ferait Harper ? est une question que je me pose plus souvent que je ne voudrais l'admettre. C'est une bonne personne, une bien meilleure personne que je ne pourrais jamais l'être, et il est impossible de ne pas être attiré par elle, comme le papillon de nuit par la flamme.

Ou dans notre cas, le citadin grincheux en costume, attiré par l'optimiste excentrique de province.

Mais la date d'expiration de notre relation plane sur nous. Elle est non négociable. Dès que j'aurai terminé mon audit de la scierie et fait mes recommandations, je serai parti.

C'est une limite infranchissable, et plus nous nous en approchons, plus elle me pèse d'une manière que je n'avais pas anticipée.

Alors que je me prépare un autre café et que je discute avec Suzanne, Keith et les autres dans le bureau, en travaillant sur les tâches que j'ai prévues pour la journée, une petite idée commence à germer.

Au début, je la rejette, la jugeant folle, du domaine de la construction d'une ville sur Mars ou de la découverte de la cité perdue de l'Atlantide.

Mais cette graine de pensée est devenue un arbre en pleine floraison.

Je veux demander à Harper d'emménager à New York avec moi.

Vous voyez ? C'est fou.

Mais c'est aussi assez merveilleux.

De cette façon, je pourrai être avec elle tout en poursuivant ma carrière et en gravissant un nouvel échelon. Un échelon qui me permettra de continuer à aider Kelly ainsi que d'assurer ma propre sécurité financière.

Je sais que Harper adore être de retour à Hunter's Creek, mais elle a vécu à LA, une ville. Sur ce point au moins, ce n'est pas si différent de New York. La Grosse Pomme, la ville qui ne dort jamais. Un couple dans la vingtaine, vivant dans l'une des villes les plus excitantes du monde, ça me semble une bonne idée.

Peut-être qu'avec le temps, elle finirait par l'aimer ?

Et je m'emballe peut-être un peu, mais peut-être qu'un jour nous pourrions prendre notre retraite à Hunter's Creek ?

Attendez. Là, je m'emballe complètement.

C'est incroyable de commencer à penser à nous de cette façon.

Je passe le reste de la semaine à travailler sur les dossiers, interrompu par des collègues sympathiques qui s'arrêtent pour discuter tout en me fournissant des informations pertinentes. C'est le jour et la nuit par rapport à mon arrivée, et je sais que c'est uniquement grâce à Harper. Les gens sont passés de la méfiance à première vue à l'acceptation, presque comme si j'étais l'un des leurs.

C'est à la fois merveilleux et terrible. Je ne suis pas l'un des leurs, et la décision que je prendrai à la fin de mon audit pourrait bien avoir un impact sur leur vie.

Mais je ne vais pas m'attarder là-dessus. Pas maintenant, pas alors que je suis plus heureux que je ne l'ai été depuis longtemps, peut-être même de toute ma vie.

On frappe à ma porte ouverte, et je lève les yeux pour voir Keith.

— Je rentre chez moi. On se voit ce soir au festival de printemps, c'est bien ça ? J'ai entendu dire que tu avais aidé Harper et les enfants à se préparer.

Une chaleur se propage dans ma poitrine à la pensée de Harper.

Je glisse mon ordinateur portable dans sa sacoche et la passe sur mon épaule.

— Ça a été très amusant. Harper et les enfants ont travaillé si dur sur leur spectacle, je ne le manquerais pour rien au monde.

Il cligne des yeux plusieurs fois.

— Tu pars ? Mais il n'est que dix-sept heures.

Je songe au fait que je ne ressens plus le besoin de travailler du matin au soir. Plus depuis Harper.

— Quand on est à Hunter's Creek, il faut parfois faire comme les gens du coin.

— Bientôt, tu viendras boire un verre avec nous au Bear sans que j'aie besoin de te forcer la main.

— C'est une invitation ? je demande en éteignant les lumières du bureau.

Keith glousse.

— Carrément.

— Eh bien, c'est très gentil de ta part, mais je dois aller aider Harper à s'installer.

Keith me lance un regard en coin.

— Si tu continues à avoir cet air niais quand tu penses à ta copine, on aura du mal à se débarrasser de toi quand le travail ici sera terminé.

J'ai un air niais ? Je recompose mes traits pour ressembler davantage au collègue professionnel que je suis censé être, plutôt qu'à un chiot transi d'amour.

Keith secoue la tête en souriant.

— Je suis content pour toi, mec.

Je suis content pour moi, aussi.

— On se voit au festival.

Sur le parking, nous nous disons au revoir et alors que je monte dans ma voiture, je souris pour moi-même.

J'ai un plan pour être avec Harper, et je ne peux qu'espérer qu'elle l'acceptera.

Chapitre 19

Harper

Les lumières scintillent dans le ciel du soir tandis que les habitants installent leurs étals autour de nous, proposant de tout, des fleurs aux produits frais en passant par l'artisanat. Je prends du recul pour avoir une vue d'ensemble du kiosque à musique sur la place du village, imaginant une rangée d'élèves de l'école primaire de Hunter's Creek dans leurs costumes de la famille von Trapp, chantant à pleins poumons dans moins d'une heure.

— Qu'en penses-tu ? me demande Christopher depuis le

kiosque. Dois-je déplacer cette montagne un peu plus vers la droite ?

— Tu es en train de me dire que tu es assez costaud pour déplacer des montagnes ?

Il contracte les muscles de ses bras avec un grand sourire, et je laisse échapper un rire.

— Tu dois bouger, parce que là, tu es une véritable distraction.

Il fait quelques pas sur le côté.

— Mieux ?

— Tu es toujours une distraction, mais au moins, maintenant, j'ai une vue dégagée sur l'Autriche.

Je recule pour évaluer la scène.

Il s'avère que les décors étaient aussi lourds que Meryl l'avait dit, et je suis reconnaissante d'avoir mon « petit ami » pour m'aider. Bien sûr, Christopher et moi ne faisons plus semblant, depuis le soir où il est venu me retrouver au Second Chance Café.

Je ne peux pas nier que j'ai pour lui des sentiments plus profonds que je n'aurais jamais cru possibles — non seulement pour lui, mais pour n'importe qui si peu de temps après Dex — et même si être vraiment avec lui est extraordinaire, notre relation est encore toute nouvelle.

Ce que je peux dire maintenant, c'est qu'il est plus que parfait pour moi. Oui, nous sommes des opposés, et oui, il peut être un peu sérieux et collet monté, mais ce que j'ai réalisé, c'est que ça me convient. Je le détends et lui, en retour, m'apaise.

Mais il y a une chose : il part le mois prochain.

Je ne veux pas tirer de conclusions hâtives en pensant à ce que le départ de Christopher signifie pour nous. Je sais que cette date d'expiration approche, la fin logique de cette nouvelle et merveilleuse relation.

J'ai essayé de repousser cette pensée au fond de mon esprit. À quoi bon penser à la fin alors que nous sommes au tout début de quelque chose de nouveau et d'excitant ? Je viens à peine de me remettre d'un homme qui a chamboulé ma vie. J'ai besoin de prendre mon temps. J'ai besoin de profiter de ce que nous avons sans m'en inquiéter.

Parce que ce que nous avons est tout simplement extraordinaire.

— En fait, il y a un espace entre le manoir et la deuxième montagne à droite. Peux-tu pousser le panneau de la montagne un peu par là ? dis-je en faisant un geste vers la droite.

— À tes ordres, cheffe, répond-il avec un sourire malicieux qui remplit mon ventre de papillons.

— Tu sais que j'adore quand tu m'appelles cheffe. Il était temps que tu comprennes qui commande vraiment ici, le taquiné-je en le parcourant du regard.

Au lieu de son habituel combo costume-cravate parfait qu'il aime tant, il porte aujourd'hui le jean qu'il avait le soir où il m'a offert les marguerites, avec un épais manteau et une écharpe. Il est allé à sa cabane pour se changer après le travail et enfiler sa « tenue de travail », comme il l'appelle. Ce n'est peut-être pas une paire de bottes de travail et une chemise en flanelle, mais c'est un début.

J'aime ce look sur lui. Le vrai Christopher s'est en quelque sorte libéré de son armure rigide et boutonnée — tout en restant ridiculement sexy, bien sûr.

C'est difficile de croire à quel point il s'est détendu. Il ne m'aurait jamais appelée cheffe ni ne m'aurait lancé un sourire malicieux quand je l'ai rencontré. Maintenant ? C'est comme si je découvrais l'authentique Christopher Young. Et ce que je vois me plaît.

Il déplace le lourd décor en contreplaqué vers la droite, comblant l'espace.

— C'est bon comme ça ?

— Parfait.

— On ne peut pas faire mieux que parfait.

D'un mouvement agile, il saute en bas du kiosque.

Il s'arrête à côté de moi, et ensemble nous regardons l'installation — même si, je l'avoue, je pense moins à la représentation à venir et beaucoup plus à sa proximité, assez proche pour qu'il puisse facilement passer son bras autour de ma taille et m'attirer à lui pour un de ces merveilleux baisers pour lesquels nous semblons si doués.

Mais nous n'avons pas le temps pour ça, même si j'en ai très envie. Et mon Dieu, oui, j'en ai envie. J'ai dit aux parents des artistes d'amener leurs enfants ici, et ils ne devraient plus tarder.

— J'ai rencontré ton père aujourd'hui, me dit-il.

Je le regarde, surprise.

— Vraiment ? Comment ça s'est fait ?

— Il est passé à mon bureau pour dire bonjour.

— Ah bon ? Ça ressemble bien à mon père. J'imagine qu'il était curieux, comme le reste du village.

Je jette un coup d'œil autour de moi et remarque que quelques habitants nous observent. Je leur adresse un sourire, et ils me sourient en retour, l'air gêné, clairement pris sur le fait, avant de se remettre à l'installation de leurs étals. On aurait pu croire que Christopher et moi étions de l'histoire ancienne maintenant, mais il semble que le nouveau couple du village soit toujours une source inépuisable d'intérêt.

S'ils savaient à quel point notre relation est récente.

— Que feraient les villageois si nous ne sortions pas ensemble ? lui demandé-je en riant.

Je lève les yeux vers lui et le vois me sourire en retour, ses yeux brillants. Immédiatement, mon cœur s'emballe, tout comme au café, comme toujours quand il est près de moi.

— Ça me plaît qu'on sorte ensemble. Pour de vrai, je veux dire, murmure-t-il d'une voix basse et intime.

Je suis si heureuse que je ne peux m'empêcher de sourire.

— Moi aussi.

Les coins de ses lèvres se retroussent en un sourire qui fait naître des papillons dans mon ventre.

Pourquoi faut-il qu'il soit si à croquer alors que nous sommes entourés par les gens du coin ? Non pas que la présence des autres m'ait déjà empêchée de l'embrasser... Sans trop réfléchir, je passe mes mains autour de sa taille et l'attire à moi pour un baiser tendre.

— On pourrait peut-être reprendre ça après le festival, quand on n'aura pas tout à fait le même public ? dit-il.

Je me retourne pour voir d'autres commerçants nous observer.

Je hausse les sourcils, faussement outrée.

— Monsieur Young, il s'agit d'un arrangement entièrement bidon, vous comprenez bien.

Il répond, les yeux pétillants :

— Je n'étais pas sûr qu'il y ait quoi que ce soit de bidon en ce qui concerne les baisers.

Est-ce que je rougis ?

Je sens la chaleur me monter aux joues. Eh oui, je rougis, c'est certain.

Meryl arrive et nous nous séparons immédiatement.

— Bonjour, vous deux. N'est-ce pas formidable ? Je savais que vous y arriveriez.

— Ne nous emballons pas. Les enfants n'ont pas encore fait leur spectacle, je réponds.

— Eh bien, pour l'instant, tout va bien. Merci beaucoup, Christopher.

— Tout le plaisir est pour moi, répond-il avec l'un de ses hochements de tête.

Je ne peux m'empêcher de sourire, en me souvenant qu'il avait fait exactement la même chose le premier jour, quand nous nous sommes presque rencontrés au café. Je m'étais même demandé s'il avait grandi au Japon, mais c'était avant que je le connaisse, avant que je comprenne que sa façade rigide et formelle n'est que ça : une façade. Le vrai Christopher est chaleureux, amusant, intelligent et probablement le meilleur homme que j'aie jamais connu.

Son regard se pose sur le mien, et nous partageons un sourire.

Je me sens si chanceuse de l'avoir dans ma vie.

— Je vais chercher les marches dans ton coffre pour les plus petits, dit-il.

Je lui tends les clés.

— Merci, Topher.

Meryl et moi le regardons s'éloigner.

— Vous êtes tout simplement adorables. Ne le laissez surtout pas filer, dit Meryl.

Notre date d'expiration imminente me tord le ventre, me rappelant que peu importe à quel point Christopher et moi pouvons être heureux, un jour, dans un avenir pas si lointain, il sera parti. Et avec lui, *nous*.

— J'adore être avec Christopher, mais il part le mois prochain. Sa mission ici sera terminée.

La tristesse me poignarde la poitrine.

— L'amour trouve toujours un chemin, Harper. Vous le savez, n'est-ce pas ?

— L'amour ? dis-je, la voix coupée.

Je jette un coup d'œil à Christopher. Il a ouvert le coffre de la vieille voiture de mon père pour en sortir les marches. Sa vue fait battre mon cœur à tout rompre. Je sais que je ressens pour lui bien plus qu'une simple attirance.

Mais de l'amour ? Est-ce que je l'aime ?

— Bien sûr, répond Meryl, comme si le fait que nous soyons amoureux était la chose la plus naturelle du monde. J'ai vu la façon dont vous vous regardez. Vous ne pouvez pas cacher vos sentiments, Harper. C'est peut-être nouveau, mais je peux dire que ce que vous avez est réel. Il est bon pour vous. Il vous correspond.

J'ouvre la bouche pour répondre, mais je la referme aussitôt. Ce que nous avons est peut-être réel, mais nous n'avons même pas encore eu notre premier rendez-vous en tant que vrai couple. Le temps que nous avons passé ensemble jusqu'à la nuit où il est venu me retrouver au café faisait partie de notre comédie.

Je suppose que j'ai appris à connaître le vrai Christopher à travers tout ça.

Je ravale une boule qui se forme dans ma gorge.

— Bon, avant que j'oublie, Annabelle Cartwright a décidé de ne pas reprendre le travail à la fin de son congé maternité, et j'ai pensé que vous seriez peut-être intéressée pour postuler au poste permanent d'enseignante de CE1 à l'école primaire de Hunter's Creek.

Il me faut un moment pour passer de la question de savoir si j'aime Christopher à ce qu'elle est en train de me dire.

— Vous voulez que je postule pour le poste permanent ? je demande.

— Oui ! Je pense que vous seriez parfaite pour ce poste.

C'est mon rêve qui se réalise. Je pourrais lever le poing en l'air. Je ne le fais pas, mais je pourrais.

— Vous plaisantez ? J'adorerais postuler ! m'exclamé-je avec enthousiasme.

Elle me sourit radieusement.

— Je pensais bien que ce serait votre réaction. Faites-moi parvenir votre candidature avant la fin de la semaine prochaine et nous verrons ce que nous pouvons faire.

— Merci, Meryl. Cela compte beaucoup pour moi.

— Vous êtes une excellente enseignante, Harper, et vous êtes prête à faire plus que ce qu'on vous demande.

Elle désigne la scène.

— Je pense que vous serez un excellent atout pour notre équipe.

Elle parle comme si j'avais déjà le poste, mais je ne vais pas m'emballer. Je dois encore passer par le processus de candidature et d'entretien.

— Je le pense aussi, si je puis me permettre de le dire.

Elle laisse échapper un petit rire.

— Bonne chance pour le spectacle. Je regarderai. Pour l'instant, j'ai besoin d'un chocolat chaud. Il fait froid dehors.

Les parents commencent à arriver avec leurs enfants, et je les fais monter sur le kiosque pour qu'ils puissent se familiariser avec le décor. Bien que nous ayons eu une répétition ici plus tôt dans la semaine, écourtée par la pluie, le décor n'était pas là, ni les gens pour les distraire.

Rachel arrive avec Keith. Nous souriant, elle dit :

— Bonjour à tous. J'adore la robe verte et blanche, Mlle Cole.

Elle me balaie du regard.

J'ai ma robe de la famille von Trapp sous mon manteau. Avec l'aide de quelques parents très serviables, nous avons réussi à coudre des tenues pour les enfants dans le même tissu, une imitation très proche des costumes que Julie Andrews et les enfants portaient dans le film.

Nous sommes mignons, dans un style hollywoodien des années 60 sur le thème de l'Autriche pendant la Seconde Guerre mondiale.

Si tant est que ça existe.

J'adresse un sourire sardonique à Rachel.

— Je suis un peu inquiète qu'il y ait des imitations vestimentaires ce soir.

Je fais un geste vers les enfants dans leurs costumes assortis.

— N'est-ce pas terrible quand ça arrive ? répond-elle en riant.

Je rassemble les enfants sous la tente derrière le kiosque où les parents les aident à enlever leurs manteaux et je vérifie leurs costumes.

Christopher arrive alors que je réunis les enfants, prêts à monter sur le kiosque pour leur spectacle.

— C'est la famille von Trapp ! Qu'est-il arrivé aux enfants de l'école primaire de Hunter's Creek ? J'étais sûr qu'ils étaient censés être là ce soir, remarque Christopher alors que les enfants se rassemblent, prêts à jouer.

— Que voulez-vous dire, monsieur Christopher ? demande Daniel, l'un des plus jeunes de la troupe.

— Je m'inquiète pour ces enfants parce qu'ils devaient être ici, mais c'est vous qui êtes venus à la place, répond-il.

Les enfants rient, et l'un d'eux insiste :

— Mais nous *sommes* les enfants de l'école primaire de Hunter's Creek.

Christopher fronce les sourcils comme s'il était perplexe.

— Non, vous êtes la famille von Trapp. Je le sais. J'ai vu le film, et je dois dire que vous vous portez tous remarquable-ment bien, étant donné qu'il a été tourné il y a environ soixante ans.

Les enfants rient de nouveau, et je souris. Je n'arrive pas à croire que je l'ai pris pour un grincheux.

— Vraiment, monsieur Christopher, nous *sommes* bien les enfants de l'école, dit Lori.

— Ouais ! renchérit Ollie. Demandez à Mme Cole.

Tous les regards se tournent vers moi, y compris ceux de Christopher.

— Je pense que ce que monsieur Christopher veut dire, c'est que vous ressemblez tellement à la famille von Trapp qu'il n'a pas pu faire la différence. N'est-ce pas, monsieur Christopher ?

Son visage se fend d'un large sourire.

— C'est exact. J'ai hâte de tous vous entendre chanter.

Les enfants ont appris à connaître un peu Christopher lors de sa présence aux répétitions ces dernières semaines. C'est touchant de voir avec quelle facilité il s'entend avec eux, leur montrant une chaleur et un soutien que je n'avais pas anticipés.

Mais il y a beaucoup de choses que je n'avais pas antici-pées chez Christopher Young.

— Maman dit qu'on va casser la baraque, mais on est dehors.

Amelia, une autre élève de ma classe, lève les yeux vers moi et demande :

— J'espère que rien ne nous tombera sur la tête.

— C'est une expression, ma chérie. Ça veut dire que tout le monde va adorer notre spectacle et applaudir et crier si fort que ça fera le même bruit que si la maison s'écroulait, lui expliqué-je.

Cela suscite une expression de soulagement sur le visage de la petite fille.

Bernie, le boucher du coin et présentateur des performances de ce soir, passe la tête dans la tente et nous annonce que c'est bientôt notre tour.

Je rajuste les costumes de certains enfants, avant de dire :

— Bon, les amis. On y va.

— Ouais ! s'exclame Cody, qui joue l'un des aînés des enfants von Trapp.

Christopher me serre le bras.

— Tu vas assurer. On se voit après.

— Merci.

Je me sens comme une maman canard nerveuse menant ses canetons pour leur première sortie vers la mare alors que nous nous dirigeons vers la scène du kiosque à musique. Le public éclate en applaudissements lorsque nous prenons nos places pour interpréter notre première chanson.

Prête, mais sentant le froid, je me tourne vers les enfants et leur dis :

— N'oubliez pas de garder le menton haut et de sourire au public, et tout ira bien.

Plusieurs enfants hochent la tête avec une détermination farouche, le trac prenant clairement le dessus.

— Tout le monde est prêt ? demande Bernie.

Je lui fais un pouce en l'air.

Bernie dit dans le microphone :

— Mesdames et Messieurs, l'école primaire de Hunter's Creek va maintenant interpréter des chansons de *La Mélodie du bonheur*. À vous de jouer, Mme Cole.

Je donne la première note sur un harmonica que je sors de ma poche, et nous chantons la biche, le soleil d'or et l'aiguille qui coud. Notre performance ne nous mènerait peut-être pas très loin dans un radio-crochet — à part peut-être vers la sortie — mais ce qui nous manque en talent, plusieurs d'entre nous le compensent largement en étant adorables.

La chanson suivante parle de nos choses préférées, qui pour ces enfants n'incluent pas les sonnettes de porte, les clochettes de traîneau, ou le schnitzel avec des nouilles, mais c'est ainsi que la chanson est écrite et elle tient la route. Quand j'ai demandé aux enfants quelles étaient leurs choses préférées avant d'apprendre cette chanson, ils m'ont parlé de jeux vidéo, de Lego et de poupées American Girl. Nous avons discuté du fait que, peut-être, ces choses n'étaient pas facilement disponibles dans l'Autriche occupée par les nazis et avons convenu de chanter les paroles originales.

C'est une chanson avec beaucoup de paroles, et quelques enfants se trompent, mais si quelqu'un s'en soucie, il ne le montre certainement pas, le public éclatant en applaudissements enthousiastes à la fin.

En regardant vers le public, je croise le regard de Christopher. Il me sourit radieusement, le visage rayonnant, et je sais qu'il est fier de nous.

C'est à ce moment-là que ça me frappe, en plein cœur.

Je veux plus de lui que ce qu'il peut offrir.

Cette nouvelle chose entre nous doit durer aussi longtemps que possible. Je ne veux pas qu'elle ait une date d'expiration non négociable.

Je veux que nous ayons l'impression d'avoir toute une vie devant nous pour explorer notre nouvelle relation et apprendre tout ce qu'il y a à savoir l'un sur l'autre.

En réalité, son travail ici sera bientôt terminé et il partira littéralement à l'autre bout du pays, pour le poste qu'il a durement obtenu, le poste qu'il mérite tant. Moi, je serai ici, à Hunter's Creek, à ma place, avec mes amis, ma famille, et à travailler dans l'école que j'aime.

Tout le monde sait que les relations à distance ne fonctionnent pas. Ni l'un ni l'autre ne pouvons rien y faire. Nous avons un temps limité ensemble, et peu importe ce que je ressens pour lui, peu importe la profondeur surprenante de mes sentiments, lui et moi n'avons jamais été faits pour être ensemble.

Cette pensée me donne la boule au ventre, et je la repousse aussi vite que possible. Ce n'est pas le moment de réfléchir à ce que j'attends de Christopher, pas pendant que je suis sur scène avec les enfants.

Je sais que je dois voir ça pour ce que c'est : une histoire à court terme, sans attaches et sans avenir. Peu importe ce que je ressens pour lui. Nous ne pouvons rien être de plus l'un pour l'autre.

Même si mon cœur me dit que je suis en train de tomber amoureuse de lui.

Chapitre 20

Harper

Le lundi suivant, assise avec un groupe de mathématiques, je donne aux enfants un exercice à faire et je regarde par la fenêtre, en pensant à Christopher.

Après notre prestation incroyablement réussie de vendredi soir au festival, Christopher et moi nous sommes promenés entre les stands, main dans la main, goûtant à la nourriture, buvant du chocolat chaud et savourant le plaisir d'être ensemble. Nous avons passé la majeure partie du week-end tous les deux, à bruncher le samedi, à regarder un film blottis sur son canapé le soir, et à randonner dans la forêt le dimanche, avant d'aller prendre un café au restaurant de tante Sheila.

Nous avons croisé la moitié de la ville, et tout le monde nous a remarqués, mais ça n'avait pas d'importance. Nous ne le faisions pas pour le public. Nous le faisions pour nous, et c'était le bonheur total.

Et aujourd'hui, j'ai un sourire fendu jusqu'aux oreilles.

— Pourquoi souriez-vous autant aujourd'hui, madame Cole ? me demande Caleb, l'un de mes élèves.

— C'est parce qu'elle est heureuse, explique Sofia, avec ses airs de mini-professeur. N'est-ce pas, madame Cole ?

— Certaines personnes sourient parce qu'elles ont des tumeurs au cerveau, nous informe Amelia, la docteure en herbe de notre classe.

— Ce n'est pas vrai, se plaint Sofia. Ce n'est pas vrai, hein, madame Cole ?

Je leur dis :

— Vous vous éloignez un peu du sujet. Nous faisons des équations mathématiques, nous ne discutons pas des tumeurs au cerveau.

— Est-ce que c'est parce que vous avez une tumeur au cerveau ? demande Amelia, les sourcils froncés par l'inquiétude.

— Je n'ai pas de tumeur au cerveau.

— Tu vois ? Je te l'avais bien dit. Madame Cole sourit parce qu'elle est heureuse, dit Sofia avec satisfaction.

— Et si on se concentrait sur les maths, plutôt que sur mon sourire, d'accord ? je suggère.

La porte de la salle de classe s'ouvre à la volée, heurtant le mur dans un grand fracas.

Mais qu'est-ce que… ?

Je me retourne, surprise, et je vois Dex entrer dans la salle de classe, un air déterminé sur son beau visage.

Mon cœur bondit dans ma gorge.

Dex est là ? À Hunter's Creek ? Dans ma salle de classe ?
Comment ?

Quoi ?

Pourquoi ?

Tant de questions bouillonnent dans mon cerveau qu'il
m'est impossible de réfléchir.

Je bondis de ma chaise, le cœur battant la chamade, le
ventre noué par un flot d'émotions. Le choc, l'excitation, la
colère et la confusion. Surtout la confusion.

Il traverse d'un pas décidé la pièce remplie d'enfants qui le
dévisagent bouche bée, et s'arrête à mes côtés.

— Dex. Qu-est-ce que tu fais ici ? je balbutie alors qu'il
me domine de sa taille.

Il jette un bref regard aux enfants assis à la table, qui l'observent attentivement, attendant avec impatience d'entendre
ce que cet homme célèbre de la télé a à dire.

— Je suis venu te voir, Harps, dit-il simplement.

— Mais… pourquoi ? je demande, stupéfaite.

Il se rapproche de moi, la main posée sur sa poitrine. Bien
sûr qu'il est d'une beauté à couper le souffle. Avec Dex, c'est
une évidence. Sa chemise ample en lin blanc est ouverte, révé-
lant un peu trop de ses pectoraux sculptés pour que ce soit
acceptable dans une classe d'enfants, rentrée dans un jean usé
avec des déchirures savamment placées qui, j'en suis sûre, ont
coûté plus que mon salaire hebdomadaire. Il porte une
poignée de colliers autour du cou.

Il me faut une seconde pour réaliser qu'il porte la même
tenue que le soir où il m'a larguée sur la jetée.

Est-ce un choix délibéré ? Et si c'est le cas, pourquoi ?
Essaie-t-il de me rappeler cette nuit-là ? Parce que c'est cruel.
C'est…

— Je suis là parce que j'ai besoin de te voir, Harps. J'ai
besoin de te dire quelque chose.

Mon regard parcourt la salle de classe, observant les airs
déconcertés sur les visages des enfants.

— Dex, je travaille, je lui dis avec un regard lourd de sens.

Il voit bien à quel point c'est inapproprié, non ?

— Je sais, mais ça ne peut pas attendre, Harps. Je suis sûr que les enfants ne verront pas d'inconvénient si tu leur donnes des bonbons ou quelque chose comme ça.

Une vague d'excitation parcourt la classe à la mention de bonbons.

— Vous avez des bonbons, madame Cole ? demande Caleb.

— Vous en avez ? Parce que j'aime les bonbons, dit Sofia.

— Bien sûr que tu aimes ça. Tout le monde aime les bonbons, déclare Amelia avec certitude.

— On peut en avoir ? S'il vous plaît ? demande Caleb.

— S'il vous plaît ? répète le reste de la classe en chœur.

Je lance un regard noir à Dex.

— Merci pour ça.

Mon ton dégouline peut-être de sarcasme, genre, beaucoup.

Il hausse les épaules, m'offrant son sourire éblouissant.

— Les enfants veulent des bonbons.

— Je ne vais pas leur donner de bonbons, je réponds, sous les soupirs déçus et les « oh non » des élèves. Monsieur Ryder ne sait pas que nous avons une règle anti-bonbons dans notre école, je leur explique, même si c'est surtout pour l'expliquer à Dex.

— Ça a l'air d'être une règle stupide. Pas vrai, les enfants ? dit Dex, les bras écartés comme s'il était un magnanime donateur de bonbons. Ce qu'il n'est pas, à moins qu'il en ait apporté avec lui. Ce qui serait bizarre.

— On veut des bonbons ! s'exclament plusieurs enfants en même temps.

Amelia lève la main.

— Excusez-moi, madame Cole ?

— Qu'y a-t-il, Amelia ?

— Je ne veux pas de bonbons parce que je sais que c'est

contre le règlement de l'école et aussi parce que ma maman me dit que ça donne des caries et je ne veux pas de caries.

Je lui souris, à Amelia, ma petite élève modèle. Chaque classe en a au moins une, et de préférence plus.

— Harps, dit Dex en attirant de nouveau mon attention, j'ai besoin de te dire ce que je ressens et je dois le faire maintenant.

Sa voix est pleine d'urgence.

— Dès l'instant où j'ai su ce que je devais te dire, j'ai décidé que rien ne m'arrêterait pour te retrouver, et c'est exactement ce que j'ai fait. Je suis venu à Hunter's Creek pour te trouver.

Je parie qu'il n'a pas pris le car comme moi.

J'ouvre la bouche pour protester car, il faut bien l'admettre, nous avons un public de vingt-cinq enfants de sept ans et, comme je n'ai aucune idée de ce qu'il s'apprête à me dire, je ne suis pas sûre que ce soit approprié pour eux.

Mais Dex a toujours voulu ce qu'il voulait, quand il le voulait, et là, maintenant, il veut très clairement dire quelque chose.

— J'ai fait la plus grosse erreur de ma vie et j'en suis profondément, sincèrement désolé. Je t'aime de tout mon cœur et je veux que tu reviennes. J'espère que tu pourras trouver en toi la force de me pardonner…

Son discours est interrompu par une voix indignée.

— Hé, monsieur ! Vous ne pouvez pas débarquer comme ça. On est en plein cours de maths, proteste Amelia.

— C'est ça. On fait des maths, dit une autre enfant, Kari, la voix suraiguë d'indignation. C'est des maths, et c'est hyper dur.

Je pince les lèvres pour réprimer un sourire. Est-ce mal de ma part d'adorer mes élèves parce qu'ils défendent notre classe contre cette invasion ?

Je l'admets, j'ai fantasmé ce moment tant de fois, le

moment où Dex me retrouverait pour me dire qu'il avait eu tort, qu'il m'aimait encore et qu'il voulait que je revienne.

La nuit, allongée dans mon lit, je fixais le plafond en imaginant ce que je ressentirais en l'entendant prononcer ces mots. Des mots que j'avais voulu entendre depuis si longtemps. Je pensais à ce que je lui répondrais.

Dans mes premiers fantasmes, au tout début, je me précipitais dans ses bras et lui disais que je lui pardonnais tout et que tout ce qui comptait, c'était qu'il soit de retour.

Avec le temps, ce discours a changé. Ce fut un changement progressif, qui s'est insinué en moi jusqu'à ce que la nature même de ce discours se transforme.

Je suis passée de simplement vouloir le récupérer à tout prix à un sentiment de profonde colère envers lui pour ce qu'il m'avait fait. J'étais en colère contre lui de m'avoir laissé le soutenir pendant toutes ces années — à la fois émotionnellement et financièrement — et j'étais en colère qu'il m'ait laissée tomber comme une vieille chaussette dès qu'il avait senti le succès approcher.

Je l'ai toujours fait passer en premier. J'ai fait passer sa carrière avant la mienne. Ses désirs avant les miens. J'ai fait preuve d'abnégation et je l'ai fait par amour. Et comment m'a-t-il remerciée ? En passant à la fille suivante.

Mais ensuite, à peu près au moment où je suis revenue à Hunter's Creek, j'ai réalisé que, bien sûr, il était le crétin dans cette situation, sans l'ombre d'un doute, mais que c'était *moi* qui avais laissé faire. Je m'étais autorisée à mettre mes propres besoins de côté pour le soutenir.

Il s'avère que le revers de la médaille du profil « Altruiste » de l'ennéagramme de Christopher n'a rien à voir avec l'Étoile de la Mort ou Dark Vador. C'est exactement ce qu'il m'a dit : j'ai cherché à plaire à Dex jusqu'à plus soif. J'ai fait passer ses besoins si loin avant les miens que c'était complètement à mon détriment.

Je sais que c'était une chose tout à fait noble à faire. Faire passer quelqu'un d'autre en premier est ce que nous faisons pour les gens que nous aimons. C'est ce qui fait de nous des êtres humains décents, mais que cela ne soit pas réciproque ou même apprécié ? Que ce soit considéré comme un simple rien ?

Oui, j'ai été une idiote.

À ce moment-là, j'ai réalisé que même si j'aimais encore Dex — il était mon premier amour et nous avions partagé tant de choses — je ne pourrais jamais être de nouveau avec lui, pas sans me compromettre. Et je ne suis plus prête à me compromettre, ni pour Dex, ni pour personne.

Je prends une profonde inspiration et commence :

— Les enfants, M. Ryder et moi devons avoir une conversation d'adultes *plus tard*, dis-je en lançant un regard noir à Dex. Mais pour l'instant, je lui demande de partir pour que je…

Pour la deuxième fois en autant de minutes, quelqu'un fait irruption dans la pièce, interrompant net mon discours. Cette fois, c'est au tour de Meryl, et elle est si rose et essoufflée qu'on dirait qu'elle a gravi une colline escarpée.

— Dexter, te voilà, dit-elle entre deux souffles. Jeanette m'a dit que tu as demandé où était la classe de Harper.

Ses yeux oscillent entre Dex et moi.

— Salut, Mme Holmes, lance nonchalamment Dex. Tu es toujours prof ici ?

— Je suis la directrice, renifle-t-elle en se redressant et en bombant le torse.

— Cool. Je veux parler de quelque chose à Harps.

— J'étais justement sur le point de lui dire que je pouvais le voir après l'école, je commence.

Meryl agite les mains en l'air.

— Allez-y, parlez-lui maintenant, Mme Cole. Je vais m'occuper de votre classe.

— Mais…, je proteste.

— Allez-y, insiste-t-elle. On s'en sortira très bien, n'est-ce pas, les enfants ?

— Oui, Mme Holmes, répond Amelia.

— D'accord, je cède.

Dex lève un poing victorieux en l'air.

— J'ai une super bagnole dehors. Allons nous asseoir dedans, me dit-il alors que nous sortons de la pièce ensemble.

La dernière chose que je veux, c'est m'asseoir dans la « super bagnole » de Dex avec lui. Ça va me rappeler des souvenirs de lycée. De dangereux souvenirs de lycée.

Je dis aux élèves de se remettre à leurs exercices de maths et de demander de l'aide à Mme Holmes s'ils en ont besoin.

— Merci. On n'en aura pas pour longtemps, je lui dis.

— Assurez-vous simplement de ne pas oublier Christopher, répond-elle à voix basse.

Je souris à la mention de son nom.

— Promis.

— C'est qui, ce Christopher ? demande Dex.

— M. Christopher est le petit ami de Mme Cole, l'informe Amelia sans tarder.

Je fais une grimace. *Ça ne m'aide pas, Amelia.*

— Tu as un petit ami ? me demande Dex, les yeux écarquillés d'incrédulité.

Comme si c'était si improbable que je puisse avoir un petit ami !

— Allons dehors. Nous pourrons parler en privé là-bas, je réponds.

Je le conduis à travers la cour de récréation jusqu'à l'un des bancs qui entourent un vieux chêne.

Je me tourne vers lui.

— Bon, maintenant que nous sommes seuls, tu veux tout reprendre depuis le début ?

Il passe ses doigts dans ses cheveux, un geste familier qui me rappelle des temps plus heureux.

— Tu me manques, dit-il simplement.

Il attrape mes mains et les prend dans les siennes, me fixant de son regard.

— Harps, j'ai fait une terrible erreur. Horrible. Je n'aurais jamais dû rompre avec toi. Tu m'as manqué chaque jour.

Je cligne des yeux en le regardant.

— Je t'ai manqué chaque jour ? Mais je n'ai jamais eu de tes nouvelles, pas un seul mot, et ça fait plus de trois mois maintenant.

— J'ai l'impression que ça fait trois ans.

Il serre mes mains.

— Je veux que tu reviennes, Harps. Pour de bon. Toi et moi, pour toujours.

— Dex, tu m'as quittée pour être avec ta covedette.

Je n'arrive pas à prononcer son nom. D'après les médias, vous êtes toujours très amoureux.

Il est impossible d'éviter d'entendre parler de Dex dans cette ville.

Il lève la main et écarte une mèche de mon visage.

— J'adore le fait que tu aies pris de mes nouvelles.

— Dex, je ne te flique pas. Tu es une vraie vedette ici. Tout le monde ne parle que de toi. On organise même une projection publique hebdomadaire de chaque nouvel épisode de ton émission à la mairie.

Il affiche un grand sourire.

— J'en ai entendu parler.

— Ce n'est pas la question.

— Non, je sais bien. Le fait est que nous ne sommes plus ensemble, Serenity et moi. Elle n'était pas faite pour moi. Bien sûr qu'elle est belle et sexy, et être avec elle, c'était une sacrée aventure, mais c'est toi que j'aime, Harps. C'est avec toi que je suis censé être. Tu ne le vois donc pas ? Ça a toujours été toi et moi, Dex et Harps. Il faut que tu le saches.

Je déglutis avec difficulté, et mon cœur fait des bonds étranges dans ma poitrine. Il est là, devant moi, il me tient les mains et prononce les mots que j'ai attendu si longtemps d'entendre.

Pourquoi ne suis-je pas folle de joie ? Pourquoi ses mots me laissent-ils de glace ? Dex était tout ce que j'avais toujours voulu. J'ai changé ma vie pour être avec lui, jusqu'à ce qu'il me quitte, mais maintenant, il est de retour.

— Alors ? me demande-t-il, les yeux brillants d'espoir, tandis qu'un sourire confiant se dessine sur ses lèvres, ces lèvres que je connais si bien. Que dis-tu de ça ?

— Je...

Que *dire* ? Que dire à l'homme dont je suis tombée amoureuse à l'adolescence ? L'homme que j'ai toujours aimé. L'homme pour qui j'ai changé toute ma vie.

— Si tu es sortie avec un certain Christopher, ça ne me dérange pas. Vraiment pas. Nous avons tous les deux vu ce que c'était d'être avec d'autres personnes, et c'est ce qui nous a fait réaliser à quel point ce que nous avions était si spécial. Parce que c'*était* spécial. Ça l'*est*. Il me prend le visage en coupe, son regard intense. Peu importe ce que tu as fait, peu importe avec qui tu as été, passons à autre chose. Ensemble. Toi et moi.

Avant que j'aie eu le temps de digérer ce qu'il dit, et encore moins de formuler de vrais mots, il se penche et presse ses lèvres contre les miennes.

Je respire son odeur familière, sens ses bras m'envelopper et me serrer contre lui. L'espace d'un instant, j'ai l'impression que nous pourrions revenir à ce que nous avions avant. Ce serait si facile. Nous avons été ensemble longtemps. J'ai grandi avec lui. Il a contribué à forger la personne que je suis devenue. C'est difficile de simplement tourner la page. C'est difficile de fermer la porte pour de bon, peu importe ce que je ressens pour Christopher.

Christopher.

Je me dégage de l'étreinte de Dex, rompant notre baiser.

— Harps ? Qu'est-ce qu'il y a ? demande Dex avec une pointe d'agacement dans la voix.

C'est à ce moment-là que mon regard se porte sur le parking. Je ne sais pas pourquoi, mais quelque chose attire mon attention. Debout près de sa voiture, tenant un panier emballé dans du cellophane et noué d'un ruban, me regardant avec une expression que je ne peux décrire que comme de la dévastation sur son visage, se trouve Christopher.

Chapitre 21

Christopher

Me sentant ridicule, debout sur un parking avec un panier de fruits à la main pendant que la femme pour qui j'ai des sentiments embrasse un autre homme, mes yeux se posent sur le jardinier, penché au-dessus d'un parterre de fleurs.

— Excusez-moi ? dis-je.

L'homme se redresse.

— Pour moi ? demande-t-il avec un sourire en coin.

Je ne suis pas d'humeur à plaisanter.

— Pourriez-vous remettre ceci à Mlle Cole pour moi ? Je… je ne veux pas la déranger.

Il ouvre la bouche pour répondre, mais je lui fourre le panier dans les mains avant qu'il ait pu prononcer un mot.

— Il faut que j'y aille.

— Pas de problème, murmure-t-il.

— Merci.

Je lui fais un signe de tête sec avant de me détourner et de marcher à grandes enjambées vers ma voiture, mon besoin de déguerpir d'ici grandissant de seconde en seconde.

Mais à quoi est-ce que je pensais, en débarquant à l'improviste en pleine journée à l'école de Harper pour offrir aux enfants un panier de fruits afin de les féliciter pour leur excellente performance au festival ? Faire des surprises peut si facilement se retourner contre vous, surtout lorsque vous surprenez quelqu'un avec qui vous venez tout juste de tisser des liens affectifs.

Voir Harper et un homme dans une étreinte passionnée est la façon qu'a l'univers de me dire que les surprises ne sont jamais une bonne chose.

Et le plus fou dans tout ça, c'est que je suis venu sur un coup de tête. J'avais déposé un des types de la finance à l'aéroport de la ville voisine et j'avais eu envie de voir Harper.

Et je l'ai vue, mais pas de la façon dont je l'aurais voulu.

Pas avec un autre homme.

Et pas n'importe quel homme : Dex Ryder, son ex.

Ouais, je l'ai googlé. Quand la femme dont vous tombez amoureux a un ex important, quelqu'un avec qui elle a eu une relation sérieuse, on fait ce genre de choses. Je n'en suis pas fier, mais au moins, je sais avec qui elle est.

Comment un homme peut-il être aussi stupide ?

Je vais vous le dire. Assez stupide pour sacrifier du temps de travail que j'aurais pu utiliser pour finir ce boulot, juste pour être avec elle. J'ai marché dans le plan ridicule de

Harper de faire semblant de sortir ensemble, mais je ne me suis pas arrêté là.

Oh non, ça aurait été trop facile.

Qu'est-ce que j'ai fait ? Je suis allé tomber amoureux d'elle. Amoureux comme je ne l'ai jamais été de personne dans ma vie. Pas parce que je ne m'en suis jamais donné la permission, mais parce que je pensais qu'elle était différente.

Je pensais que c'était la bonne.

Alors que je me gare sur le parking de l'usine, je pousse un grand soupir.

Depuis le début, j'avais raison. J'ai besoin d'oublier l'idée de tomber amoureux. J'ai besoin d'oublier l'idée de trouver le bonheur.

Ce que je dois faire, c'est travailler dur pour atteindre mes objectifs. C'est comme ça que j'ai vécu ma vie pendant des années. Une concentration sans faille, voilà sur quoi je peux compter. C'est comme ça que j'aurais dû vivre ma vie à Hunter's Creek, au lieu de courir partout avec la jolie femme digne d'un téléfilm de Noël, en prétendant être en couple.

Je me dirige vers mon bureau et ferme la porte avec un peu plus de force que nécessaire.

D'accord, je la claque.

Je n'en suis pas fier.

Je prends quelques respirations pour me calmer. Je ne suis pas une tête brûlée, pas un de ces types qui se promènent en grognant et en se frappant la poitrine comme une sorte d'homme des cavernes.

Ce n'est pas moi, ça.

Je dois me reprendre en main. Je suis Christopher Young, avocat en fusions et acquisitions chez Anderson et Smith, ici pour faire un travail avant de gravir le prochain échelon de ma carrière.

Voilà pourquoi je suis là.

C'est là-dessus que je dois me concentrer.

Mais j'ai beau essayer, je n'arrive pas à me sortir de la tête l'image de Harper avec Dex.

Je retire la veste de mon costume et la suspends au dossier de ma chaise avant de m'asseoir à mon bureau. J'ai beaucoup de travail à abattre, et je ne peux pas laisser la distraction des récents événements me détourner davantage de mon objectif.

On frappe timidement à ma porte.

— Revenez plus tard, dis-je sans lever les yeux de mon écran. Je ne suis pas d'humeur à parler à qui que ce soit.

La porte grince en s'ouvrant et je lève la tête, irrité, pour voir Harper dans l'embrasure, un air d'appréhension sur le visage.

Ma mâchoire se contracte en la regardant. Bien sûr qu'elle est inquiète. Je l'ai surprise avec un autre homme. Je parie qu'elle est là pour s'expliquer... et rompre avec moi.

Je ne suis d'humeur pour aucune de ces deux choses.

— J'ai du travail, lui dis-je les dents serrées.

— Peux-tu me laisser t'expliquer, s'il te plaît ?

Je serre la mâchoire, me penche en arrière dans mon fauteuil et joins le bout de mes doigts comme un méchant dans un film de série B.

— Vous avez la parole, dis-je, de ma meilleure voix d'avocat.

Je la regarde fermer doucement la porte derrière elle et faire quelques pas hésitants vers mon bureau. Il est hors de question que je bouge de mon siège. Mon bureau constitue une barrière entre nous deux, et c'est là que je reste, hors de sa portée.

Nerveuse, elle tord la bouche, mais aucun mot n'en sort.

— Harper, vous avez interrompu mon travail, alors s'il vous plaît, dites ce que vous avez à dire pour que je puisse m'y remettre.

Je sais que je suis froid. Personne n'aime se faire larguer, surtout pour un autre type.

— Tu es en colère.

— Sans blague ?

— Je comprends et je suis vraiment désolée, mais il faut que tu saches que ce n'est pas moi qui ai embrassé Dex.

Je pince les lèvres et j'attends qu'elle continue. Je sais ce qui va suivre. Il l'a embrassée, mais elle s'est souvenue à quel point elle l'aime et maintenant, ils se sont remis ensemble, c'est fini entre elle et moi, elle espère que je le prendrai bien, et bla-bla-bla.

Elle se tord les mains et fait les cent pas dans la pièce.

— Le truc, c'est que Dex a débarqué de nulle part et m'a dit qu'il voulait qu'on se remette ensemble.

Jusqu'ici, tout est conforme à mes attentes.

— Il m'a embrassée. Je n'ai rien demandé. Tu dois me croire.

Elle a l'air si bouleversée que je m'adoucis un peu. J'ai beau être en colère contre elle, j'ai beau avoir le cœur brisé, je tiens toujours à elle et je ne veux pas la voir dans cet état.

Je décide de lui faciliter la tâche.

— Je sais ce que tu vas dire, et ce n'est pas grave,

Je commence.

— Notre histoire a commencé pour de faux, et bien sûr, il y a peut-être eu de vrais sentiments de mon côté et quelques baisers en cours de route, mais nous sommes des adultes, non ?

Sans que je puisse les contrôler, mes pensées se tournent vers la sensation d'embrasser Harper, de la tenir dans mes bras, de sentir ses lèvres douces contre les miennes, de savoir qu'elle me désire autant que je la désire.

Je chasse ces pensées.

Ça n'aide en rien.

— Nous sommes des adultes, mais…

— Mais rien du tout. Je comprends. Tu étais amoureuse de Dex. Tu l'es toujours. C'est bon, lui dis-je, sans en penser un mot.

Elle fronce les sourcils et s'approche de moi, si bien que seul le bureau nous sépare.

— Voilà le truc. Dex est venu me dire qu'il voulait qu'on se remette ensemble, mais je ne veux pas de lui. Ni maintenant, ni jamais.

Il me faut un long moment pour assimiler ses paroles.

— Je t'ai vue de mes propres yeux. Il te tenait dans ses bras. Vous… vous vous embrassiez.

Le mot reste coincé dans ma gorge.

Elle secoue la tête, les mains jointes à la taille.

— C'est lui qui m'a embrassée. Je lui ai dit que c'était fini entre nous. Je ne l'aime plus.

— Tu ne l'aimes plus ? je répète, d'une voix haletante.

Elle secoue la tête, avec un sourire timide.

— Non. Je l'avais déjà oublié avant qu'il ne vienne ici, et le revoir m'a rappelé que, bien qu'il ait beaucoup de grandes qualités, il peut être un crétin égoïste.

Elle appuie ses mains sur mon bureau et je saisis son parfum.

— Tu vois, j'ai rencontré ce type qui est peut-être un peu coincé et un peu grincheux par moments, mais j'ai appris à le connaître et je suis impatiente de voir où ça nous mène.

Même si ma vie en dépendait, rien au monde ne pourrait m'empêcher de sourire. Je bondis de ma chaise, contourne le bureau et, d'un geste vif, je la saisis dans mes bras et presse un baiser urgent et soulagé contre ses lèvres.

Elle répond en enroulant ses bras autour de moi et en me rendant mon baiser, et j'inspire son délicieux parfum au goût de Harper.

— J'ai l'impression que ça te va, murmure-t-elle entre deux baisers.

—Je crois que je peux m'y faire, ouais.

—Je suis désolée que tu aies dû voir ça.

Je hausse les épaules.

— Hé, tous les mecs adorent voir leur copine se faire embrasser par son ex.

— Je parie que non.

— Tu m'as eu. J'ai détesté ça. Rappelle-moi de ne plus jamais débarquer à ton école à l'improviste.

— Parce que je pourrais être en train d'embrasser des types au hasard ? Je peux t'assurer que non, répond-elle avec un petit rire qui a le pouvoir de pénétrer en moi et de m'illuminer de l'intérieur.

Son visage est radieux alors qu'elle me sourit, et je ne peux résister à l'envie de me pencher pour un autre de nos baisers incroyables.

— Comment se fait-il que tu sois là en pleine journée d'école ? Non pas que je me plaigne. Pour ta gouverne, je suis tout à fait pour que tu me rendes visite pour une séance de roulage de pelles en plein milieu de l'après-midi.

— Dûment noté. C'est Meryl. Elle a été témoin de toute la scène avec Dex et elle est totalement dans la Team Christopher.

— Je savais bien que j'aimais cette femme.

— Elle s'occupe de ma classe jusqu'à mon retour, et je devrais vraiment y aller.

Elle s'arrête avant d'ajouter :

— Elle m'a demandé de postuler pour le poste, au fait. L'enseignante de CE1 a décidé de ne pas reprendre le travail.

Ça change les choses. Mais est-ce que ça doit vraiment les changer ?

Mon esprit se tourne vers la question que je voulais lui poser.

— C'est ce que tu veux ? je demande.

Son visage s'illumine d'un magnifique sourire.

— J'ai toujours rêvé d'enseigner à l'école, comme tu le sais.

— Est-ce que je peux te demander quelque chose ?

— N'importe quoi.

Je la conduis jusqu'au canapé dans le coin et nous nous asseyons ensemble, nos cuisses se touchant, et je prends sa main dans la mienne.

— On a besoin d'être assis pour cette conversation ? Ça doit être sérieux, plaisante-t-elle.

— Je suppose que c'est sérieux.

Je remarque son air inquiet et j'ajoute :

— Mais dans le bon sens du terme.

— Tu n'as pas d'ex que tu as embrassés dans des cours de récré, n'est-ce pas ?

Je lève un sourcil vers elle.

— Trop tôt ? demande-t-elle, le visage illuminé de malice.

Je laisse échapper un rire.

— Carrément trop tôt. Mais ne t'inquiète pas, ce n'est rien de tout ça. C'est juste que j'arrive à la fin de mon projet et je sais que cette histoire entre nous est vraiment nouvelle, mais…

Je m'interromps, ne sachant pas si je dois continuer.

Dans ma tête, demander à Harper de déménager avec moi à New York semblait être le meilleur plan du monde. Mais maintenant que nous sommes assis ici, quelques instants après que je l'ai vue se faire embrasser par un autre homme, ça semble soudain beaucoup plus sérieux.

Non pas que ça m'effraie. Je veux m'engager sérieusement avec Harper. Elle ne ressemble à aucune femme que j'aie jamais connue, et je sais, au plus profond de moi, qu'elle est la femme de ma vie. Point final.

— Topher ? Qu'est-ce qu'il y a ?

Elle presse ma main pour m'encourager.

— Ce que j'allais dire, c'est que j'ai vraiment apprécié d'apprendre à te connaître pendant mon séjour à Hunter's Creek, et je sais qu'il y a eu cette date limite pour notre relation, mais je ne veux plus qu'il y en ait.

Un sourire se dessine au coin de ses lèvres.

— Vraiment ?

— Et toi ?

Elle se mord la lèvre, le visage rayonnant, les sombres bassins de ses yeux pétillant d'une émotion qui me serre le cœur.

— Ce que je ressens pour toi, c'est... eh bien, j'aime être avec toi. Toute cette histoire m'a prise par surprise. Je ne m'attendais pas à ressentir ce que je ressens pour toi.

— Mais si tu te laissais aller, s'il n'y avait pas de date de fin à cette histoire entre nous, alors quoi ?

Elle fronce les sourcils et j'ai envie de chasser son inquiétude d'un baiser.

— Pas de date de fin ? J'ai toujours supposé que tu partirais le mois prochain, et que ce serait une histoire à court terme. Topher, je... je ne pensais pas qu'il y avait d'autre solution.

Je saisis sa main et la prends dans les miennes.

— Et s'il y en avait une ?

— Es-tu en train de me dire que tu ne pars pas ? demande-t-elle, et l'hésitation dans sa voix sème une graine d'espoir.

Je baisse les yeux sur nos mains enlacées.

— Je ne suis pas prêt à ce que ça se termine.

Je lève mon regard vers le sien et je vois de la tendresse dans ses yeux.

— Et toi ?

Lentement, elle secoue la tête.

— J'aimerais que ça n'ait pas à se terminer.

Mon cœur bat la chamade. Elle veut être avec moi. Elle ne veut pas que ça se termine.

Poussé par son aveu, je lui dis ce que j'ai envie de lui dire.

— J'espérais que tu envisagerais de déménager avec moi à New York.

Ses yeux s'écarquillent et je sens sa main se raidir dans la mienne.

— Quoi ? Tu veux que je déménage à New York avec toi ?

Rien qu'à l'idée d'être avec elle, d'avoir toute notre vie ensemble, ma poitrine se gonfle.

— C'est exactement ça.

Ses yeux scrutent mon visage.

— Je pensais que tu voulais dire que tu resterais à Hunter's Creek.

— Rester ici, à Hunter's Creek ?

Je demande avec un rire surpris.

— Harper, ce n'est pas possible. Il n'y a pas de travail pour moi ici. Une fois que j'aurai soumis mon rapport, ma mission sera terminée.

— Tu ne peux pas rester comme consultant en gestion ? Je me souviens que mon père m'a dit qu'il y en avait un qui était resté longtemps.

Je baisse une fois de plus les yeux sur nos mains. Il est temps que je joue cartes sur table. Si je suis tombé amoureux de cette femme, je dois lui dire la vérité. Elle ne mérite rien de moins.

Je lève mon regard vers le sien.

— Je ne suis pas consultant en gestion.

Elle cligne des yeux plusieurs fois.

— Tu ne l'es pas ? Mais c'est ce que tout le monde pense. C'est ce que tu as dit à tout le monde.

— Je devais leur dire ça. M. Cantor m'a demandé de ne pas divulguer la vraie raison de ma présence ici.

— Pourquoi ? Pourquoi ne pouvais-tu pas nous dire la vraie raison de ta présence ici ?

Sa voix est à peine un murmure, l'inquiétude gravée sur son visage.

Je pose ma main sur son épaule.

— Il n'y a pas de quoi s'inquiéter, je la rassure. Tout va bien se passer. Tu vois, j'étais ici pour le compte d'une grande société multinationale appelée Anderson and Smith, en tant qu'avocat spécialisé en fusions et acquisitions.

— Fusions et acquisitions ?

La prise de conscience se lit sur son visage. Sa main vole à sa bouche, sa tête bascule en arrière.

— Ta société rachète notre usine ?

Le fait qu'elle dise *notre* usine ne m'échappe pas. Elle veut dire qu'elle appartient aux habitants de Hunter's Creek. Ce n'est pas tout à fait vrai, bien sûr. Elle appartient à Calvin Cantor, et il peut en faire ce qu'il veut.

— Harper, je te dis ça en toute confidence, parce que je te fais confiance. Personne d'autre ne le sait. Personne d'autre ne doit le savoir. Pas encore. Pas avant que l'affaire soit conclue.

— Mais… mais qu'arrivera-t-il aux emplois de tout le monde si l'usine est vendue ? Tous les ouvriers ? Mon *père* ? Il y travaille depuis toujours. Il adore cette usine. C'est l'œuvre de sa vie, comme pour tant de gens ici.

Je passe mon bras autour de son épaule pour la rassurer. Elle est tendue comme une corde de violon.

— S'il te plaît, fais-moi confiance. Le travail que j'ai fait ici a montré que l'usine est un bon investissement pour ma société. Je sais que même si la transition vers de nouveaux propriétaires amènera quelques changements, M. Cantor, son père et son grand-père avant lui ont géré cette usine extrêmement bien, efficacement et avec de fortes marges de profit. Je ne peux pas t'assurer que tout le monde gardera son travail, mais la plupart le feront.

— Mon père ne perdra pas son travail ?

Sa voix est de nouveau haletante, cette fois-ci de peur.

Je secoue la tête.

— Comme je l'ai dit, peu de gens devraient perdre leur emploi, y compris ton père.

Ses traits se détendent, mais à peine.

— Pourquoi ne m'as-tu rien dit de tout ça ?

— J'avais les mains liées. C'était une condition précise de notre accord de travail. Pendant que je faisais mes vérifications préalables, je ne pouvais dire à aucun des habitants de la ville pourquoi j'étais là. Même l'équipe de direction n'est pas au courant. J'ai pris un risque en te le disant, mais je te fais confiance et je sais que tu garderas ça pour toi.

Elle se mord la lèvre en fixant un point sur le sol. Je sais qu'elle est en train d'assimiler cette nouvelle information potentiellement bouleversante, et je ne peux qu'espérer avoir réussi à la rassurer sur le fait que, même si ce n'est pas parfait, tout ira bien.

— Donc, tu dis que tu recommandes à ta société de procéder au rachat de l'usine ?

— C'est exact.

— Et ensuite, tu partiras pour de bon.

— La mission sera terminée. Il n'y aura plus de raison pour moi de rester.

— Plus de raison pour toi de rester, répète-t-elle d'une voix lointaine et monotone.

— Hé, ça va aller. J'ai participé à beaucoup de ces projets, et ils ne se passent pas toujours bien, mais cette usine est un bon investissement, et je sais que ma société ne fera que des changements minimes. En fait, ce sera ma recommandation, non seulement parce que je veux ce qu'il y a de mieux pour les habitants, mais aussi parce que je sais que c'est la vérité. Le bonus, c'est que les gens garderont leur emploi et la vie continuera comme elle l'a toujours fait à Hunter's Creek, avec l'usine comme principal employeur.

Elle hoche la tête plusieurs fois, esquissant un sourire. Je sais qu'il n'est pas sincère. Quand Harper sourit pour de vrai, elle illumine toute la pièce.

Elle se lève.

— Harper ? je m'étonne.

— Je… je dois retourner en classe.

— Je te raccompagne.

Je marche jusqu'à la porte mais avant de l'ouvrir, j'ajoute :

— Je sais que je viens de te lâcher une bombe, mais je voulais être honnête. J'espère vraiment que tu réfléchiras à l'idée de venir avec moi quand je partirai.

—Je le ferai.

J'essaie de lire son expression, en espérant ne pas lui avoir trop embrouillé l'esprit, mais je devine que c'est probablement le cas. Je lui ai lâché deux bombes en moins de cinq minutes. C'est beaucoup à encaisser.

— Je te retrouve au Second Chance ce soir ? C'est la soirée de projection de *Serious Bite* et je me suis dit que tu voudrais encore te cacher.

— La soirée de projection, bien sûr. On pourra parler davantage.

— Du fait que tu viennes avec moi à New York ?

— Oui.

Je l'attire à moi pour un baiser, l'espoir remplissant mon cœur. Ce soir, nous pourrons faire des projets pour être ensemble. Quiconque a dit qu'on ne pouvait pas avoir le beurre et l'argent du beurre ne nous connaît pas, Harper et moi.

Parce que je vais avoir le poste *et* la fille.

Chapitre 22

Harper

Malgré la tempête qui fait rage en moi — et après ma conversation avec Christopher il y a une heure, le mot tempête est vraiment de circonstance — je souris aux enfants, leur rappelant de faire leurs devoirs d'orthographe, de demander à leurs parents s'ils peuvent amener leurs animaux pour la journée des animaux de compagnie la semaine prochaine, puis je leur donne congé pour la journée.

Inévitablement, une file d'enfants s'est formée, tous ayant

décidé qu'ils avaient quelque chose d'important à me dire avant de partir.

— Madame Cole ? Vous saviez que le fauteuil roulant de mon papa a des nouvelles paillettes ? me demande Loni.

— Je ne le savais pas. C'est super.

— Devinez qui les a mises ?

Je crois que je connais la réponse.

— Qui ?

— Moi ! me dit-elle avec une joie évidente.

— C'est très gentil de ta part, Loni. Je parie que ton papa adore.

— Il m'a dit qu'elles le faisaient aller plus vite, ce qui est une bonne chose, parce que depuis son accident, il ne va pas très vite.

Mon cœur se serre pour elle. Une de mes collègues m'a raconté que le père de Loni avait perdu l'usage de ses jambes à la suite d'un accident de travail à la scierie. Apparemment, il a eu de la chance de s'en sortir vivant, mais cela signifie une vie entière en fauteuil roulant. Et maintenant avec des paillettes, visiblement.

— Eh bien, je suis super contente pour lui et pour toi. À demain, Loni.

— Au revoir, Madame Cole.

Elle m'offre un grand sourire radieux qui me remonte instantanément le moral.

Ça m'étonnera toujours de voir à quel point l'énergie des enfants peut être transformatrice. Je me souviens avoir dû aller à l'école le lendemain du jour où Dex m'a larguée. Un des enfants qui avait des difficultés en maths, un garçon du nom d'Oliver, a soudainement réussi à faire la différence entre les triangles, et l'enthousiasme qu'il a ressenti face à sa réussite m'a tirée de mon abattement. Au moins pour un petit moment.

Vraiment, c'est une leçon pour nous tous, les adultes : se

réjouir des petites choses et laisser ses soucis à la porte. Au moins pour un petit moment.

Je parle avec quelques autres enfants, dont un veut me montrer une grenouille qu'il a attrapée à la pause déjeuner et un autre qui me dit qu'il mange des hamburgers pour le dîner, puis le bruit et les enfants disparaissent.

Je me retrouve seule avec mes pensées.

Quand je suis allée au bureau de Christopher cet après-midi, je n'étais pas sûre à cent pour cent de ce que j'allais trouver. Je m'attendais à ce qu'il soit contrarié par ce qu'il avait vu — ou plutôt par ce qu'il *croyait* avoir vu. Je m'attendais à devoir lui expliquer que je n'ai aucun sentiment pour Dex, que ce que nous avions est bel et bien mort et enterré. Je m'attendais à le rassurer sur le fait que, même si nous n'allons jamais durer éternellement à cause de la date d'expiration de notre relation que nous connaissons depuis le début, j'aime être avec lui et je veux continuer à le voir tant qu'il sera là.

Et puis il y a les parties de la conversation que je n'avais pas prévues, ce qu'on appelle communément un sacré morceau. Deux sacrés morceaux, pour être exacte.

Deux énormes pavés dans la mare qui m'ont prise par surprise.

Depuis le premier instant où nos regards se sont croisés au café ce tout premier jour, Christopher a menti sur la raison de sa présence à Hunter's Creek.

Non seulement ça — et c'est déjà un assez gros pavé dans la mare en soi — mais en plus, il m'a demandé de déménager à New York avec lui.

Ou c'était peut-être dans l'autre sens. Je ne me souviens plus.

Ça faisait *beaucoup*.

J'organise des papiers sur mon bureau et je glisse quelques cahiers d'exercices de lecture des enfants dans mon sac pour les corriger à la maison. Je laisse échapper un souffle, mon cerveau en bouillie à cause des événements de la journée.

Ne vous méprenez pas, je comprends pourquoi Christopher ne m'a pas dit la vérité sur sa présence ici. Vraiment. Ce n'était pas comme s'il avait eu le choix. Je sais qu'il suivait les instructions de M. Cantor. Bien sûr, cela signifiait mentir non seulement à moi, mais à toute la ville, ce qui ne risque pas de lui valoir une parade en son honneur. Mais comme je l'ai dit, je comprends.

Ça ne veut pas dire que ça passe bien.

Un mensonge reste un mensonge, pur et simple. Et oui, je sais qu'au début, lui et moi mentions à la ville à propos de notre relation. C'est différent. Nous le faisions parce que j'avais besoin de paraître moins comme la pauvre fille larguée par le fils le plus célèbre de la ville, et il voulait être perçu comme un type bien.

Mais je sais une chose avec certitude : quand les habitants apprendront la vraie raison de sa présence — et ce n'est qu'une question de temps avant qu'ils ne le fassent — certains seront scandalisés. Certains seront indignés. Et oui, certains voudront mettre sa photo sur une cible de fléchettes et la cribler de coups.

Et puis, inévitablement, tous les regards se tourneront vers moi, la femme une fois de plus traitée comme une idiote. M'avait-il menti depuis le début, à moi aussi ? Ou étais-je dans le coup, tout aussi coupable ?

Aucune de ces suppositions n'est flatteuse.

Je plisse les yeux très fort et me frotte le front. Comme je l'ai dit, j'ai le cerveau en bouillie en ce moment.

Je passe mon sac sur mon épaule, j'éteins les lumières et je ferme la porte.

Je dois croire ce que Christopher m'a dit, que lorsque l'usine sera vendue, la plupart des gens garderont leur emploi. Savoir que malgré les mensonges, les gens que j'aime dans cette ville s'en sortiront me réconforte.

Mais la vraie raison de sa présence à Hunter's Creek n'est qu'un des éléments de mon chaos mental.

Christopher m'a demandé de déménager à New York avec lui.

Genre, quitter Hunter's Creek, déménager à l'autre bout du pays et m'engager sérieusement avec lui, super vite.

Ne vous méprenez pas, le fait qu'il veuille que je déménage avec lui me fait me sentir incroyablement bien. Il est peut-être réservé, coincé et grincheux, et c'est vrai que nous n'avons pas vraiment grand-chose en commun, mais malgré tout ça — ou peut-être en partie à cause de ça — j'ai développé des sentiments pour cet homme. De vrais sentiments.

Des sentiments que je ne pensais jamais pouvoir éprouver pour un autre homme après Dex.

J'en avais fini avec les relations. J'en avais fini avec les hommes. J'en avais fini avec l'amour.

Attendez. *L'amour* ?

J'aime Christopher ?

Quand je pense à lui, je ressens cette douce sensation de calme envahir tout mon corps, de mes orteils jusqu'au bout de mes doigts, et tout ce qu'il y a entre les deux. Il s'insinue dans mes pensées quand je m'y attends le moins et ça me fait toujours sourire. *Lui*, il me fait toujours sourire. Il est la première pensée qui me vient à l'esprit quand j'ouvre les yeux sur le chant matinal des oiseaux, et il est la dernière chose à laquelle je pense en m'endormant le soir.

Oui, nous sommes des opposés. Franchement, il suffit de nous regarder. Moi, ce sont les robes vaporeuses et le style décontracté et naturel. Je dis ce que je ressens. Lui, ce sont les costumes cintrés avec la personnalité qui va avec, faisant attention à ce qu'il dit et à la façon dont il agit.

Nous menons des vies complètement différentes. C'est un fonceur, un avocat brillant d'une grande ville, qui grimpe les échelons de l'entreprise et qui est tellement motivé par la réussite que tout le reste passe après. Moi, je suis satisfaite de ce que j'ai et de ce que je fais, j'adore voir la différence que je fais dans la vie des enfants, avec pour seule ambition de continuer à m'améliorer dans mon travail.

Mais d'une manière ou d'une autre, malgré toutes nos différences, rien de tout ça ne semble compter.

Il veut être avec moi, et je ne voudrais rien de plus que d'être avec lui.

J'arrive à ma voiture et je pose mon cartable et mon sac à main sur la banquette arrière. Je dois aller à la mairie pour aider à l'installation de la projection de ce soir de *Serious Bite*, après quoi je rentrerai chez moi pour finir mes corrections avant d'aller au café retrouver Christopher.

D'ici là, je saurai quoi lui dire. J'aurai mis au clair ce que je ressens à propos de tout ça : le poste permanent d'institutrice de CE1, la vente du moulin, la proposition de Christopher de déménager avec lui à New York.

J'ouvre la portière côté conducteur et j'entends une voix familière m'appeler par mon nom. Je lève les yeux et je vois Dex marcher vers moi d'un pas décidé, l'air déterminé.

— Harps, attends, crie-t-il.

— Dex, si tu es là pour revenir sur notre conversation de tout à l'heure, je t'ai déjà dit…

— Ne t'inquiète pas. Je ne suis pas là pour ça, même si tu as changé d'avis… ?

Il lance ça en m'offrant le sourire qui l'a rendu célèbre.

Enfin, ça et sa morsure de vampire.

— Dex, dis-je d'un ton menaçant.

Il lève les mains en l'air comme si c'était une sorte de jeu.

— J'ai compris. J'ai tout foiré. Je me retire.

Je ne suis pas sûre de le croire, mais je décide de lui accorder le bénéfice du doute.

— Merci.

— Je voulais t'inviter à la projection ce soir. Je me suis dit que ce serait sympa qu'on y aille ensemble, pour le bon vieux temps.

Ça ne me semble pas être une si bonne idée.

— Je ne suis pas sûre, Dex.

— Écoute, je sais que tu penses que je suis ce type super confiant qui a sa vie en main ces jours-ci, mais ça reste moi, Harps. Être de retour ici avec tout le monde qui me juge pour avoir rompu avec toi…

— Et être sorti avec ta costar, j'ajoute, au cas où il aurait oublié ce petit détail.

Il pose la main sur son cœur.

— Je t'ai dit que c'était une énorme erreur. Une que je regretterai profondément jusqu'à mon dernier souffle.

Et on dit que ce sont les femmes qui font des drames.

Je pince les lèvres.

— Harps, je veux que tu saches que quoi qu'il arrive, je t'aimerai toujours.

Mon cœur se serre.

— Je sais. Je t'aimerai toujours aussi.

Ses yeux brillent.

— Je ne perds pas espoir, tu sais.

Je rejette la tête en arrière et laisse échapper un rire.

— Tu es impossible. Tu le savais ?

— Impossible dans le bon sens du terme ?

— Bien sûr, partons là-dessus, je réponds en riant, car il est pratiquement impossible d'être trop sérieuse avec Dex. Il fait partie de ces personnes exubérantes et joyeuses que les autres aiment côtoyer, ne serait-ce que pour se prélasser dans leur bonne humeur.

— Alors, pour ce soir ? lance-t-il.

— Pourquoi as-tu besoin que je vienne à ça avec toi ? Tout le monde t'adore.

— Le truc, c'est que tout le monde *t'*adore encore plus. Ton soutien me ferait du bien.

Je cligne des yeux plusieurs fois, incrédule.

— Tu as besoin de *mon* soutien ? Mais tu es le grand Dex Ryder, star de la télé et fils le plus célèbre de Hunter's Creek. On sera à une projection de *ta* série.

— Alors, tu viendras ?

Il me regarde avec de l'espoir dans les yeux.

— J'ai besoin de toi, Harps.

Je m'attendris. Pas beaucoup, mais assez.

— D'accord, je concède. Juste une autre chose à ajouter à ma liste de choses à faire pour la soirée.

Le visage rayonnant, il fait un pas vers moi, et je lève les mains en l'air pour l'empêcher de me prendre dans ses bras.

Il comprend le message et baisse les bras.

— Je passe te prendre chez tes parents à dix-neuf heures ?

— Non, je te rejoindrai là-bas, et je ne peux pas rester pour la projection. Je dois retrouver quelqu'un.

Un nuage sombre passe sur son visage.

— Christopher ?

Je pince les lèvres et hoche la tête.

— Donc, tu as tourné la page.

— Oui.

— J'ai tout foiré, n'est-ce pas ?

Avait-il tout foiré ? Ou avait-il fait ce qui devait être fait ? Avait-il fait ce que nous avions tous les deux besoin qu'il fasse, mais étions trop liés pour le faire ? Nous avions été ensemble si longtemps que j'étais devenue inextricablement liée à lui, à tel point que, même si je sais que c'est un cliché total, il était difficile de savoir où je finissais et où il commençait.

Il était difficile de savoir qui j'étais vraiment sans lui.

— Tu as fait ce que tu devais faire, et même si c'était dur à l'époque, c'était la bonne chose à faire. Pour nous deux.

Il me regarde d'un air dubitatif.

— Tu le penses vraiment ?

Je le regarde avec un nouveau regard et sais que je le crois absolument quand je réponds :

— Oui, Dex. Je le pense vraiment.

Chapitre 23

Christopher

Je relis le message sur mon téléphone. Pas que je l'aie lu tant de fois que ça. Bon, d'accord, je l'ai peut-être lu quelques fois de plus que je n'aurais dû, mais quand on reçoit un message un peu énigmatique, ça prend un certain temps pour le déchiffrer, surtout quand on a un esprit entraîné à chercher les failles et les doubles sens en toute chose.

« À la projection avec Dex. Je m'éclipserai à la première coupure pub. H xx »

On pourrait dire que je suis parano, ou cynique, mais pourquoi Harper m'annoncerait-elle qu'elle va à la projection d'une série qu'elle évite depuis le premier épisode, avec la raison même pour laquelle elle l'a toujours évitée ?

J'ai commencé à taper quelques réponses. Certaines détachées et décontractées, d'autres beaucoup moins. Le problème, c'est que quand on éprouve des sentiments pour quelqu'un — de grands sentiments, des sentiments qu'on ne peut pas ignorer —, on se rend vulnérable. J'ai tellement l'habitude d'être en contrôle, de toujours savoir quelle sera ma prochaine action, de la planifier, de m'assurer qu'elle se concrétise. Je ne suis pas arrivé là où j'en suis aujourd'hui par hasard. Je me suis payé mes études à l'université. Je me suis payé ma fac de droit et j'ai fini avec une énorme dette, déterminé à ce que tout ça en vaille la peine au final.

Et en ce moment même, je suis si près du but.

Pourquoi ai-je laissé Harper quitter mon bureau plus tôt cet après-midi sans qu'elle me donne sa réponse ? J'essayais de paraître détendu, de faire comme si ça n'avait pas autant d'importance que ça en a pour moi. Et ça en a énormément.

Depuis le peu de temps que je la connais, j'ai découvert une autre façon d'être. Une façon d'être ouverte, bienveillante, plus heureuse, qui est enivrante pour quelqu'un qui s'est toujours bridé. Je suppose qu'on pourrait dire qu'elle m'a aidé à me détendre, à voir que je peux avoir une vie en dehors de mes ambitions. Que tout n'a pas besoin de tourner autour de l'objectif final. Je peux trouver du plaisir dans les petites choses. Des choses comme regarder Harper et sa façon d'être avec ses élèves. La façon dont elle est toujours prête à aider les autres.

La façon dont tout le monde l'aime.

La façon dont *je* l'aime.

Je perçois un mouvement et je regarde le long de la rue, m'attendant à voir Harper. À la place, j'aperçois Alfred Whitlow, l'avocat local que j'ai rencontré à cet endroit précis lors de mon premier jour à Hunter's Creek. La lumière du lampadaire se reflète sur son crâne chauve, et quand il me remarque, il ralentit le pas.

— Bonsoir, Monsieur Young. Pourquoi n'êtes-vous pas à la projection ce soir ? Vous devez être à peu près la seule personne en ville à ne pas y être. Vous n'êtes pas un fan de vampires ? Ou peut-être n'êtes-vous pas un fan de certains acteurs qui jouent les vampires ?

— Les séries sur les vampires ne m'intéressent pas particulièrement, monsieur.

— J'imagine que vous pensez que c'est une perte de temps. C'est bien ça, Monsieur Young ? Vous préféreriez travailler sur votre *projet* à l'usine.

La façon dont il prononce ce mot déclenche une sonnette d'alarme dans ma tête.

— Vous savez ce qu'on dit, Monsieur Whitlow, il n'y a pas que le travail dans la vie, mais ça fait grimper les heures facturables.

Il éclate d'un rire franc et sonore.

— Je n'avais encore jamais entendu celle-là. Je ne manquerai pas de la réutiliser, si vous le permettez.

— Je vous en prie. Pourquoi n'êtes-vous pas à la projection ?

— J'ai quelques petites choses à terminer au bureau. J'exerce le droit ici, à Hunter's Creek, depuis de nombreuses décennies maintenant. Je pense qu'il est temps pour moi de raccrocher mes contrats et mes actes de propriété, pour ainsi dire. Je prends bientôt ma retraite.

— Félicitations.

Je réponds automatiquement.

— Le seul problème, c'est qu'il n'y a personne pour reprendre mon cabinet. Voyez-vous, les gens adorent vivre ici pour élever leurs familles, et la plupart d'entre eux travaillent à l'usine. Ceux qui ont la chance de réunir assez d'argent pour aider leurs enfants à faire de bonnes études supérieures voient souvent leurs enfants se laisser séduire par la grande ville.

— Et ils ne reviennent pas ?

— Certains si, comme votre Harper.

J'aime la façon dont il parle d'elle comme de *ma Harper*.

— Sans cabinet d'avocats en ville, ils devront se rendre à Cowtown pour consulter un avocat, à quelque quatre-vingts kilomètres d'ici, ce qui peut convenir à des gens comme vous et moi, mais pour certains, cette distance rendra la chose tout simplement trop difficile.

Je regarde de nouveau au bout de la rue, espérant voir Harper apparaître.

Il fait un geste vers le café vide derrière moi.

— Vous attendez que Sheila ouvre ? Elle ne sera pas de retour avant demain matin.

— Non, j'attends quelqu'un d'autre.

Une lueur de compréhension traverse son visage.

— Saviez-vous qu'elle est à la projection avec Dex Ryder ? Bien que je pense toujours à lui comme à Dexter Grubb.

Il glousse pour lui-même.

Je hausse un sourcil. Se pourrait-il qu'Alfred Whitlow soit la seule personne à Hunter's Creek qui ne considère pas Dex Ryder comme une sorte de dieu ?

— Pourquoi Dexter Grubb ?

— Principalement parce que c'est son nom.

— Vraiment ? Je pensais que c'était Dex Ryder.

Il agite la main d'un geste dédaigneux.

— Un nom de scène. Rien de plus, et tout le monde ici semble l'oublier, à l'exception de ses parents, et je suis sûr qu'ils préféreraient ne pas être des Grubb.

Je peux l'imaginer.

— Eh bien, je vais vous laisser à votre quelqu'un, dit-il avec un large sourire édenté. Je suis certain qu'elle peut s'arracher à un certain M. Grubb pour vous. D'ailleurs, la voilà.

Je me détourne de M. Whitlow pour voir Harper se précipiter vers moi dans la rue, et je desserre la mâchoire pour la première fois depuis que j'ai reçu son message.

— Bonne soirée, Monsieur Young, dit M. Whitlow avant de hocher la tête et de sourire à Harper.

— Bonne soirée, monsieur.

Je me prépare à rester détendu face au fait qu'elle ait choisi d'être avec son ex plutôt qu'avec moi, mais alors qu'elle arrive à mes côtés, je lâche :

— Pourquoi es-tu allée à la projection avec lui ?

Je l'entends dans ma voix. J'ai l'air blessé, faible. Ça ne me plaît pas. Alors, j'ajoute :

—Je pensais que nous avions un engagement et moi, pour ma part, je tiens parole. En fait, j'en tire une grande fierté.

Voilà qui est mieux. Bien plus décisif.

— Christopher, ne sois pas comme ça. Dex est venu me voir après l'école aujourd'hui pour me demander d'aller à la projection parce qu'il était nerveux à l'idée de revoir tout le monde.

— Pourquoi serait-il nerveux ? Presque tout le monde dans cette ville l'adore.

Elle sort sa clé.

— On entre ?

— Bien sûr.

Nous entrons dans le café plongé dans la pénombre et Harper allume un lampadaire solitaire à côté d'un des canapés.

Je l'avoue, je suis tendu, et pas seulement parce que Harper a changé nos plans à la dernière minute pour aller à la projection avec son ex. J'ai pris un risque aujourd'hui en lui demandant de m'accompagner à New York, et sa réponse a été qu'elle avait besoin de temps pour réfléchir. Ce n'est pas exactement la scène romantique que j'avais en tête en posant une telle question à la femme dont je suis en train de tomber amoureux.

Après tout, peut-être que j'ai regardé trop de ces stupides films Hallmark de Kelly.

— Tu veux t'asseoir ? me demande-t-elle.

Je lui adresse un sourire crispé.

— Bien sûr.

Nous nous asseyons sur le même canapé, mais contrairement à la dernière fois, nous ne nous touchons pas. C'est gênant et horrible et je voudrais remonter le temps et recommencer la soirée. Sans commentaires accusateurs.

Je suis en train de tout gâcher royalement.

Je décide de jouer cartes sur table.

— Écoute, Harper, j'ai beaucoup de choses en tête et je ne suis pas moi-même. On peut recommencer ?

— Bien sûr.

Je croise son regard et nous échangeons un sourire. Je tends la main et prends la sienne dans la mienne.

— J'ai été un idiot.

— Il n'y a rien de mal à être un peu jaloux. Ça montre que tu tiens à moi.

J'ouvre la bouche pour protester que je n'étais pas jaloux. Mais bon sang, qui est-ce que j'essaie de tromper ? J'étais plus vert de jalousie que Kermit la freaking Grenouille.

Je baisse les yeux sur sa main.

— Je tiens à toi. Je tiens beaucoup à toi. À nous.

Son visage tout entier s'illumine, les sombres orbes de ses yeux pétillant d'une émotion inexprimée.

— Moi aussi.

Je tends la main et lui prends le visage entre les miennes. Je dépose un tendre baiser sur ses lèvres, et alors qu'elle fond sous mon contact, j'ai soudain l'impression que tout ira bien entre nous. J'ai surréagi, m'attendant au pire parce que c'est généralement ce qui m'arrive. Mais ce n'est pas comme ça avec Harper. Elle me donne exactement ce dont j'ai besoin, et je l'aime pour ça.

— Tu vois, c'est ce que nous aurions dû faire depuis le début. Pas moi qui fais l'imbécile pour rien et toi qui aides un type qui ne le mérite pas.

— Que veux-tu que je te dise ? demande-t-elle en haussant les épaules. Je suis trop gentille.

Je marque une pause, songeur.

— Tu sais, tu aurais pu le laisser y aller tout seul. C'est un grand garçon.

— Je pensais qu'on était passé de cette conversation aux baisers, ce que, je dois dire, j'apprécie beaucoup plus.

Je presse mes lèvres contre les siennes une fois de plus, enroulant mes bras autour d'elle, la serrant contre moi pour lui montrer que je suis sincère.

— Tout ce que je dis, c'est que tu as l'habitude d'être trop gentille avec les gens, c'est tout. Ne te méprends pas, c'est un trait de caractère incroyable et plus de gens devraient l'avoir, mais dans ton cas, tu dis toujours oui à tout le monde, et je me demande si c'est bon pour toi.

Elle se recule et étudie mon visage.

— Je me suis fait la même réflexion.

Mes lèvres s'étirent en un sourire.

— Je suis content de l'entendre. Je ne dis pas de ne pas faire de choses pour les autres, juste de t'assurer que tu fais aussi ce qui est juste pour toi.

— J'apprends à le faire. Je…

Elle s'interrompt en baissant les yeux.

— Quoi ?

Je relève son menton avec mon pouce.

L'étincelle dans ses yeux a disparu et ses traits paraissent soudain tirés.

— Est-ce que ça va ? je demande.

— Je ressens des choses pour toi que je ne m'attendais pas à ressentir, et certainement pas si tôt après ma rupture avec Dex. Mais ensuite tu es arrivé et nous avons commencé cette histoire de fausse relation et, lentement mais sûrement, j'ai appris à connaître le vrai toi et…

Elle s'interrompt, les traits tendus, en reportant son regard vers le bas une fois de plus.

— Et quoi ? je demande, la voix douce et basse, tandis que mon cœur martèle ma cage thoracique comme un animal enragé.

Quand elle relève les yeux vers moi, son regard est noyé de larmes. La douleur me transperce comme si elle avait plongé la main dans ma poitrine et saisi mon cœur à mains nues. J'enroule mes bras autour d'elle et lui murmure à l'oreille :

— Ne t'inquiète pas. Quoi que ce soit, ce n'est rien.

Une larme solitaire roule sur sa joue.

— C'est une situation impossible.

— Pourquoi ? Qu'est-ce qui est impossible là-dedans ? C'est facile. Tu sais pourquoi ?

Elle renifle en me regardant, essuyant une larme.

— Pourquoi ?

Le bonheur m'envahit alors que je prononce les mots qui tournent en boucle dans mon esprit. Les mots que je sais être vrais parce que je les ressens, au plus profond de mon cœur.

— Parce que je t'aime. Je t'aime, Harper Cole.

Son magnifique visage s'illumine d'un sourire à couper le souffle.

— C'est vrai ? demande-t-elle.

— C'est vrai. De tout mon cœur.

Ses joues rougissent de plaisir et ses lèvres tremblent tandis qu'elle répond :

— Je t'aime aussi.

Aucun autre mot ne pourra jamais susciter en moi une émotion aussi profonde que ces trois mots ce soir. Harper m'aime. Elle m'aime ! Ça doit être le plus beau sentiment qu'un homme puisse éprouver.

Sans hésiter, je m'empare de sa bouche, l'attirant dans un baiser passionné rempli de tous les sentiments que j'éprouve pour cette femme incroyable. Elle répond en enlaçant ses bras autour de moi et en m'embrassant en retour avec une telle ferveur que je sais sans l'ombre d'un doute qu'elle m'aime. Alors que ses doigts effleurent mon cou et se posent sur la peau sous ma gorge, mon corps est secoué d'un choc électrique qui me dit à quel point je la désire, corps, esprit et âme.

Mais un café public n'est pas l'endroit idéal, même si les rues de la ville sont désertes. Avec la maîtrise de soi d'un surhomme, je me recule et pose mon front contre le sien.

— Ça semble soudain. Je sais que nous avons besoin de temps pour découvrir si cette chose entre nous est faite pour durer, mais j'ai la très forte intuition que c'est le cas. Harper, je veux que nous soyons ensemble. Mon travail ici est presque terminé, comme je te l'ai dit cet après-midi, et il a été couronné de succès. Cela signifie que ma promotion au poste d'associé junior est presque assurée.

— À New York.

Je hoche la tête.

— Je compte envoyer mes recommandations finales à mes patrons, leur disant que l'achat de l'usine Cantor est un investissement solide pour notre entreprise.

— Ce qui veut dire que tu vas bientôt partir ?

— J'imagine que je serai parti avant la fin de la semaine.

Ses yeux s'écarquillent, la faisant ressembler encore plus à Bambi qu'auparavant.

— Si tôt.

— Mais si tu veux être avec moi — et j'espère que c'est le cas —, tu peux prendre ton temps pour finir ton contrat ici et me rejoindre quand tu pourras. Si mes calculs sont corrects et que je suis promu associé junior, j'aurai un salaire généreux et nous pourrons nous permettre de bien vivre.

— Tu ne peux pas rester ici ?

— Il n'y a pas de travail pour moi ici, pas une fois que l'usine aura été vendue.

Elle se mordille la lèvre, le regard perdu au loin.

— Et si je te demandais de rester ici… pour moi ?

— J'ai adoré vivre à Hunter's Creek, le peu de temps que j'ai passé ici, mais ma place est dans une grande ville avec les opportunités qu'elle offre. J'ai travaillé dur pour en arriver là où je suis, et je dois continuer sur ma lancée, passer à l'étape suivante. Je sais que tu comprends. Tu me connais. Tu sais à quel point c'est important pour moi.

— Oui. Tu dois continuer à gravir les échelons jusqu'à atteindre le plus haut niveau possible pour pouvoir te protéger, toi et ta sœur.

Entendre mes propres mots sortir de sa bouche me confirme qu'elle me comprend.

— Il n'y a pas d'avenir pour moi ici, pas comme celui que je peux avoir à New York.

— Topher, je…

Elle joint ses mains, son corps se raidit dans mes bras, et je sais. Je sais ce qui va suivre avant même que les mots ne franchissent ses lèvres.

Je serre la mâchoire.

— Dis-le.

Sa poitrine se soulève et s'abaisse au rythme d'une lourde respiration, ses yeux brillant de larmes.

— Je ne peux pas déménager à New York.

Ses mots me percutent comme une voiture lancée à pleine vitesse contre un mur.

— Comment ça, tu ne peux pas déménager à New York ?

J'espère contre tout espoir qu'elle veut dire autre chose que ce que je crois comprendre. Que cette histoire entre nous est terminée. Parce que ça ne peut pas l'être.

Pas maintenant. Jamais.

— Ma vie est ici, à Hunter's Creek. C'est l'endroit où j'ai toujours voulu être. C'est là que je suis le plus heureuse. J'ai vécu à Los Angeles…

— New York n'a rien à voir avec L.A.

— Ce n'est pas la question. Même si je t'aime, je dois me

faire passer en premier. Tu l'as dit toi-même, avant. Je dis toujours oui à tout ce qu'on me demande, sans hésiter. Je pensais que c'était ma force. Que j'étais la personne sur qui les autres pouvaient compter. Et je suis cette personne, mais je suis aussi quelqu'un qui doit apprendre que parfois, il est normal de dire non. Parfois, il est normal de faire passer ses propres besoins en premier.

— Et tu as décidé de commencer par moi ?

— Tu me demandes de changer toute ma vie. Je l'ai déjà fait une fois, et ça n'a pas marché.

— Je ne suis pas lui, grincé-je entre mes dents serrées.

— Je sais que non. Tu vaux deux fois mieux que lui. Il s'agit de moi, Topher. Il s'agit du fait que je dois me faire passer en premier, probablement pour la première fois de ma vie.

— Donc, le fait que nous nous aimions n'a aucun poids dans ta décision ?

— C'est pour ça que je t'ai demandé de rester ici. Je veux être avec toi. Je t'aime vraiment.

— Juste pas assez.

Le visage atterré, elle ouvre la bouche pour parler, puis la referme.

Elle n'a rien à dire. J'ai tapé dans le mille. Elle m'aime, mais pas assez pour déménager dans une autre ville avec moi.

Si ça, ce n'est pas un coup de poignard dans le dos, je ne sais pas ce que c'est.

Je me redresse pour me mettre debout. Mon cœur se brise en deux, mais je ne la laisserai pas voir mes larmes. Je ne la laisserai pas voir ma faiblesse.

Elle tend la main vers la mienne, mais je la garde rigide le long de mon corps.

— Topher, s'il te plaît. Pourrais-tu au moins y réfléchir ?

— Réfléchir à l'idée de vivre de façon permanente à Hunter's Creek ? Harper, j'ai travaillé toute ma vie pour en arriver là où je suis, et je suis sur le point d'être nommé associé junior dans une énorme société mondiale. Je ne vais pas abandonner tout ça pour déménager dans une petite ville obsédée par les ours, au milieu d'une immense forêt. Et pour y faire quoi ? Couper du bois ?

Je laisse échapper un soupir, m'adoucissant en remarquant la peine dans ses yeux.

— C'était dur. Hunter's Creek m'a séduit, et je comprends pourquoi tu aimes tant cet endroit. Je l'aime aussi, c'est juste que ça ne fait pas partie de mon avenir. New York, si.

Elle pousse un soupir exaspéré.

— Je suppose que je n'avais pas bien réfléchi à l'aspect géographique. Mais si on veut être ensemble, je suis sûre qu'on trouvera un moyen, juste… Elle marque une pause.

— Juste quoi ?

— Juste… pas à mes dépens.

— À tes dépens ? m'esclaffé-je. À New York, tu auras une vie que tu ne pourrais jamais avoir ici, même en un million d'années. Tu ne manqueras de rien. Je m'en assurerai.

— Ce n'est pas une question d'argent, de statut ou de tout ça. Je veux être ici, à Hunter's Creek, avec toi.

— Je ne peux pas rester ici.

— J'ai *besoin* d'être ici.

Elle se lève et essaie de prendre à nouveau ma main dans la sienne. Cette fois, je la laisse faire.

Je sais que j'ai perdu. Nous sommes dans une impasse, nous cognant la tête, impuissants, contre un obstacle inébranlable.

Elle ne déménagera pas à New York, et je ne peux pas rester ici.

Qui aurait cru que la géographie causerait notre perte ?

J'aurais dû le voir venir. Après tout, notre relation a toujours eu une date d'expiration, qu'elle soit fausse ou non.

C'est fini avant même d'avoir vraiment commencé.

Je serre la mâchoire, le cœur lacéré en deux.

— Je suppose que c'est la fin, alors.

— Ça ne doit pas forcément l'être.

— Mais c'est fini. N'est-ce pas ?

C'est une affirmation, pas une question. Nous connaissons déjà tous les deux la réponse. Comme pour le prouver, elle baisse la tête, et ma résolution se raffermit.

Celui qui a dit que l'amour suffisait n'y connaît vraiment rien.

Chapitre 24

Christopher

Le lendemain matin, je fais mes recommandations à mes patrons. C'est plus tôt que prévu — un mois entier plus tôt, en fait — mais je sais pertinemment ce qu'ils doivent faire.

L'achat de la scierie est un investissement judicieux pour Anderson and Smith.

Je recommande un minimum de perturbations pour le personnel et de pertes d'emplois, avec une légère restructuration de la direction. L'impact sur les habitants de Hunter's

Creek se fera sentir, mais c'est pour le bien de l'entreprise. Il faut dégraisser pour augmenter la rentabilité et optimiser les processus. Je sais que c'est une décision sensée d'un point de vue commercial, mais une partie de moi se sent… mal à l'aise.

Je sais pourquoi. J'ai laissé les gens de Hunter's Creek m'atteindre. C'est quelque chose que je ne fais jamais.

Bien sûr, j'essaie de bien m'entendre avec tout le monde pour garantir un environnement de travail positif, mais cet endroit a été différent, et je sais que c'est à cause d'une personne en particulier. Pas besoin d'être un génie pour deviner de qui il s'agit.

Harper Cole.

Faire mes valises et quitter Hunter's Creek est plus difficile que je ne l'aurais cru. Pas seulement à cause de Harper — bien que la quitter soit l'une des choses les plus difficiles que j'aie eu à faire — mais parce qu'au cours de ces dernières semaines, je me suis senti accepté par les gens d'ici. Apprécié, même. Je sais que c'était au départ basé sur la supercherie de notre fausse relation, à Harper et à moi, mais avec le temps, cet endroit excentrique, avec son obsession pour les ours et les chemises à carreaux et le fait que tout le monde se mêle des affaires des autres, a fini par me plaire.

J'y ai trouvé un sentiment de chez-moi que je n'avais pas ressenti depuis très, très longtemps.

Mais, comme je l'ai dit à Harper, Hunter's Creek n'est pas mon avenir. Il doit désormais être dans mon rétroviseur.

Et maintenant, quelques jours plus tard, me voilà de retour à New York, le tout nouvel associé junior d'Anderson and Smith. C'est ça, j'ai eu la promotion. Des gens me rendent des comptes et essaient de m'impressionner tous les jours ; ils m'apportent du café, ils organisent mes journées, ils me déchargent de toutes les tâches quotidiennes fastidieuses qu'un avocat a inévitablement pour que je puisse me concentrer sur les gros dossiers. Les choses importantes.

C'est l'objectif que je visais depuis si longtemps.

J'ai réussi.

J'y suis arrivé.

Je devrais être sur un nuage. Je devrais lever les poings en l'air chaque matin au réveil dans mon appartement avec vue sur la ville qui ne dort jamais. Je devrais me délecter de mon nouveau pouvoir, durement gagné après des années de labeur.

Pourtant, malgré tout cela, je me sens vide à l'intérieur.

Bien sûr, je sais pourquoi.

Harper.

La pensée d'elle provoque un serrement dans ma poitrine. Un vide dans mon ventre. Elle me manque. Son sourire me manque, sa joie de vivre, sa capacité à voir le bon côté de n'importe quelle situation. La toucher me manque, la sensation de son corps chaud contre le mien, le contact de ses lèvres, son parfum enivrant.

Chaque jour, je me lève, je vais à la salle de sport et je me répète que je vais l'oublier. Tandis que j'avale les kilomètres sur le tapis de course, au lieu de courir dans la forêt comme je le faisais à Hunter's Creek, je force de plus en plus. Je me dis qu'un jour viendra où elle n'envahira plus chacune de mes pensées, un jour où je ne me sentirai plus vide à l'intérieur. Un jour où je n'aurai plus ce trou béant dans le cœur que, je le sais, elle seule peut combler.

Ça aussi, ça passera.

C'est devenu mon mantra, ma façon de me convaincre que je vais surmonter cette épreuve.

Comment l'ai-je laissée m'affecter si profondément ? Bon sang, nous avons passé à peine quelques semaines ensemble, et pendant une grande partie de ce temps, nous ne faisions que *prétendre* être en couple. Qui tombe amoureux d'une femme en si peu de temps ? D'une femme si diamétralement opposée à ce que je suis ?

Le souffle court, j'arrête le programme du tapis de course,

j'attrape ma serviette et je m'essuie le front. Reprenant ma respiration, je contemple la vue sur la ville, l'un des avantages de l'abonnement à cette salle de sport huppée de New York qui accompagnait mon nouveau poste.

— Vous avez terminé avec cette machine ? demande une voix bourrue, me ramenant brusquement à la réalité.

— Oui. Désolé. Elle est à vous.

Je descends du tapis et me dirige vers les vestiaires. Là, je file sous la douche, chassant Harper de mon esprit.

Je ne peux pas m'attarder sur elle et sur ce que j'ai perdu.

J'ai un travail à faire, un travail pour lequel j'ai travaillé dur. Je ne suis pas comme les autres associés. La plupart d'entre eux viennent de familles riches, avec des privilèges et des opportunités à foison. Ça n'a jamais été comme ça pour moi. Ma carrière ne m'a pas été servie sur un plateau d'argent. J'ai dû me tuer à la tâche pour arriver là où je suis aujourd'hui. Plus dur que le voisin. Plus dur que les gens comme Wyatt Jefferson.

Des opportunités comme celle-ci ne se présentent pas tous les jours. Pour quelqu'un comme moi, elles ne se présentent qu'une seule fois dans une vie. Au mieux. C'est pourquoi je suis ici. C'est pourquoi je suis déterminé à faire de cette promotion un succès.

Pour citer la comédie musicale *Hamilton*, je ne vais pas laisser passer ma chance.

Je ne peux pas. Point final.

J'enfile mon costume et ma cravate. Mon armure. En sortant de la salle de sport, je remarque que les hommes dans le vestiaire sont habillés comme moi. Je ne me démarque pas comme l'étranger coincé et formel que j'étais à Hunter's Creek. Je suis à ma place. Corporate, ambitieux, professionnel.

C'est ici ma place.

— Christopher Young ?

Je me tourne pour voir le visage familier d'un gars avec

qui j'étais à la fac de droit, quelqu'un que je n'ai pas vu depuis notre remise de diplômes.

— Tim Dwyer. Ravi de te voir, dis-je en nous serrant la main.

— Je ne savais pas que tu venais à cette salle de sport.

— Je viens de m'inscrire. Ça fait partie de mon nouveau boulot. Je travaille dans cet immeuble.

— Laisse-moi deviner, tu viens d'être promu associé junior chez Smith and Anderson. C'est ça ?

— Comment as-tu su ?

— J'aime bien me tenir au courant de ce que devient le gars qui a fini juste devant moi à la fac de droit.

Je ris, en me souvenant à quel point nous étions compétitifs à l'époque.

— Où est-ce que tu travailles, Tim ? Dans une boîte d'écolos qui fait le bien dans le monde, si je te connais bien.

Il lève les mains en l'air en riant.

— Tu m'as démasqué. Je travaille pour une société d'investissement durable spécialisée dans l'Amérique rurale. Tu devrais venir travailler pour nous. La boîte est toujours à la recherche de bons avocats en fusions et acquisitions.

Flatté, mais pas le moins du monde tenté, je réponds :

— Je garde ça dans un coin de ma tête.

Je lui donne une tape dans le dos.

— Content de t'avoir vu, Tim.

— Toi aussi, mec. Il faut qu'on aille boire un verre bientôt, d'accord ?

— Ce serait super.

Je prends l'ascenseur pour monter de quatorze étages et me dirige vers mon nouveau bureau d'angle. Tout comme lorsque j'étais à un autre étage, je suis l'un des premiers arrivés, et j'en profite pour ouvrir mon ordinateur portable et commencer à m'attaquer aux communications du matin.

Je ne sais pas combien de temps s'est écoulé quand mon assistante, Freya, qui semble tout droit sortie des pages d'un magazine de mode pour ses tailleurs d'entreprise pour femmes parfaitement coupés, arrive en apportant ma commande de café du matin. Elle le pose délicatement sur le bureau en verre à côté de moi et attend patiemment que je finisse de lire mon écran.

— Merci pour le café.

— De rien, répond-elle avec un sourire facile.

Je lève les yeux vers elle avant de reporter mon attention sur le document. Je sais qu'elle n'a pas bougé, alors je demande :

— Qu'y a-t-il ?

— Vous avez une visiteuse. Elle dit que c'est votre sœur.

Surpris, je réponds :

— Kelly est ici ? Kelly devrait être à la fac, à Columbia, dans les beaux quartiers, pas ici dans le sud de Manhattan.

— Elle m'a dit qu'elle s'appelait Kelly Louise Young, qu'elle était sûre que vous aimeriez la voir et qu'elle ne partirait pas avant. Elle est assez insistante.

Je souris. Ça, c'est tout Kelly.

— Dois-je la faire entrer ? Votre première réunion de la journée n'est que dans douze minutes.

— Oui, s'il vous plaît.

Un instant plus tard, Kelly entre comme une brise dans mon bureau. Avec son jean, ses baskets et son sweat à capuche arborant le nom *Columbia* sur la poitrine, elle détonne par rapport à tous ceux qui l'entourent, non seulement parce qu'elle est habillée différemment, mais aussi parce qu'elle me sourit à pleines dents.

Peu de gens sourient à pleines dents par ici.

— Salut, Kit. Sympa, ton bureau, dit-elle vivement en regardant autour d'elle.

Elle n'a pas tort. Les bureaux d'Anderson and Smith à Manhattan sont impressionnants, y compris le mien. Il est plus grand que tout mon appartement, avec des étagères soigneusement garnies de livres de droit, un tapis persan qui orne le sol et des meubles en cuir italien doux et confortables. Mais c'est la vue qui est le plus impressionnant dans cet endroit. Une large vue sur le centre de Manhattan, s'étendant du Chrysler Building au nord à l'Empire State Building au sud, avec une vue dégagée sur la flèche de la Freedom Tower au loin.

Elle siffle en regardant la vue.

— On peut tout voir d'ici. Je suis surprise que tu arrives à travailler.

Je lui souris.

— Je me débrouille tant bien que mal.

Elle se laisse tomber sur l'un des sièges en cuir, en caressant la matière.

— Joli. Viens t'asseoir.

— Tu sais que j'ai un travail et beaucoup de choses à faire, n'est-ce pas ?

— Tu as toujours beaucoup de travail. Tu es le plus grand bosseur que je connaisse.

Je m'assois en face d'elle et sirote mon café.

— Il faut bien que quelqu'un s'y colle.

Ses yeux pétillent.

— Qu'est-ce que ça veut dire ? Je vais être diplômée de l'une des meilleures universités de la côte Est. Tu ne crois pas que je sais ce que c'est que de travailler dur ?

— Je ne fais que te taquiner. Tu veux un café ? Je peux demander à Freya de t'en apporter un.

— J'aurais bien besoin d'une Freya, même si elle est un peu...

— Efficace ? Travailleuse ? Concentrée ?

— J'allais dire sévère et maîtresse d'école, mais on peut choisir l'une de tes options si tu veux.

Immédiatement, mon esprit se tourne vers la maîtresse d'école qui détient mon cœur.

— Je prendrais bien un café. Un cappuccino avec un supplément de mousse et de chocolat.

— Ce n'est pas un café, tu sais.

Elle fait un signe de tête vers ma tasse.

— Tu en es sûr ?

Je me lève d'un bond de mon siège et demande à Freya un autre cappuccino, cette fois avec du chocolat plutôt que ma cannelle préférée. Tout ce qu'elle fait, c'est arquer un sourcil avant de s'atteler à sa tâche.

Je ferme la porte de mon bureau derrière moi.

— Tu pensais à elle, n'est-ce pas ? Tout à l'heure, quand j'ai dit que Freya me rappelait une maîtresse d'école.

Rien n'échappe à ma sœur.

Je fais la moue.

— Ça me passera.

— Tu en as envie ?

— Est-ce que j'ai envie d'oublier la femme que j'aime ? Tu plaisantes ou quoi ?

— Tu l'aimes ? demande Kelly, alors qu'elle pose les coudes sur ses genoux et me fixe de son regard.

J'acquiesce d'un signe de tête maussade.

— Comme je l'ai dit, ça me passera.

— Pourquoi ? Pourquoi voudrais-tu ne plus aimer quelqu'un ?

— Parce que je le dois. Elle ne déménagera pas à New York et il n'y a pas de travail pour moi à Hunter's Creek. Alors, tu vois ? Il n'y a pas d'autre choix.

Elle se penche en arrière dans son siège et croise les bras, me lançant un regard qui me rappelle notre mère.

— Tu sais que tu es un idiot, n'est-ce pas ?

— Kelly, il y a des choses que tu ne comprends pas…

— Oh, je comprends plein de choses, m'interrompt-elle. Tu as pris un boulot dans une petite ville pittoresque où tu as rencontré une belle femme avec qui tu as fait semblant de sortir pour je ne sais quelle raison stupide que tu as inventée – et nous savons tous que tu as inventé une raison stupide pour passer du temps avec elle.

Elle me fusille du regard, les sourcils haussés, et je hausse les épaules.

Vouloir que les habitants m'acceptent pendant que j'étais là-bas pour un travail était au mieux une excuse bidon. Je voulais apprendre à la connaître, cette belle femme dont tout le monde semblait tant se soucier.

— Et maintenant, tu t'es dit que tu ne pouvais pas être avec elle parce que tu dois travailler dans ce grand bureau chic avec vue sur le Chrysler Building et l'assistante méchante qui a l'air de pouvoir t'arracher la tête à tout moment, alors qu'en réalité, tu pourrais être avec elle en ce moment même, heureux et amoureux.

Je pince les lèvres.

— Kelly, toi et moi savons très bien que ce n'est que l'intrigue d'un de tes films. Le costard-cravate de la grande ville qui tombe amoureux de la jolie fille de la petite ville.

— Pour moi, ça a l'air d'un super film.

Je secoue la tête en la regardant.

— J'ai travaillé toute ma vie pour en arriver là où je suis. J'ai besoin de ce poste. *Tu* as besoin que j'aie ce poste.

— Pourquoi ? Pourquoi est-ce que j'ai besoin que tu aies ce poste ?

— Parce qu'il est très bien payé et que ça veut dire que tu n'as pas à t'inquiéter de tes frais de scolarité, de ton loyer ou de tout ça. Ça veut dire que je peux subvenir à nos besoins à tous les deux.

— Tu veux savoir pourquoi je suis venue te voir aujourd'hui ?

Je sais ce qui va suivre. Elle a besoin d'un peu d'argent pour quelque chose. Elle a beau être ma petite sœur et bien plus insouciante que moi, sans le poids du monde sur les épaules, elle n'en reste pas moins sensée. Je sais que l'argent que je lui donne est toujours bien utilisé.

Je saisis mon portefeuille.

— Tu as besoin de combien ?

Elle secoue lentement la tête alors qu'un sourire se dessine sur son visage.

— J'ai trouvé un travail.

— Pour faire quoi ? Oh, tu as eu le poste de barista ?

— Non. Mieux que ça. Je ne t'ai rien dit parce que je voulais te faire la surprise, mais ça fait deux mois que je postule et, eh bien, j'ai décroché le poste que je voulais. Mon cher frère, tu as devant toi la nouvelle rédactrice junior du magazine *Claudette*.

Je suis presque sûr que ma mâchoire s'en décroche.

— Tu as trouvé un travail ? Genre, une vraie carrière pour quand tu auras ton diplôme ?

— C'est ce que j'essaie de te dire, dit-elle en riant. C'est un magazine londonien qui a ouvert un bureau à New York. C'est génial, non ?

— Quand est-ce que tu commences ? C'est payé combien ? Tu as une mutuelle ? Quelles sont les perspectives de carrière dans cette entreprise ?

Elle lève les mains pour me stopper.

— Tu peux arrêter d'être le grand frère deux minutes et juste te réjouir pour moi, Kit ?

Je me détends et lui souris en la tirant sur ses pieds pour la serrer dans mes bras.

— Bien sûr. Félicitations. Je suis vraiment fier de toi, Kell.

— Merci. Je suis assez fière de moi aussi. Et il y a autre chose. Puisque tu n'auras plus besoin de subvenir à mes besoins après mon diplôme, tu peux faire ce que tu veux de ta vie.

— Ce qui, dans ton esprit, j'imagine, signifie retourner à Hunter's Creek pour être avec Harper.

— Bien sûr que oui !

J'esquisse un sourire, mais le cœur n'y est pas.

Si seulement la vie était aussi simple.

On frappe à la porte de mon bureau et, un instant plus

tard, Freya apparaît dans l'embrasure, une tasse de café dans une main et un colis dans l'autre.

— Un cappuccino avec du chocolat, dit-elle, et je décèle une note distincte de dégoût dans sa voix. Et ce paquet est arrivé pour vous, Mr Young.

Je prends les deux articles qu'elle me tend, la remerciant avant qu'elle ne tourne les talons et ne quitte la pièce, non sans lancer un regard désapprobateur à Kelly en partant.

— Cette femme ne m'aime pas. Tu as dû le remarquer, dit Kelly.

— Tu es parano, lui dis-je en déchirant l'emballage du paquet. Je regarde à l'intérieur et vois le motif à carreaux distinctif d'une chemise en flanelle, le genre que portait la moitié de la population de Hunter's Creek.

Kelly prend le café de ma main.

— Qu'est-ce que tu as là ? demande-t-elle avant de prendre une gorgée.

Je sors la flanelle du sac, et un mot tombe par terre en flottant. Instantanément, me voilà ramené dans cette petite ville de l'État de Washington, avec la scierie, le café, les enfants qui chantaient les chansons de *La Mélodie du bonheur* devant une foule enthousiaste, et les bars qui portaient des noms d'ours.

Et Harper.

— Quelqu'un t'a envoyé une chemise ? C'est plus que bizarre. Ils ne savent pas que ta garde-robe commence et se termine avec des costumes bleu marine ?

Elle se penche pour ramasser le mot par terre.

— Non ! protesté-je, mais mes paroles tombent dans l'oreille d'une sourde.

— « *D'un ancien avocat à un avocat en exercice. Félicitations pour ce nouveau poste. Vous nous manquez* », lit-elle. Elle retourne le papier. — Pas de nom. Qui aurait pu t'envoyer ça ? C'est Harper ? Mais ce n'est pas une ancienne avocate ?

Un petit sourire se glisse sur mon visage.

—Je sais de qui ça vient.

— Ne me dis pas que tu as fait semblant de sortir avec une avocate pendant que tu étais dans une autre ville où ils portent de la flanelle ? Parce que ce serait trop bizarre, même pour toi.

— Pas du tout. Ça vient de Hunter's Creek. Ça vient d'Alfred Whitlow, un ancien avocat avec qui je discutais parfois.

— Hum.

— Quoi ?

— Tu sais ce que ça veut dire, n'est-ce pas ?

— Qu'un avocat d'une petite ville a pris sa retraite et m'a envoyé une chemise moche ?

— C'est un signe.

Je lève les yeux au ciel.

— Je ne suis pas sûr de vouloir demander, mais... un signe ?

— Tu n'as pas besoin de me demander ce que ce signe veut dire. Tu sais ce que ça veut dire, et tout ce que je vais dire, c'est que tu serais idiot de ne pas saisir ta chance à deux mains.

Je ferme les yeux et je prends une inspiration.

— Kelly, je te l'ai déjà dit. Il faut que je...

Elle lève l'index comme pour me gronder.

— Tu peux te raconter tout ce que tu crois vouloir entendre, mais moi, je te dis d'écouter ton cœur. Elle désigne la chemise dans mes mains. — Je vais bien. Je vis ma vie. Tu as fait un travail incroyable en t'occupant de moi toutes ces années, en subvenant à mes besoins, en t'assurant que je ne manque jamais de rien. Et je veux te remercier pour tout ça, Kit.

Ma gorge commence à se serrer.

— Tu n'as pas besoin de me remercier. J'ai fait ce qu'il fallait faire.

— Tu as fait bien plus que ce qu'on attend d'un grand frère. Ses yeux s'emplissent de larmes tandis qu'elle s'agrippe à mon avant-bras. — Kit, si tu la veux, rien d'autre ne compte.

— Ce n'est pas si simple, protesté-je, mais ma petite sœur — correction : ma petite sœur bien plus sage que son âge — ne m'écoute pas.

— C'est aussi simple que tu veux que ça le soit. Kelly essuie ses larmes, son visage radieux. — Je vais bien. Je te le promets. Va chercher ton *bonheur*.

Chapitre 25

Harper

— Dis-moi encore pourquoi tu n'as pas suivi le mec sexy et riche dans l'une des villes les plus excitantes de la planète ? me demande Ryn en me tendant une assiette vide par-dessus le comptoir du Second Chance Café.

Je lève les yeux de l'assiette vers elle.

— J'ai commandé un muffin, tu te souviens ?

— Oups.

Elle soulève la cloche du présentoir, attrape un muffin à la framboise et au chocolat blanc avec la main, et le balance sur l'assiette.

— J'avais commandé un muffin aux myrtilles.

— Pas de problème, sœurette, répond-elle vivement en tendant la main pour en prendre un.

J'enroule ma main autour de son poignet pour l'arrêter.

— Maintenant que tu as tripoté celui-ci, ne va pas en attraper un autre. Ce n'est pas hygiénique. En fait, c'est carrément dégueu.

— Je peux le remettre, propose-t-elle, en essayant cette fois de prendre mon muffin.

Je le lui arrache des mains.

— Je vais le prendre. Tante Sheila serait horrifiée de savoir que tu n'as pas utilisé les pinces.

Elle agite la main en l'air.

— Ce qu'elle ignore ne lui fera pas de mal. Et puis, on est sœurs. On partage tout.

— Pas les bactéries.

Elle lève les yeux au ciel.

— Bref, commence-t-elle, tu sais très bien que tu n'as créé toute cette histoire de muffin que pour éviter complètement ma question sur Christopher.

Je n'aurai pas cette conversation avec elle. Ni maintenant, ni jamais.

La diversion est ma meilleure amie. Je prends une paire de pinces sur le comptoir et je les brandis sous son nez.

— Tu vois ça ? Utilise-les.

Elle croise les bras et me lance un regard noir.

— Apporte-nous nos cafés, d'accord ? Tes sœurs plus âgées, bien plus matures et qui utilisent les pinces sont assises près de la cheminée.

— Tu es peut-être plus âgée, mais si tu étais plus mature, tu serais sans aucun doute partie pour la Grosse Pomme avec Monsieur Costard.

Je lève les yeux au ciel, un geste qui dément la profondeur du chagrin que je porte en moi.

Le manque de Christopher est devenu une sorte d'occupation à plein temps pour moi depuis son départ, laissant un trou béant dans mon cœur.

— Ne rate pas les cafés, je la préviens en tournant les talons pour rejoindre Marlowe à notre table.

— Si les regards pouvaient tuer, tu serais déjà six pieds sous terre, ma vieille, commente Marlowe.

Je m'affale sur le canapé moelleux, le canapé même où j'ai embrassé Christopher une fois.

Mais il n'y a aucune chance sur cette foutue planète que je pense à *ça* maintenant.

Cela fait 12 jours, 9 heures et environ 11 minutes que Christopher a quitté Hunter's Creek. Non pas que je compte, bien sûr. Sauf que je compte, et chacune de ces minutes depuis son départ m'a semblé durer une éternité.

Il me manque.

Tout comme lorsque nous étions ensemble, je pense à lui tout le temps, du moment où je me réveille jusqu'à ce que je finisse par m'endormir le soir. Le problème, c'est que maintenant, c'est accompagné d'un cœur terriblement lourd et d'un profond sentiment de perte qui ne veut pas s'en aller, peu importe la beauté de la ville avec ses arbres en fleurs ou à quel point les enfants de ma classe sont mignons. Même quand Meryl m'a annoncé que j'obtenais le poste permanent d'institutrice de CE1.

Ce qui aggrave les choses, c'est que je sais que c'est de ma faute.

Aussi désinvolte que soit Ryn, elle a tout à fait raison. Je n'ai aucune bonne raison de ne pas avoir suivi Christopher à New York.

En le repoussant, je pensais faire ce qui était bon pour *moi* et enfin faire passer mes besoins avant ceux de quelqu'un d'autre, pour la première fois de ma vie. Je voulais être ici, à Hunter's Creek, pas à New York, et déménager dans un nouvel endroit avec un autre homme qui poursuivait ses rêves aurait signifié que je n'étais pas fidèle à moi-même. Que je faisais de nouveau passer un homme en premier.

Que je faisais la même erreur que j'avais déjà faite.

Que dit-on de la folie ? Répéter sans cesse le même comportement en espérant un résultat différent ? Oui, c'est *ça*. C'est ce que je voulais éviter.

Je ne pouvais pas m'infliger ça à nouveau, craignant toujours qu'un jour il me fasse ce que Dex m'avait fait, me quittant pour quelque chose de neuf et de brillant, et que la vie que j'avais construite autour de lui se retrouve soudainement vide.

Et plus que ça, encore une fois, j'aurais dû renoncer à mes propres rêves pour pouvoir être avec un homme.

Chaque jour, je dois me rappeler que c'est pour ça que je l'ai fait, que c'est pour ça que je l'ai repoussé.

Parce que ce que je ressens maintenant ? Disons simplement que ce n'est pas exactement la meilleure sensation au monde.

En fait, c'est la pire.

— Je croyais que tu nous prenais un muffin aux myrtilles à partager, dit Marlowe en regardant l'assiette.

— Ryn en a décidé autrement.

J'en détache un morceau et le mets dans ma bouche.

— Il est bon, cela dit. C'est déjà ça.

— Je suis contente que tante Sheila lui ait donné un travail. Tout ce truc de « je n'ai pas besoin de boulot parce que je vais devenir une influenceuse » devenait vraiment lassant, et très vite. Il était temps que notre petite sœur gagne sa vie.

— On sent la grande sœur qui parle.

Elle renâcle en riant.

— Bizarre, non ?

Nous partageons un sourire, bien que le mien soit fugace. Tous mes sourires le sont ces derniers temps.

— C'est gentil à toi de venir nous voir, je lui dis.

Elle tend la main et serre la mienne.

— Tu avais l'air si triste au téléphone. Je me suis dit que le moins que je puisse faire, c'était de revenir ici pour remonter le moral à ma sœur préférée.

— Hé ! Je croyais que c'était moi, ta sœur préférée, se plaint Ryn en nous servant nos mokas à la menthe.

Marlowe et moi avons toujours été proches. Elle n'avait qu'un an de plus que moi à l'école, et nous traînions avec les mêmes personnes au lycée. Ryn a deux ans de moins que moi, et bien qu'à la vingtaine cela ne fasse plus l'énorme différence que c'était autrefois, quand on est adolescente, c'est comme être de chaque côté du Grand Canyon.

— Ça n'a pas d'importance. Je sais que tu es gentille avec elle uniquement parce qu'elle a foutu sa vie en l'air, lance Ryn avec son tact habituel.

— Merci beaucoup, Ryn, je grogne.

— Je dis seulement les choses comme elles sont, répond-elle en haussant les épaules. Pas vrai, Marlowe ?

— Elle a pris la décision qui était la bonne pour elle et moi, en tout cas, je suis fière d'elle, répond Marlowe en me souriant.

— Merci, j'articule sans émettre de son.

Ryn hausse un sourcil.

— Être triste et seule, c'est une décision que quelqu'un a envie de prendre ? À mon avis, elle avait ce type génial qui voulait un avenir avec elle et elle l'a plaqué.

Ah, comme j'adore entendre cette histoire encore et encore.

— Dis-le-lui, Marlowe.

— Non, ne fais pas ça, je l'interromps.

Juste au cas où Marlowe s'apprêterait à être d'accord.

— Je n'ai pas besoin de l'entendre de la bouche de quelqu'un d'autre. Ryn me le répète chaque fois que je la vois, et je la vois tous les matins et tous les soirs parce qu'on vit dans la même maison. Et puis il y a tante Sheila, qui pensait que Christopher était la meilleure chose depuis l'invention des scies à chaîne, sans parler de mon patron et des autres profs, et même de l'avocat de la ville.

— M. Whitlow ? demande Marlowe, surprise.

— Bravo, Alfred, lance Ryn avec un grand sourire. Le vieux ne manque pas de cran.

— Depuis quand tu appelles M. Whitlow « Alfred » ? s'enquiert Marlowe, qui ressemble plus à notre mère que notre mère elle-même.

Ryn hausse les épaules.

— C'est un habitué. Profite de ton goûter.

Je jette un œil à l'heure sur mon téléphone.

— Je ferais mieux de finir. Je dois retourner à l'école dans un peu moins de vingt minutes. Je n'ai pas souvent l'occasion de sortir prendre un café.

— Je suis honorée que tu l'aies fait pour moi aujourd'hui.

Elle prend une gorgée de son café. Un peu de crème reste collé à sa lèvre.

— Tu as une moustache de père Noël, je lui dis.

— J'adore être festive, répond-elle.

Elle s'essuie la lèvre supérieure avec une serviette en papier, puis pose ses coudes sur la table et se penche vers moi.

— J'ai entendu dire qu'il y avait une réunion municipale demain.

— C'est M. Cantor qui l'a convoquée, je l'informe, la bouche pincée.

— Je suppose que la vente de la scierie va être annoncée. Tout le monde se demande quel est l'objet de la réunion.

Je souffle.

— J'imagine qu'ils sont sur le point de le découvrir.

J'avais choisi de ne parler de la vente de la scierie à personne en dehors de ma famille. Ce n'est pas mon rôle de le faire et, de toute façon, la moitié des gens ici penseraient probablement que je suis en colère contre Christopher, puisqu'ils sont persuadés qu'il m'a laissée tomber en quittant la ville.

— Si seulement ils connaissaient la vérité.

— Le nom de Topher va être traîné dans la boue, m'avertit-elle.

— Ce n'est pas l'idéal, mais on n'y peut rien. Il était ici pour évaluer si son entreprise pouvait racheter la scierie. Et oui, je sais que c'est M. Cantor qui lui a demandé de ne dire à personne la vraie raison de sa présence, mais personne ne pensera à ça.

Elle m'étudie un instant avant de dire :

— Tu es sûre d'avoir pris la bonne décision ? Tu as l'air si triste sans lui.

Je pense à Christopher, à la façon dont il me souriait, à la façon dont je le surprenais à me regarder, avec cette expression idiote sur son visage qui me disait exactement ce qu'il ressentait pour moi. Qu'il m'aimait.

Il me manque, sans aucun doute, comme la terre sèche attend la pluie. Mais c'est fini entre nous.

Il le faut.

Même si je donnerais n'importe quoi pour le retrouver. N'importe quoi, sauf mes propres rêves.

Chapitre 26

Christopher

Je me frotte les yeux, fatigué de fixer un écran la moitié de l'après-midi. Je recule ma chaise pour me lever et me dégourdir les jambes quand la sonnerie de notification d'un nouvel e-mail retentit.

C'est un e-mail de mon ancien patron, Doug, intitulé *Scierie Cantor : Phase Deux - Confidentiel.*

Phase deux ? Si tôt ?

Je clique sur l'e-mail, m'attendant à ce qu'il concerne la

finalisation de l'acquisition. Ce n'est pas le cas. Au lieu de détails sur le transfert des contrats, des fonds et d'autres tâches pertinentes, il prend une tournure entièrement nouvelle et différente.

Une tournure qui me noue l'estomac.

Messieurs, commence l'e-mail.

Tout d'abord, merci à Christopher Young pour son excellent travail. Il a réalisé le rapport de diligence en un temps record, et nous apprécions le travail acharné qu'il a fourni.

L'acquisition de la scierie Cantor étant sur le point d'être finalisée, l'entreprise s'est mise d'accord sur les prochaines étapes. Veuillez noter que celles-ci ont changé par rapport à l'accord initial.

Nous n'exploiterons plus l'entreprise, comme c'était le plan initial.

Comment ça… ? Nous n'allons pas exploiter la scierie Cantor ? Pourquoi ?

Je fronce les sourcils en continuant ma lecture.

Bien que les finances soient solides, après plus ample considération, il a été convenu que nous devions rationaliser nos investissements dans le secteur du bois. La manière la plus efficace et la plus rentable de le faire est de transférer les contrats et les opérations existants à l'usine de l'Oregon, et donc de fermer la scierie Cantor dès que possible.

Calvin Cantor a été avisé de ce changement de plan et a donné son accord verbal à nos conditions.

J'ai du mal à croire ce que je lis. M. Cantor a *accepté* de nous vendre la scierie de sa famille, uniquement pour qu'elle soit fermée ? C'est en contradiction totale avec les termes que nous avions convenus. Ma recommandation était qu'Anderson et Smith achètent la scierie et l'exploitent, pas qu'ils la ferment pour transférer les contrats dans un autre État.

J'avale difficilement, la gorge nouée. Cela va détruire Hunter's Creek.

Je continue à lire.

J'assigne Wyatt Jefferson au lancement de cette phase nouvellement convenue, en commençant par le transfert des contrats et les licenciements à la scierie Cantor, en partant du bas de l'échelle. Il devra informer l'équipe de direction, ce que je lui ai ordonné de faire d'ici la fin de la semaine. Ceci est en cours, Jefferson étant déjà sur place dans l'État de Washington.

Je me redresse d'un coup sur ma chaise, chaque muscle de mon corps tendu, et je parcours le reste du message. À l'heure qu'il est, Wyatt a dû notifier les termes à la direction de la scierie. Keith, Suzanne et tous les autres sauront que leurs emplois, leurs moyens de subsistance, leur *ville*, sont sur le point de disparaître.

Non, non, non, non. Non.

Une tension me serre la tête comme un élastique tendu.

Ce n'était pas l'accord conclu. C'est une erreur.

L'anxiété m'envahit en pensant aux habitants de Hunter's Creek. Je prends mon téléphone et j'appelle Doug. Il répond à la troisième sonnerie.

— Young ! Alors, comment c'est, la vie de collaborateur junior ?

J'essaie de garder une voix stable quand je réponds :

— On ne garde pas la scierie Cantor ?

— La décision a été prise ces derniers jours, répond-il d'un ton désinvolte, je sais que tu as fait un super boulot là-bas et on apprécie ton travail, alors ne va pas te sentir coupable.

Me sentir coupable ? C'est bien la dernière chose que je fais.

— Mais l'entreprise est rentable. Vous avez vu les documents. Vous avez vu les chiffres. C'est une scierie bien gérée, efficace, qui emploie la plupart des habitants de la ville.

— C'est exactement pour ça qu'on la voulait. Tu sais, c'est logique d'un point de vue commercial de fusionner les deux actifs que nous avons dans ce secteur.

— Je ne comprends pas. Pourquoi ce revirement de situation ? Ça n'a aucun sens.

— Je vois ce qui se passe. Tu t'es impliqué, tu as probablement rencontré une fille du coin qui t'a tapé dans l'œil.

Il a visé juste sur les deux points, mais je ne vais pas le lui dire.

— Je ne te savais pas comme ça, dit-il avec un petit rire.

— Écoute, indépendamment de tout ça, ça n'a aucun sens de débarquer et de…

— La décision a été prise, mon garçon, me coupe-t-il.

La tension de l'élastique autour de ma tête s'intensifie.

— Qui ? Qui a pris la décision ?

— Anderson et Smith, bien sûr.

— Anderson et Smith ? je répète, ma voix semblant venir de l'autre bout de la pièce.

Je m'affale sur ma chaise, laissant tomber mon téléphone sur mon bureau.

Avec leurs noms gravés sur la plaque à l'entrée, ce sont eux qui ont le dernier mot.

C'est tout. La partie est terminée.

Je ne peux rien y faire.

Derek Anderson et Elijah Smith ne sont pas du genre à écouter les autres. Même si je faisais appel à eux, si je les suppliais, je sais que ça tomberait dans l'oreille d'un sourd. J'ai beau être le plus récent associé junior de l'entreprise, je ne reste qu'un de leurs sbires. Remplaçable.

Je pense à Harper. Je pense à son père. Je pense à Suzanne et Keith et aux gens que je connais à Hunter's Creek. Je pense à la façon dont leurs vies sont sur le point d'être bouleversées. La fermeture de l'usine signera l'arrêt de mort de la ville.

Ce n'est peut-être pas de ma faute, mais je ne peux m'empêcher de sentir le poids de la responsabilité m'écraser jusqu'à la moelle.

Je suis assis et je regarde par la fenêtre. Kelly avait raison. La vue est magnifique d'ici. Mais je ne me concentre pas sur la vue. Je me creuse la tête, à la recherche d'un angle d'attaque, d'un moyen d'empêcher que cela n'arrive.

Et puis, au milieu de ce bourbier de désespoir, une petite étincelle d'idée jaillit dans l'obscurité.

C'est un pari risqué, mais c'est la seule carte que j'ai à jouer, et je dois aux habitants de Hunter's Creek de faire tout ce qui est en mon pouvoir pour que ça marche.

Chapitre 27

Harper

Se retrouver pour un grand déjeuner de famille une fois par mois est une tradition de longue date chez les Cole. Ça se passe toujours au café de tante Sheila, et ça implique toujours de beaucoup manger, de beaucoup parler et, pour moi cette année, de recevoir beaucoup de conseils sur ma vie amoureuse.

Ça a été super amusant.

Et oui, il se peut que je sois sarcastique.

— Je lui ai déjà dit qu'elle avait tout gâché, dit Ryn en se servant une deuxième part de dinde. Elle a laissé un homme qui l'aimait lui filer entre les doigts.

— C'est un peu dur, ma chérie, répond maman.

— Ta mère a raison, ajoute tante Sheila. Harper a pris sa propre décision, et si déménager à l'autre bout du pays pour être avec Christopher n'est pas ce qu'elle voulait, alors nous devons la soutenir, même s'il était très beau.

Ryn grommelle :

— Ça me semble être une décision stupide.

— Qu'est-ce que tu en sais, Ryn ? demande Marlowe en prenant ma défense. À quand remonte ton dernier rendez-vous galant ? Tu passes tout ton temps à traîner avec Gabe… Elle jette un coup d'œil au meilleur ami de Ryn qui, d'une manière ou d'une autre, réussit toujours à se faire inviter à nos repas de famille Cole. Sans vouloir t'offenser, Gabe.

Il se penche en arrière sur sa chaise et lui lance un sourire nonchalant.

— Je suis juste là pour la bouffe.

Ryn glousse.

— Ouais, c'est bien vrai.

Elle lui tape dans la main.

Marlowe lève les yeux au ciel.

— Quoi ? Ce n'est pas comme si tu y connaissais quelque chose en amour, toi non plus. Tu es peut-être ma *beaucoup*, beaucoup plus grande sœur, mais je ne vois pas de bague à ton doigt.

Ryn lève les sourcils en direction de Marlowe.

Marlowe glisse sa main gauche sous sa droite sur la table.

— Les filles, s'il vous plaît, intervient maman. Votre tante Sheila nous a préparé un merveilleux repas. Essayons de rester civilisées.

— Puis-je simplement dire que même s'il semblait être un type bien, je suis heureux que nous ayons pu garder notre Harper ici, dit papa en me tapotant le dos.

— Je suis du même avis, dit tante Sheila. C'est ici qu'est sa place.

J'adresse un faible sourire à ma famille, car les sourires faibles sont à peu près tout ce que je parviens à faire ces derniers temps.

La porte du café s'ouvre à la volée dans un grand fracas, et tout le monde se retourne pour voir qui est cette personne impolie qui provoque une agitation très peu digne de Hunter's Creek.

— Vite ! Tout le monde ! La réunion à la mairie commence plus tôt, annonce Eugene, un gars que je reconnais du lycée, le regard presque fou. Des rumeurs disent qu'il va y avoir une grande annonce qui nous concernera tous.

Immédiatement, presque toutes les chaises du café crissent sur le sol alors que les gens se lèvent précipitamment pour sortir et suivre Eugene dans la rue.

Je sais quelle sera l'annonce — l'entreprise de Christopher a acheté la scierie, et la passation à Anderson et Smith se fera avec peu de désagréments pour les habitants de la ville.

Malgré tout, je reste assise sur ma chaise, paralysée par l'indécision.

En ce moment, une partie de moi veut courir me cacher dans un trou de souris au cas où ce serait Christopher qui ferait l'annonce. Le voir ramènerait à la surface tous les sentiments que j'ai eu tant de mal à enfermer, me le faisant désirer encore plus.

Une autre partie de moi, cette part autodestructrice qui semble m'empêcher de l'oublier, veut aller à la mairie au cas où il serait là.

Finalement, l'envie de le voir l'emporte.

Ne me jugez pas.

Je ne suis qu'humaine. Je suis tombée follement amoureuse de ce type. Même si je sais que ça va être si, si difficile de le voir, je le veux quand même.

Oui, c'est officiel : je suis masochiste.

À la mairie, les gens s'attroupent devant l'entrée, et nous rejoignons la foule. En arrivant à la porte, je me fige. Soudain, voir Christopher ne me semble plus une si bonne idée que ça.

En fait, ça me semble être la pire idée que j'aie eue depuis très, très longtemps.

Marlowe se retourne vers moi.

— Tu ne rentres pas ?

— Je ne suis pas sûre.

— Tu ne veux pas entendre ce qu'ils ont à dire ?

Je sais déjà ce qu'ils vont dire. C'est plutôt *qui* va le dire qui me dérange.

— Je sais pourquoi elle ne veut pas rentrer. C'est parce qu'elle va voir Christopher et qu'elle réalisera qu'elle a fait une énorme erreur, nous dit Ryn avec un air d'autorité.

— Ce n'est pas ça, je réponds.

Je ne convaincs personne, pas même moi-même.

— Et si tu attendais ici, et que j'allais vérifier s'il est là ? me surprend Ryn en proposant.

— Tu sais, ce n'est pas une mauvaise idée, s'exclame Marlowe.

— C'est seulement parce que c'est une vraie mauviette. Il faut bien que quelqu'un l'aide, ajoute Ryn.

— Vous trois, vous entrez ? demande Gabe.

Ryn et Marlowe se tournent vers moi.

Je me mords la lèvre.

— D'accord, je vais attendre ici un moment.

Ryn lève les yeux au ciel.

— Tu vois ? Une mauviette.

Elle me sourit.

— Attends-moi. Je reviens tout de suite.

Je me mets de côté pour laisser tout le monde passer devant moi, me glissant dans l'ombre au cas où Christopher serait vraiment là.

Ce serait incroyable de le voir. Incroyable et terrifiant et merveilleux et déroutant et… toutes les émotions. Absolument. Toutes.

Peut-être que je devrais juste limiter la casse ? Je pourrais retourner au Second Chance et finir mon repas, peut-être me faire un moka à la menthe et écouter un livre audio, un qui n'a absolument rien à voir avec le fait de tomber amoureuse ou avec de beaux hommes en costume ou…

Je sens une main sur mon bras.

— La voie est libre, me dit Ryn.

— Christopher n'est pas là ?

— Non. C'est un autre mec sexy en costume. Mignon, mais coincé, tout comme ton mec à toi.

Le soulagement m'envahit.

Enfin, du soulagement *et* de la déception.

— Ce n'est pas mon mec.

Plus maintenant.

Ryn tire sur mon bras.

— Tu viens ?

Même si ç'aurait été difficile de voir Christopher, ça me blesse qu'il ne soit pas là pour annoncer la nouvelle lui-même. Comme si j'avais besoin d'une preuve supplémentaire. Christopher est parti pour de bon. Il nous a laissés loin derrière, moi et Hunter's Creek.

Je ne peux m'en prendre qu'à moi-même.

Ryn me tire par le bras et m'entraîne dans la mairie bondée. Toutes les personnes que je connais à Hunter's Creek sont réunies dans cette seule pièce, et leur énergie nerveuse crépite autour de nous. J'aperçois Meryl avec Rachel et quelques professeurs de l'école primaire de Hunter's Creek. Je lui fais un signe de la main et elle se fraie un chemin dans la foule pour me rejoindre.

— Je pensais bien te trouver ici, dit-elle.

— Je suis venue avec ma famille.

— C'est vraiment très excitant, n'est-ce pas ?

Je fais la moue.

— Ça l'est, je réponds d'un ton tout sauf enthousiaste.

Elle m'adresse un regard inquiet.

— Ça doit être difficile pour toi.

J'étire mes lèvres en un semblant de sourire.

— Ça va, Meryl. J'ai pris ma décision.

Quelqu'un tapote sur un micro allumé, et cela produit un grand « bang » suivi d'un cri strident qui déchire les oreilles. Je lève les yeux et je vois un homme d'environ trente ans, debout près du micro. Il est beau, avec des cheveux sombres et le genre de barbe de trois jours parfaitement dessinée sur sa mâchoire, comme celle que Dex maîtrise à la perfection. Il porte le même genre de costume que Christopher avait l'habitude de porter, et il a l'air de ne pas être du tout à sa place ici.

Même si les habitants de la ville sont furieux qu'il m'ait abandonnée, ils pensent toujours qu'il était un consultant en gestion, venu s'assurer que l'usine fonctionnait efficacement. Ils sont sur le point de déchanter. Christopher sera à jamais considéré comme le méchant de l'histoire, l'avocat de la grande ville qui a menti à tout le monde sur la véritable raison de sa présence ici.

Cette pensée me met mal à l'aise.

— Test, test. Un, deux, trois, dit l'homme dans le micro avant de se retourner vers une femme derrière lui. J'ai toujours voulu dire ça.

— Harper ! Par ici !

Je me tourne et je vois Ryn, Gabe et Marlowe assis à quelques rangées du devant de la salle, à côté de nos parents et de tante Sheila, et je me dirige vers eux pour les rejoindre.

— Sans le costume et la cravate, ce type est canon, est en train de dire Ryn alors que je me faufile entre quelques habitants pour m'asseoir.

— Je réserve mon jugement jusqu'à ce que j'entende ce qu'il a à dire. Je trouve souvent que les hommes paraissent beaucoup moins séduisants dès qu'ils ouvrent la bouche, répond Marlowe avec un sourire sardonique.

— Tu n'as pas tort, je réponds en m'asseyant entre mes sœurs.

En regardant la scène, je vois l'homme bien habillé et prétendument canon, ainsi que la femme à qui il parlait plus tôt, accompagnés de Calvin Cantor, le propriétaire de l'usine. Enfin, le futur ex-propriétaire de l'usine.

— Mesdames et Messieurs de Hunter's Creek, commence l'homme d'une voix grave et sèche. Mon nom est Wyatt Jefferson, associé junior chez Anderson and Smith.

Il marque une pause comme s'il attendait des applaudissements. Il n'en reçoit aucun. On ne connaît ce type ni d'Ève ni d'Adam et, habillé comme il l'est, la moitié des habitants l'auront déjà catalogué comme le méchant. Exactement comme ils l'avaient fait pour Christopher quand il est arrivé.

Wyatt Jefferson. C'est l'homme dont Christopher m'a parlé. Celui qui lui mène toujours la vie dure. Celui qui a obtenu le gros contrat à Chicago qu'il convoitait quand il a été envoyé ici à la place.

Il s'éclaircit la gorge.

— Beaucoup d'entre vous connaissent mon collègue, Christopher Young, qui a eu la chance de passer du temps ici ces deux derniers mois. Reste à savoir si c'était *votre* chance ou non.

Il rit de sa propre blague, mais la foule silencieuse lui lance des regards de pierre. À leurs yeux, Christopher m'a peut-être abandonnée, mais ils avaient fini par l'apprécier et par lui faire confiance.

— Nous sommes ici aujourd'hui pour faire une annonce importante qui concerne beaucoup d'entre vous. Je suis accompagné de ma consœur, Ariana Lopez, et d'un homme que vous connaissez très bien, M. Calvin Cantor.

Il fait un geste vers la femme derrière lui ainsi que vers M. Cantor, qui est également assis sur la scène, le visage sombre.

— Comme beaucoup d'entre vous le savent, mon collègue,

Christopher, a passé ces dernières semaines ici, à Hunter's Creek, votre charmante ville.

— Ce type n'a pas l'air sincère, dit Ryn. Je ne lui fais pas confiance.

— Chut, lui ordonne Marlowe.

— Les recommandations de Christopher ont été prises en compte et nous sommes parvenus à un accord avec M. Cantor sur la marche à suivre.

Des murmures inquiets parcourent la foule, mais tout le monde se tait à nouveau, voulant entendre ce qu'il a à dire.

— La bonne nouvelle, c'est que je peux vous informer que votre usine est une entreprise bien gérée, et quelque chose dont vous et M. Cantor devriez être fiers. Par conséquent, Anderson and Smith a pris la décision de racheter l'usine, ce qui, j'en suis certain, ne vous surprendra pas suite à l'évaluation de l'entreprise par Christopher au cours des dernières semaines.

— Quoi ?! crie une voix, suivie de murmures grandissants.

Les têtes se tournent pour me regarder d'un air accusateur, comme si j'avais quelque chose à voir avec la duplicité forcée de Christopher.

Je leur adresse un sourire apaisant, mais leur colère est palpable, et Wyatt Jefferson doit réclamer le silence avant de pouvoir continuer.

— Cependant, commence-t-il en haussant la voix, en raison de motifs commerciaux complexes que je n'ai pas besoin d'exposer maintenant, la décision a été prise de fermer l'usine, avec effet à la fin du premier trimestre de l'année prochaine.

Attends, quoi ?!

Mes sœurs et moi échangeons un regard perplexe.

Ils vont fermer l'usine ?

Une indignation choquée résonne dans la pièce alors que la nouvelle surprenante fait son effet.

— Vous fermez l'usine ?

— Vous ne pouvez pas faire ça !

— L'usine, c'est ce qui nous fait vivre !

— Ça n'a aucun sens !

— Comment pouvez-vous nous faire ça ?

— Sans l'usine, il n'y a plus de Hunter's Creek !

Je sens une main sur mon bras et je me tourne vers mon père.

— Tu étais au courant ? me demande-t-il avec urgence.

Je secoue la tête, l'anxiété m'envahissant.

— Je savais seulement que Topher évaluait l'entreprise pour que sa société la rachète. Mais je n'avais aucune idée qu'ils choisiraient de la fermer.

Mon cœur se brise en deux. Est-ce que Christopher m'a menti quand il a dit que sa société rachèterait l'usine et la gérerait avec très peu de perturbations pour les habitants ? Était-ce un mensonge de plus ?

Ma gorge s'enflamme.

— Me suis-je fait complètement avoir ?

Wyatt Jefferson fait signe à la salle de se taire.

— Je sais que c'est un choc pour beaucoup d'entre vous, mais d'un point de vue commercial, il n'est pas judicieux de conserver l'usine. Je suis sûr que vous comprenez.

Il pose les mains sur son torse.

— Je tenais à vous l'annoncer personnellement dès le début de cette réunion, car j'ai la conviction que c'est la meilleure chose à faire, même si la pilule sera difficile à avaler pour beaucoup d'entre vous.

Toutes mes craintes déferlent sur moi comme un tsunami.

Christopher m'a menti.

L'usine va fermer.

Mon cher Hunter's Creek sera détruit.

Sous le coup de la colère, je me lève d'un bond.

— Vous ne pouvez pas faire ça ! m'écrié-je, attirant son attention. Christopher a dit que l'usine était une entreprise solide et que si Anderson and Smith la rachetait, presque tout le monde serait assuré de garder son emploi. Il… il m'a donné sa parole.

À ma grande humiliation, les larmes me montent aux yeux, étouffant mes derniers mots.

Les gens se retournent pour me dévisager.

— Elle était au courant ?

— Pourquoi ne nous a-t-elle rien dit ?

— Comment peut-elle nous trahir comme ça ?

Je déglutis difficilement. Ce n'est pas ainsi que j'avais prévu de passer mon après-midi. J'allais déjeuner en famille, pas me retrouver debout devant toute la ville à admettre que je savais ce que Christopher faisait vraiment ici, au moment même où les habitants découvrent que l'usine va fermer.

Wyatt Jefferson plisse les yeux en me regardant.

— Il n'avait aucun droit de faire ça, et il le savait très bien, dit-il.

— Mais il a dit que c'était la vérité, je réponds faiblement, la tête me tournant.

Je ne sais plus où j'en suis.

Wyatt Jefferson m'ignore.

— À présent, je vais inviter M. Cantor à vous dire quelques mots.

— Attendez !

Une voix grave et autoritaire retentit derrière nous, et tout le monde se retourne pour voir de qui il s'agit.

— Young ? Qu'est-ce que tu fiches ici ? s'exclame Wyatt Jefferson.

Mon cœur bondit dans ma gorge.

Christopher est là ?

Marlowe me serre la main.

— Ça va ?

— Oui. Non, je marmonne en cherchant Christopher dans la foule. Je l'aperçois alors qu'il se dirige vers la scène, suivi d'un autre homme que je ne reconnais pas.

Qu'est-ce qu'il fait ici ?

— Tu ne peux pas débarquer ici comme ça et prendre les choses en main, se plaint Wyatt Jefferson alors que Christopher et l'autre homme traversent la scène d'un pas assuré.

Les gens le huent à sa vue, comme s'il était le méchant d'un film pour enfants.

— Tu ne t'occupes plus de ce dossier, poursuit Wyatt Jefferson. Tu ne peux pas faire ça, répète-t-il.

Christopher s'arrête et saisit le micro.

— En fait, Jefferson, je crois que tu vas découvrir que si, je peux, et c'est ce que je vais faire, déclare-t-il de sa voix grave et autoritaire.

Wyatt Jefferson lui rit au nez.

— Rends-moi ça, exige-t-il en regardant le micro.

Il tente de s'en emparer, mais Christopher l'éloigne vivement.

— Assieds-toi, Jefferson, ordonne-t-il.

Wyatt Jefferson regarde les habitants. Nous sommes tous en train d'observer la scène, complètement captivés.

C'est plus palpitant que n'importe quel épisode de *Serious Bite*.

Palpitant et terrifiant.

À ma grande surprise, il lève les mains en signe de reddition et recule d'un pas.

— Je t'en prie, Young. Je reprendrai là où j'en étais quand tu auras fini ton petit numéro, quel qu'il soit. Probablement une histoire avec une péquenaude du coin, à mon avis.

Son regard croise le mien et je me tasse sur mon siège.

C'est quoi, ce type ? Médium en plus d'être un parfait crétin ?

Christopher lui lance un regard assassin et attend qu'il s'assoie. Il se tourne ensuite pour nous faire face, sérieux et maître de lui, comme toujours, avec une expression déterminée.

— Bonjour à tous. C'est un plaisir d'être de retour à Hunter's Creek, et j'espère que vous m'écouterez.

Son commentaire est accueilli par les railleries et les murmures des habitants.

— On ne veut pas de ton retour ! crie quelqu'un.

— Tu nous as menti !

— Tu as largué Harper et maintenant c'est nous qui allons te larguer ! lance Ryn.

Je lui donne un coup de coude dans les côtes.

— Aïe ! se plaint-elle, comme si elle ne le méritait pas. Je commençais juste à me prendre au jeu.

Christopher tend les mains de chaque côté du corps dans un geste de supplication.

— Je comprends. Je comprends que vous soyez en colère contre moi. Je vous ai menti sur la raison de ma présence ici, et c'est impardonnable.

— Tu peux le dire que ça l'est ! crie quelqu'un.

— Il n'a jamais été dans mon intention d'être malhonnête. J'ai été envoyé ici par Anderson and Smith, l'entreprise pour laquelle, jusqu'à récemment, je travaillais. J'étais ici pour évaluer si votre usine était un investissement judicieux pour nous.

Attendez. Est-ce qu'il vient de dire qu'il *travaillait* pour eux ? Est-ce que ça veut dire qu'il ne travaille plus pour Anderson and Smith ?

Et si c'est le cas, qu'est-ce que ça signifie ?

— Ma conclusion à l'issue de mon séjour ici était que oui, l'usine Cantor est un excellent investissement, et j'ai fait mes recommandations à mes patrons. Nous allions acheter votre usine et l'exploiter. Puis, j'ai découvert il y a quelques heures seulement qu'Anderson and Smith a l'intention de transférer à une autre usine hors de l'État les contrats que la famille de M. Cantor a mis des générations à obtenir.

Des murmures de colère ponctuent l'air et Christopher fait un geste pour demander le silence.

Un silence profond s'installe dans la salle. Il a toute notre attention, maintenant.

— Quand j'ai appris que mon collègue ici présent était envoyé pour vous informer du changement de programme, j'ai contacté mon bon ami, Tim Dwyer.

— Pour que son entreprise achète notre usine à la place et ruine la vie de tout le monde ? crie quelqu'un derrière moi.

— Personne ne va ruiner vos vies, pas tant que j'aurai mon mot à dire. Je vous donne ma parole, déclare Christopher.

Son regard croise le mien, et mon cœur bat la chamade.

Malgré ce que nous avons traversé, malgré son mensonge initial, alors que je le regarde par-delà la marée de gens, je sais qu'il dit la vérité.

Je lui fais confiance, j'en suis sûre.

— Tim travaille pour une société d'investissement durable spécialisée dans la gestion d'entreprises en Amérique rurale. Sa société achète des entreprises telles que l'usine Cantor et s'efforce de les gérer durablement afin qu'elles puissent fournir des moyens de subsistance et des ressources pour les générations à venir. Ce matin, Tim et moi avons conclu un accord avec M. Cantor.

Il se tourne vers le vieil homme, assis derrière lui sur la scène.

— Monsieur Cantor, voulez-vous me rejoindre ici et nous faire les honneurs ?

— Avec grand plaisir, mon garçon, dit M. Cantor.

Le vieil homme se redresse en s'appuyant sur sa canne et traverse lentement la scène. Lorsqu'il atteint le micro, Christopher l'abaisse à sa hauteur et il nous regarde tous.

— J'ai été membre de la communauté de Hunter's Creek toute ma vie. Cet endroit signifie quelque chose pour moi, tout comme il signifiait quelque chose pour mon père et son père avant lui. C'est pourquoi j'ai approché Anderson et Smith l'été dernier, pour leur demander s'ils envisageraient d'acheter la scierie qui appartient à ma famille depuis que mon grand-père a ouvert les portes au premier rondin coupé à la machine au début du siècle dernier.

Les gens hochent la tête face à cette histoire familière.

— Maintenant, je suis un vieil homme et mes enfants n'ont aucun intérêt pour cette entreprise. Ils préféreraient profiter des bénéfices plutôt que de mettre la main à la pâte.

Une onde de petits rires entendus se propage dans le public. Tout le monde dans cette salle sait que les enfants de M. Cantor, deux hommes et une femme, tous dans la cinquantaine, ont quitté Hunter's Creek il y a de nombreuses années. Ils sont allés dans de chics internats privés, puis dans des universités de l'Ivy League, profitant des privilèges liés à la richesse de leur famille. Je ne pense pas que quiconque se soit attendu à ce qu'ils reviennent à Hunter's Creek, et encore moins leur père.

— Quand ils nous ont envoyé Christopher Young, ce charmant jeune homme, dit-il en désignant Christopher.

Mon cœur se serre.

— Je lui ai demandé de ne dire à personne la vraie raison de sa présence. Je pensais qu'en agissant ainsi, je vous protégerais tous d'une potentielle hystérie quant à l'avenir de la scierie. Je sais à quel point les gens de cette ville aiment les commérages, vous savez.

Je parie que tante Sheila gigote sur son siège en ce moment même.

— Je vous demande de ne pas blâmer Christopher pour son manque d'honnêteté. Il ne faisait qu'obéir à mes ordres, rien de plus.

Ryn me donne un coup de coude dans les côtes, mais je l'ignore. Je suis trop concentrée sur Christopher, qui se tient tranquillement derrière M. Cantor, son regard posé sur le mien.

À chaque battement, mon cœur me répète : *c'est l'homme que j'aime, c'est l'homme que j'aime.*

Et il est de retour, il sauve la scierie et la ville, et il me regarde, et je ressens tout pour lui. *Tout.*

M. Cantor parle toujours.

— Je ne savais pas que les plans d'Anderson et Smith pour la scierie changeraient, et je dois remercier Christopher de m'avoir éclairé.

Il se tourne vers Wyatt Jefferson, qui a la bonne grâce de baisser les yeux vers ses chaussures de luxe.

Se retournant vers le micro, il dit :

— Maintenant que vous avez tous les faits, je suis ravi de vous annoncer que depuis un peu plus d'une heure, la scierie Cantor fait maintenant partie de la Pine Rock Sustainable Company et, comme je suis certain que vous êtes impatients de l'entendre, je peux vous donner ma parole que la scierie restera ouverte, et que vous conserverez tous vos emplois.

Les gens bondissent sur leurs pieds et éclatent en applaudissements, poussant des cris de joie, acclamant et tapant des pieds. Le bruit gronde en moi, les coudes me bousculent.

— Quoi ?! hurle Wyatt, le visage rouge.

— On dirait que ta présence n'est plus requise à cette réunion, Jefferson, lui dit Christopher. Je peux te raccompagner, si tu veux ?

Il fulmine. S'il était un personnage de dessin animé, des étincelles jailliraient de sa tête. Il lance un regard noir à Christopher avant de faire signe à son collègue déconcerté de le suivre, et les deux hommes quittent la scène par les coulisses.

Quand la salle se calme, Christopher serre la main de M. Cantor et présente Tim Dwyer, qui assure à tout le monde que Christopher a raison, et que les habitants de Hunter's Creek n'ont rien à craindre des nouveaux propriétaires de la scierie.

Quand il a fini, Christopher reprend le micro une fois de plus.

— Je veux juste vous dire à quel point je suis désolé d'avoir dû vous mentir pendant mon séjour ici, et j'espère m'être racheté auprès de vous tous maintenant.

— Et Harper ? Qu'est-ce que tu as à lui dire ? s'écrie tante Sheila.

— Ouais, et Harper ? fait écho Ryn.

— Lève-toi pour que cet homme puisse te voir, Harper. Vite ! m'ordonne tante Sheila depuis l'autre bout de la rangée.

Je ferme les yeux très fort. Ma famille. Pouvaient-ils faire de ceci l'expérience la plus humiliante de ma vie ?

Oui, je crois bien que oui.

Bien que mes jambes me semblent faibles et que je doute qu'elles puissent supporter mon poids, je me lève lentement et j'adresse un petit signe de la main peu enthousiaste à Christopher.

— Salut, je marmonne.

Ses traits s'adoucissent, il me sourit.

— Ça, c'est facile. J'ai quitté Harper pour accepter une promotion. Je pensais que gravir les échelons, réussir, était la chose la plus importante que je devais faire de ma vie. Mais Harper m'a montré qu'il y a plus dans la vie que de courir après quelque chose qui ne me rendra jamais heureux. Pas vraiment, vraiment heureux. Et si elle veut bien de moi, j'ai l'intention de lui montrer à quel point elle compte pour moi, à partir d'aujourd'hui.

Toutes les paires d'yeux de la salle sont braquées sur moi, et c'est comme si un projecteur brillant m'éclairait tandis que les gens attendent ma réponse.

— Qu'est-il arrivé à ta promotion ? je demande.

— J'ai démissionné.

— Mais... tu as travaillé si dur et si longtemps pour l'obtenir.

— Ça ne semblait plus si important, et j'ai entendu dire que Hunter's Creek a besoin d'un avocat pour reprendre le cabinet d'Alfred Whitlow.

Ma tête tourne. J'ai peine à en croire mes oreilles.

— Tu... tu déménages à Hunter's Creek ? je glapis.

Les têtes des gens tournent de Christopher à moi et vice-versa, comme s'ils regardaient un match de tennis.

— En effet, confirme-t-il, et mes jambes manquent de se dérober. À une condition.

Ma respiration est courte, le battement de mon cœur est assourdissant dans mes oreilles.

— Laquelle ?

— Que tu me laisses t'inviter à sortir. Nous n'en sommes jamais vraiment arrivés là avant.

Le bonheur déferle en moi comme l'eau dans une brèche étroite entre les rochers.

— Je pense que je peux m'arranger pour ça.

Je suis vaguement consciente des gens qui nous acclament, mais je suis uniquement concentrée sur Christopher. Nous nous sourions l'un à l'autre comme si nous venions de gagner au loto. Et d'une certaine manière, c'est le cas.

Nous nous frayons un chemin l'un vers l'autre à travers la foule, et alors qu'il me prend dans ses bras, il murmure :

— Je t'aime, Harper Cole.

Mon cœur est complètement rempli d'amour pour cet homme merveilleux. Il est de retour, il a sauvé la scierie et la ville, il m'aime, et il veut m'inviter à sortir.

Chapitre 28

Christopher

J'apporte la touche finale à la table dressée au centre du Second Chance Café, craignant d'avoir basculé du romantisme absolu au kitsch le plus total. Vraiment, la frontière est mince.

Mais je veux que ce soir soit parfait pour Harper.

En fait, c'est notre premier rendez-vous. Je veux dire, notre premier *vrai* rendez-vous, sans rien de faux. Et j'ai la pression. J'avais dit à Harper que je voulais le faire quand on a décidé d'être ensemble pour de vrai, seulement les circonstances nous en ont empêchés. Des circonstances comme le fait qu'elle m'ait dit qu'elle ne pouvait pas déménager à New York avec moi ; que j'apprenne qu'Anderson et Smith prévoyaient de fermer la scierie Cantor ; que je trouve un accord avec Tim et M. Cantor et que je revienne à Hunter's Creek pour que ça n'arrive pas ; et, le plus important, notre prise de conscience à tous les deux que, bien que nous ayons dû y parvenir chacun à notre manière, nous étions faits pour être ensemble.

Pas vraiment une histoire d'amour toute simple, mais c'est la meilleure des histoires d'amour, car c'est la *nôtre*.

— Qu'est-ce que tu en penses ? me demande Ryn en me tendant un bouquet de roses rouges. Je les ai eues de Gia, la fleuriste. Elle allait les jeter. Tu te rends compte ? Elles m'ont l'air encore en bon état.

Elle remarque qu'une des roses est en train de se faner et la soulève. Celle-ci retombe aussitôt, flétrie. Elle fait une grimace.

— Elles n'ont besoin de tenir que jusqu'à ce soir, pas vrai ?

— C'est gentil de ta part, mais j'ai déjà les marguerites. Ce sont les fleurs préférées de Harper. Et de toute façon, elle est anti-roses rouges.

— Ah bon ?

Je hoche la tête en me rappelant le soir où Harper m'a raconté comment Dex lui avait offert des roses rouges, prouvant qu'il ne la connaissait pas vraiment. C'est le soir où elle a commencé à s'ouvrir à moi, et mes sentiments pour elle se sont intensifiés.

On a fait beaucoup de chemin depuis.

Je ne suis plus avocat en fusions et acquisitions, me faisant passer pour un conseiller en gestion, citoyen temporaire en attendant de passer à quelque chose de plus grand et de meilleur. Aujourd'hui, cet endroit est mon plus grand projet : vivre, travailler et aimer à Hunter's Creek, Washington, nouvelle population : 8 352 habitants.

Après le jour où j'ai fait irruption à la réunion publique de Wyatt Jefferson — et où j'avais passé autant de temps que possible à montrer à Harper à quel point elle comptait pour moi —, je suis retourné à New York, j'ai fait mes valises et j'ai ramené Kelly avec moi pour dîner chez les Cole. Kelly était plus que ravie de faire partie d'une grande famille, pleine de sœurs qui se chamaillent, de tantes pipelettes, et de savourer le meilleur repas fait maison que nous ayons mangé tous les deux depuis le décès de notre mère.

C'était l'idée de Harper d'inviter Kelly, et ça n'aurait pas pu mieux se passer, même si je me serais bien passé des reproches que j'ai essuyés, de sa part comme de celle de Harper, à propos de mon jean repassé.

Sérieusement, un homme se doit d'avoir des principes.

Je l'ai mise dans l'avion pour la Côte Est cet après-midi, en lui promettant de venir lui rendre visite pendant ses prochaines vacances.

— Je crois que je l'aime encore plus que toi, Kit, m'a dit Kelly à l'aéroport alors qu'on se serrait dans les bras pour se dire au revoir.

— Impossible, ai-je répondu avec un grand sourire.

Ça m'arrive souvent ces derniers temps. De sourire. De sourire comme l'idiot transi d'amour que je suis. Fini le Christopher sérieux, obsédé par le travail, se forçant toujours à gravir le prochain échelon. Il a été remplacé par cette nouvelle version de moi. Plus heureux, plus calme, plus posé.

Amoureux.

Je suis toujours un gros bosseur et je veux toujours atteindre mes objectifs, mais j'ai plus d'équilibre dans ma vie.

Et ça fait un bien fou.

Ce nouveau sourire apparaît aux moments les plus étranges. Comme lorsque j'étais dans le bureau d'Alfred Whitlow — *mon* nouveau bureau, devrais-je dire — pendant que Harper m'expliquait comment elle allait décorer l'endroit pour le faire entrer dans le XXIe siècle. Ou quand Harper est venue me chercher à l'aéroport de la ville voisine après que j'ai vidé mon appartement à New York. Ou quand les habitants me confient qu'au début, ils pensaient que j'étais le méchant, puis ont commencé à m'apprécier, puis se sont retournés temporairement contre moi, jusqu'à ce qu'ils admettent que, puisque l'entreprise de Tim allait bientôt reprendre la gestion de la scierie, j'étais le sauveur de la situation. Oui, c'est compliqué, mais on serait surpris du nombre d'habitants qui m'ont fait exactement ce discours.

— C'est bizarre d'être anti-roses rouges, dit Ryn en regardant le bouquet dans ses mains. En fait, je pense que c'est peut-être même du racisme. Tu ne crois pas, Gabe ?

Elle pose la question à son ami costaud en chemise à carreaux, celui qui semble toujours traîner avec elle et la famille Cole. Il empile la dernière table non réservée pour le dîner au fond de la pièce.

Je sais que Harper trouve sa petite sœur plus qu'agaçante, mais je vois un peu de Kelly en elle, et je ne peux m'empêcher de ressentir un instinct protecteur de grand frère, même quand elle dit des choses comme le fait d'être anti-roses rouges est « raciste ».

— Le racisme envers les fleurs ? Ça n'existe pas, Ryn-Ryn, répond Gabe en traversant la pièce à grandes enjambées. Il prend le bouquet dans ses mains et respire le subtil parfum de rose. Je les aime bien. Elles sentent bon.

— Bien sûr qu'on peut être raciste envers les fleurs. On peut être raciste envers n'importe quoi. C'est ce qu'on appelle être « floraciste », répond Ryn avec certitude, bien que je la soupçonne fortement d'inventer tout ça au fur et à mesure.

Gabe lève un sourcil vers elle et elle hausse les épaules en s'efforçant de ne pas sourire.

Oui, elle invente tout ça au fur et à mesure, c'est certain.

— Je crois qu'on est parés pour les fleurs, je leur dis.

J'ajoute à l'intention de Gabe :

— Puisque tu les aimes bien, pourquoi ne pas les garder, ou tu pourrais les donner à quelqu'un.

Son regard glisse vers Ryn, qui recule aussitôt et lève les mains en l'air.

— Ne va pas te faire d'idées, cow-boy. Des amis, tu te souviens ?

Elle fait un geste entre eux.

— Je ne pensais pas te les donner à *toi*, souffle-t-il.

— Eh bien, c'est… une bonne chose.

Elle croise les bras en relevant le menton.

— Ouais, c'est une bonne chose, répond Gabe.

Des muscles sans cervelle ? Le doute persiste.

— À qui vas-tu les donner ? demande-t-elle.

Il hausse les épaules.

— J'sais pas. Peut-être que je vais les garder ?

— Tu devrais peut-être.

— Ou je pourrais les donner à quelqu'un. Je n'ai pas encore décidé.

— À qui ? exige Ryn.

— Je ne sais pas, réplique-t-il, exaspéré.

— Eh bien, tu ferais mieux de te décider vite. Elles sont en train de faner.

Il baisse les yeux sur le bouquet et fronce les sourcils.

J'observe leur échange avec amusement. Ils se chamaillent tout le temps, mais d'après ce que je vois, ce sont les meilleurs amis du monde. Depuis l'enfance, à ce qu'on m'a dit.

Ils sont ici, au Second Chance Café, pour m'aider à préparer le décor pour notre rendez-vous, qui doit commencer dans moins de trois minutes. C'est Ryn qui a eu l'idée d'aider, et Sheila nous a gentiment permis d'utiliser le café, le lieu où Harper et moi nous sommes presque rencontrés, quand je venais d'emménager en ville.

J'ai pensé que ce serait romantique.

J'examine la table solitaire près du feu crépitant, une

chaleur bienvenue par cette fraîche soirée de printemps. Recouverte d'une nappe blanche empesée, elle est déjà dressée avec des couverts et des verres à eau et à vin, positionnés précisément comme me l'a indiqué Pinterest.

Il ne manque plus que ma cavalière.

— Topher, Harper est là, me dit Ryn en hochant la tête vers la porte. J'imagine qu'on ferait mieux d'arrêter de se focaliser sur un bouquet de roses et d'aller commencer à préparer ces burgers pour vous.

Je me retourne pour voir la femme la plus incroyable de la planète. Harper Cole. *Ma* Harper Cole.

Elle lève la main pour me saluer à travers la porte vitrée.

Et voilà que je me remets à sourire.

— Allez, Gabe. Allons jouer les commis de cuisine, dit Ryn en lui tirant le bras.

— On est obligés de cuisiner ?

— Tante Sheila a tout préparé. Il n'y a qu'à réchauffer avant de servir.

— Tant mieux, parce que je n'ai pas signé pour cuisiner, se plaint-il.

Mais il la suit tout de même jusqu'à la cuisine, et la porte battante se referme derrière eux.

Je traverse la pièce et j'ouvre la porte pour laisser entrer Harper. Comme toujours, je suis frappé par sa beauté, même si, contrairement à la première fois où j'ai ouvert cette porte pour la voir, je ne reste pas sans voix.

Enfin, pas complètement.

— Salut, toi, dit-elle, un sourire esquissé sur les lèvres.

— Salut à toi.

Je la serre dans mes bras et pousse la porte pour la fermer derrière elle. Déposant un doux baiser sur ses lèvres pulpeuses, j'inspire son parfum floral.

— Voilà une façon de commencer un rendez-vous qui me plaît.

— Tu es si belle, je lui dis.

Ses yeux pétillent de malice.

— Et tu as repassé ton jean.

— Je me suis dit que c'est ce qui t'a fait tomber amoureuse de moi, alors pourquoi changer une équipe qui gagne…

Son rire cristallin me réchauffe le cœur.

— Puis-je te débarrasser de ton bonnet et de ton écharpe ? je propose.

— Bien sûr.

Elle retire son épaisse écharpe en laine et son bonnet assorti à pompon.

Je les dépose sur l'accoudoir d'un canapé et j'observe sa tenue. Sa tenue *familière*. Elle porte la même robe à fleurs violette et la même veste en jean que le tout premier jour où nous nous sommes rencontrés, ici même au Second Chance Café, dans l'embrasure de la porte.

— Je me suis dit qu'une touche de nostalgie était de mise ce soir, vu que tu as joué la carte romantique en organisant notre premier vrai rendez-vous là où nous nous sommes rencontrés.

— J'aime beaucoup.

Je l'attire à moi pour un autre baiser. Que voulez-vous ? Je suis amoureux de cette femme.

En regardant la table dressée, le feu de cheminée, les bougies et les chauffe-plats que Ryn et Gabe m'ont aidé à disposer, elle dit :

— Topher, c'est magnifique.

— Voudrais-tu t'asseoir ? J'ai élaboré tout un menu.

Je tire sa chaise et elle s'assoit.

— S'il te plaît, dis-moi que ce ne sont pas des smoothies protéinés et des omelettes jambon-fromage sans le jambon et le fromage, me taquine-t-elle.

— Ta tante t'a raconté ça ?

— Topher, elle l'a raconté à *tout le monde*. Tu connais ma tante Sheila.

Je souris pour moi-même. J'adore quand elle m'appelle Topher. Personne d'autre n'a le droit, seulement Harper.

— Tu veux boire quelque chose ? J'ai des sodas, de l'eau, du vin et de la bière.

Je désigne la table adjacente où Gabe a posé les boissons.

— Puisque nous sommes dans la nostalgie, je vais prendre une bouteille de bière, comme le soir où je t'ai volé un baiser.

— Tu serais sexy en ninja, je lui dis.

— Tu m'étonnes, réplique-t-elle avec un léger rire.

Je décapsule deux bouteilles de bière et je m'assois en face d'elle.

— À nous, dis-je simplement en trinquant avec elle.

— À nous, répète-t-elle, les yeux dans les miens. Et aux nouveaux départs, pour nous deux.

— Ton nouveau travail.

— Et ta nouvelle vie.

Nous échangeons un sourire.

— Ma nouvelle vie avec toi.

Ryn déboule de la cuisine en valsant, poussant la porte avec son épaule.

— Deux fameux Second Chance Burgers avec un supplément de jojos, dit-elle en posant nos assiettes devant nous. Je suis votre cheffe et serveuse pour ce soir.

Harper inspecte la nourriture.

— Est-ce que tu as… ?

Ryn lève les mains.

— Ne t'inquiète pas. Tante Sheila a tout préparé. Gabe et moi, on n'a fait que réchauffer.

— Gabe est là, lui aussi ?

— C'est les gros bras, répond Ryn. Profitez bien !

Quand elle disparaît de nouveau dans la cuisine, Harper pose les coudes sur la table et dit :

— Trois choses. Un, je n'arrive pas à croire que tu aies réussi à convaincre Ryn de t'aider…

— Elle a proposé. C'est une bonne gamine.

— Elle a vingt-trois ans, Topher.

— Quels sont les deux autres points ?

— Deux, je suis soulagée d'apprendre que c'est tante Sheila qui a cuisiné.

— Ryn a dit que c'était mieux comme ça.

— Ça ne m'étonne pas. Ma petite sœur n'est pas connue pour ses talents culinaires.

— Dans ce cas, je suis content que ta tante ait aidé. C'est quoi le numéro trois ?

— Je ne pensais pas que tu mangeais ce genre de choses. D'ailleurs, la dernière fois que tu as pris des burgers et des frites, tu as commandé le burger sans pain et sans frites.

— Tu veux dire ces immondes jojos.

Elle sourit.

— Oui, ces immondes jojos.

— Je te l'ai dit, seulement pour les grandes occasions. J'ai estimé que mon premier rendez-vous avec la femme dont je suis tombé amoureux pouvait être considéré comme une grande occasion.

Elle m'adresse un sourire radieux, ses yeux remplis de douceur.

— C'est une occasion spéciale.

— On mange nos burgers avec du pain et des frites ?

— Essaie de m'en empêcher.

Nous soulevons nos burgers et en prenons chacun une bouchée. C'est délicieux, et je me souviens de ce que c'est que de savourer un burger sans culpabilité, sans ressentir le besoin de contrôler ce que je mangeais, ce que je disais et ce que je faisais.

Aimer Harper m'a tant apporté.

— C'est bon, je dis avant de prendre une autre bouchée.

— Mets tes frites dans le pain, comme ça.

Elle retire le pain du dessus du burger et place une rangée de frites sur le steak.

Je laisse échapper un rire.

— Tu te moques de moi, là ?

— Essaie. C'est bon.

Je suis son exemple et je croque dedans.

— Ah oui, c'est bon.

Nous finissons nos burgers, et Ryn nous apporte la boîte de cookies que j'ai achetée à la Brown Bear Bakery.

Les yeux de Harper s'écarquillent à la vue de la boîte.

— C'est bien ce que je pense ? s'exclame-t-elle.

— Je ne sais pas, répond Ryn en haussant les épaules. Tu devras demander à Topher.

Elle me lance un clin d'œil avant de se retourner pour partir.

Harper ouvre la boîte.

— Des burgers *et* des cookies ? demande-t-elle en riant.

— Je t'ai dit que j'avais changé. Je ne mangerai pas ce genre de choses tous les jours, mais je me suis dit que je pouvais lâcher un peu la bride, de temps en temps.

— À ce rythme-là, je vais te faire chanter au festival de Noël à la fin de l'année.

— N'allons pas jusque-là.

Elle sort un cookie aux flocons d'avoine et aux raisins secs de la boîte et me le tend. J'en prends une bouchée et je savoure la douceur sucrée.

— Incroyable, hein ? dit-elle, la bouche pleine de cookie aux pépites de chocolat.

— Incroyable, j'acquiesce, mais je ne parle pas de la friandise.

Elle tend la main vers la mienne par-dessus la table.

— Merci pour ça.

— Merci à toi d'avoir changé ma vie.

— C'est réciproque, répond-elle avec un grand sourire.

Je la fais se mettre debout et je la prends dans mes bras.

— Je t'aime, Harper Cole. Maintenant et pour toujours.

Elle se hisse sur la pointe des pieds et dépose un doux baiser sur mes lèvres.

— Maintenant et pour toujours, répète-t-elle.

Alors que nos regards se croisent, je sais que j'ai pris la bonne décision en changeant de vie pour être avec cette femme dans mes bras. Harper est tout ce dont j'ai besoin et tout ce que je veux chez une partenaire, et changer ma vie pour elle était la seule décision logique à prendre. Harper et moi, maintenant et pour toujours.

Guide du meilleur ami secret

Gabe

Vous connaissez cette citation d'Eleanor Roosevelt sur l'amitié ? Un truc du genre que seuls les vrais amis laissent des empreintes dans votre cœur ? Eh bien, les empreintes dans mon cœur sont celles de Ryn Cole. Elles font à peu près une pointure de 38, ne sont jamais vraiment discrètes et sont toujours laissées par des baskets.

L'un des plus grands avantages d'avoir Ryn comme meilleure amie, c'est que peu importe l'heure du jour ou de la nuit, elle est toujours là avec un sourire spontané, un commentaire plein d'esprit et des conseils qui me conviennent parfaitement.

On se comprend. Ça marche entre nous.

Voyez-vous, Ryn et moi sommes meilleurs amis depuis l'enfance, depuis le jour où, à sept ans, elle a dit à Macauley Gellert d'arrêter de se moquer de moi parce que je n'avais pas de père, sinon elle lui planterait son crayon dans le bras. Elle ne l'a pas fait. Elle n'en a pas eu besoin. Macauley a arrêté ses railleries, et moi ? Eh bien, j'avais trouvé ma meilleure amie.

Nous avons tous les deux grandi à Hunter's Creek, dans le grand État de Washington, au nord-ouest du Pacifique, là où les arbres sont immenses et où la flanelle est légitimement à carreaux. Là où l'on trouve des gens bien, honnêtes et francs qui se soucient les uns des autres, même s'ils ont parfois tendance à verser dans les commérages et l'indiscrétion.

Parfois ? Qu'est-ce que je raconte ? C'est *tout* le temps. En fait, j'irais même jusqu'à dire que sans le point d'ancrage que sont l'indiscrétion et les commérages, Hunter's Creek risquerait d'être emporté par les fameuses pluies de Washington.

Mais vous savez quoi ? Je n'ai jamais connu d'autre vie, et je n'en veux pas d'autre. C'est à Hunter's Creek que se trouve mon cœur, et c'est là que se trouve aussi ma meilleure amie, avec ses empreintes de pas.

Qu'ai-je fait pour mériter une meilleure amie comme Ryn Cole ?

J'ai eu de la chance, je suppose.

Je gare mon pick-up à notre endroit habituel, une clairière au bord de la route, à l'orée des bois épais juste à la sortie de la ville. Hunter's Creek s'est construite sur le dos de l'industrie du bois, et sans ces arbres qui s'étendent sur des kilomètres et des kilomètres, notre ville n'existerait pas.

Le ciel nocturne est tout simplement magnifique en ce moment, les seules lumières provenant de la ville à quelques kilomètres de là. Encadrée par les silhouettes des arbres imposants, la voûte céleste au-dessus de nos têtes est comme une couverture perforée de millions de minuscules trous remplis de lumière.

Je sais, je deviens lyrique. C'est difficile de ne pas l'être quand on est entouré d'une telle beauté. Et tout ça est à notre portée, n'attendant que d'être apprécié.

Ce que ma meilleure amie, Ryn, et moi faisons en ce moment même.

— C'est la Grande Ourse ? demande-t-elle en pointant le ciel du doigt.

Je suis reconnaissant pour la chaleur du moteur contre notre dos, alors qu'une brise fraîche de début d'été rafraîchit l'air nocturne.

Je suis la direction qu'elle indique vers un groupe d'étoiles. Quand on les relie, ça ressemble un peu à une grande louche. Je lui donne un petit coup de coude.

— Tu as révisé tes classiques ou quoi ?

— Je suis juste naturellement douée, répond-elle avec un sourire. Ses yeux noisette scintillent dans la faible lumière.

— Tu es naturellement douée pour reconnaître les constellations ? C'est vraiment un don, ça ? Enfin, ce n'est pas comme être doué en maths ou pour composer des symphonies.

— Je suis forte en maths.

— Et tu pourrais t'asseoir et composer une symphonie si tu le voulais, aussi ?

Elle laisse échapper un rire léger et cristallin.

— Bien sûr. Pourquoi pas ? Tu te souviens que j'ai joué du triangle dans l'orchestre de l'école ?

— Une fois, Ryn-Ryn. Tu as joué du triangle dans l'orchestre de l'école une seule fois, et nous savons tous les deux que c'était pour un pari.

Elle pousse un soupir de contentement en levant les yeux vers le ciel nocturne.

— Les vingt dollars les plus faciles que j'aie jamais gagnés.

Je ris en secouant la tête. C'est l'autre truc à savoir sur ma meilleure amie et moi : on se charrie. Beaucoup. Se charrier, se taquiner, se moquer. C'est amusant, c'est familier et c'est une grande partie de ce que nous sommes. De grands enfants, j'imagine. En fait, à l'adolescence, on a fait le pacte de ne jamais grandir. Nous sommes Peter Pan et Petra Pan du Pays imaginaire.

On n'a pas réussi à trouver un meilleur nom.

On s'est dit que devenir adulte implique des responsabilités et du sérieux, et aucun de nous ne veut de ça. On veut vivre l'instant présent, sans jamais se soucier du lendemain. Vivre notre meilleure vie, telle qu'elle est en ce moment.

Vous pensez peut-être que ça fait de nous des immatures, peut-être des attardés. À vingt-trois ans, on devrait être plus raisonnables.

Moi, je pense que ça fait de nous des audacieux.

— Je vais me trouver une Grande Ourse et l'ajouter à ma collection à la maison, me dit-elle. Ça compléterait vraiment toute la sphère céleste que j'ai installée.

Je pouffe de rire.

— Tu appelles le plafond de ta chambre une « sphère céleste » maintenant ?

— C'*est* une sphère céleste, G, dit-elle en utilisant le surnom que seule Ryn m'ait jamais donné. C'est la Sphère Céleste Ryn Cole, pour des raisons évidentes.

— Original.

— Ces astronomes célèbres donnent tout le temps leur nom à des constellations. Je ne fais que suivre leurs traces.

Aussi loin que je me souvienne, Ryn a toujours eu ces

étoiles en plastique phosphorescentes au plafond. Elle les dispose avec art, en se guidant sur le véritable ciel nocturne. Du moins, c'est ce qu'elle me dit. On a beau passer pas mal de temps à contempler les étoiles ensemble tout au long de l'été, je suis là plus pour la compagnie que pour une quelconque leçon d'astronomie.

Je la balaye du regard du coin de l'œil. Pas de manière glauque, entends-moi bien, plutôt dans le genre *c'est ma pote et je me contente de la regarder*.

Le visage tourné vers le ciel, le nez droit, ses longs et épais cheveux blond vénitien tombent en cascade sur le pare-brise froid derrière sa tête. Ce soir, elle porte un débardeur avec son jean et ses baskets habituels. Il est moulant et met en valeur ses formes, chose que ses t-shirts classiques dissimulent complètement.

Ce n'est pas comme si j'étais censé remarquer ce genre de choses, bien sûr. On est meilleurs amis, tu te souviens ?

Mais je reste un mec.

Elle ignore complètement à quel point elle est belle. Je sais que ça fait cliché, mais dans le cas de Ryn, c'est vrai à cent pour cent. Elle est belle, drôle et, de toute évidence, elle sait où se trouve la Grande Ourse.

Sérieusement, qu'est-ce qu'un mec pourrait vouloir de plus ?

En tant que meilleure amie, je veux dire.

Je prends une gorgée et le liquide frais et pétillant glisse dans ma gorge.

— Tu as eu droit à La Question, aujourd'hui ?

— Bien sûr. Je suis un piranha dans un aquarium de poissons rouges.

Je glousse.

— Piranha ? Celle-là, elle est nouvelle.

— Quand on te demande constamment ce qu'il en est de ta vie amoureuse et qu'on te dit que tu ne devrais pas être célibataire, tu finis par trouver de nouvelles façons de te décrire.

Tu sais ce que c'est. Toi aussi, tu as droit à La Question tous les jours.

— Mais être un piranha dans un aquarium de poissons rouges, ça suggère qu'ils pensent que tu vas n'en faire qu'une bouchée au petit-déjeuner.

— C'est peut-être ce que je ferai, répond-elle avec un grand sourire. On t'a demandé combien de fois où en était ta vie amoureuse, aujourd'hui ?

Je repense à ma journée, passée entre le service du midi au Black Bear Bar en ville et mon apprentissage dans un atelier de soufflage de verre à sa périphérie. Un dimanche typique pour moi, et jamais un jour de repos. J'ai bien trop de choses à faire pour ça, peu importe ce que Maman aurait dit sur la nécessité de se détendre. Ma détente à moi, c'est ça : passer du temps avec ma meilleure amie sur le capot de ma voiture.

— Je suis passé au Second Chance, je réponds, en mentionnant le café de Main Street où Ryn travaille en ce moment.

— Ah, d'accord. Donc, ma tante Sheila est passée à l'action.

— Et comment. Elle m'a demandé pourquoi toi et moi on ne sortait pas ensemble. Encore une fois.

— Qu'est-ce que tu lui as dit ? Non, attends. Laisse-moi deviner. Tu as dit un truc du genre « Je garde mes options ouvertes » parce que tu es incapable de mentir, M. L'Honnê-teté-Incarnée. Dis-moi que je me trompe.

— Je ne suis pas l'honnêteté incarnée, je proteste. C'est vrai, j'accorde plus de valeur à l'honnêteté qu'à beaucoup d'autres choses, mais ce n'est pas un défaut. Je suis honnête avec les gens qui m'entourent, et j'attends la même honnêteté en retour.

Elle a un rire étranglé.

— Tu es Capitaine Honnêteté. Je me demande quel est ton super-pouvoir ? Oh, je sais, ce serait comme le lasso de Wonder Woman.

Je ne suis pas sûr de vouloir connaître la réponse, mais je demande quand même :

— Le lasso de Wonder Woman ?

— Tu sais, quand elle l'enroule autour de quelqu'un et que cette personne ne peut plus mentir ?

— Ça me serait bien utile, un truc comme ça.

Elle me jette un regard en coin.

— Tout le monde n'est pas menteur, G, dit-elle doucement.

Je pince les lèvres et reporte mon attention sur les étoiles. Nous savons tous les deux à quoi elle fait référence. Mon père nous a quittés, ma mère et moi, quand je n'avais même pas un an. Une histoire banale, j'imagine. Beaucoup de mariages se brisent rapidement, surtout quand le couple est jeune, comme l'étaient mes parents. Ce qui était moins banal, c'est qu'après son départ, Maman a appris qu'il lui avait menti sur toute leur relation. Il avait une autre famille dans la ville voisine. Elle s'est retrouvée littéralement seule avec le bébé, et un mariage qui n'avait jamais existé.

Sans surprise, ça l'a complètement anéantie et elle ne s'en est jamais remise. Ce qu'elle a fait, par contre, c'est m'enseigner l'importance de l'honnêteté, et je m'assure de m'entourer de gens en qui je peux avoir une confiance absolue.

En bonne amie, Ryn change de sujet.

— Tu sais, un de ces jours, tu vas devoir te trouver une nouvelle petite amie pour que cette ville arrête de nous caser ensemble. Pourquoi ils n'arrivent pas à comprendre qu'un mec et une fille peuvent être meilleurs amis sans compliquer les choses avec des sentiments amoureux, ça me dépasse.

— Je bois à ça.

Nous entrechoquons nos canettes, prenons tous les deux une gorgée de nos sodas, et retournons à un silence confortable.

C'est une autre des choses géniales avec ma meilleure

amie. Nous n'avons pas toujours besoin de parler. Elle comprend que, parfois, le simple fait d'être ensemble suffit.

Le téléphone de Ryn vibre et elle l'attrape aussitôt.

— Laisse, je lui dis, ne voulant pas que notre moment soit interrompu.

— Mais c'est peut-être Ivy. Tu sais comment elle est, elle oublie tout le temps ses clés. Elle est peut-être encore enfermée dehors.

Ivy Fenwick, la nouvelle colocataire de Ryn — et mon ex du lycée. On s'entend bien maintenant, ce qui tombe plutôt bien, car on ne peut pas vraiment passer inaperçu dans un endroit de la taille de Hunter's Creek.

Avant que je puisse protester davantage, Ryn me tend sa canette de soda, prend son téléphone et se met à lire son message. La lumière vive de l'écran illumine son visage, et je regarde ses yeux s'écarquiller, ses traits passer de la surprise à l'excitation.

Elle se redresse d'un coup, me prenant par surprise.

— Oh, mon Dieu, dit-elle, la voix soudainement haletante.

Je me penche en arrière, ferme les yeux et demande :

— « Oh, mon Dieu » quoi ?

— Ça ne peut pas être vrai.

J'entrouvre les yeux.

— Qu'est-ce qu'il y a ?

— Elle ne peut pas être sérieuse, marmonne Ryn, les yeux rivés sur son écran, la bouche bée.

— À propos de quoi elle ne peut pas être sérieuse ?

L'inquiétude se fraie un chemin dans ma poitrine. Je me redresse pour que nous soyons assis côte à côte, tandis que je tiens nos deux canettes en équilibre.

— Mais c'est la meilleure chose qui puisse *jamais* arriver à cette ville.

Soulagé que ce ne soit pas une mauvaise nouvelle, je dis :

— Tu sais que tu vas devoir me le dire à un moment donné, n'est-ce pas ?

— Lis, déclare-t-elle en me fourrant le téléphone sous le nez.

Je le lui prends et parcours le message.

Tu ne vas jamais croire ça. Je viens d'apprendre qu'une équipe de tournage d'Hollywood vient dans notre petite ville paumée LE MOIS PROCHAIN. Appelle-moi ! MAINTENANT !

Ivy a clairement épuisé son quota de points d'exclamation pour la semaine.

— Une équipe de tournage d'Hollywood ?

Je lève un sourcil vers Ryn en lui rendant son téléphone.

— C'est peu probable.

— Comment ça, « peu probable » ? Bien sûr que c'est probable. Ivy l'a dit juste là.

Elle brandit son téléphone comme preuve.

— Allons, Ryn. Ivy n'a pas vraiment de contacts à Hollywood, à moins que j'aie raté quelque chose et qu'elle soit secrètement une initiée d'Hollywood, et non de la comptabilité fournisseurs de la scierie.

— Tu peux croire ce que tu veux, Gabriel Hartmann.

D'un mouvement fluide, Ryn se détache du capot et ses pieds chaussés de baskets atterrissent sur le sol poussiéreux, telle une gymnaste descendant d'une poutre.

— Pourquoi tu m'appelles Gabriel tout d'un coup ?

Je demande cela en faisant basculer mes jambes du bord du pick-up pour sauter au sol.

— Parce que tu ne m'écoutes pas, *Gabriel*.

— Détends-toi. Je t'écoute.

— Je crois Ivy. Pourquoi est-ce qu'elle inventerait un truc pareil ?

Parce qu'elle cherche à attirer l'attention et qu'elle s'ennuie probablement dans sa propre vie ? Je ne le dis pas à voix haute. Ryn et Ivy sont amies et nouvelles colocataires. Et puis, c'est une petite ville, tu te souviens ?

Ce n'est pas que je n'aime pas Ivy. Au contraire. Elle est super. Elle est juste comme beaucoup de gens ici : prête à croire n'importe quoi de nouveau et d'excitant pour pimenter sa vie tranquille.

Ryn tape quelque chose sur son téléphone, puis monte dans le pick-up et ferme sa portière. C'est une façon très peu subtile de me faire comprendre qu'elle veut partir.

— J'en déduis que tu veux rentrer ?

— Si ça ne te dérange pas, M. Cynique.

Elle ne lève pas les yeux de son écran.

Je laisse échapper un rire.

— Je suis passé de Capitaine Honnêteté à M. Cynique en une seule soirée ?

J'ouvre ma propre portière et je monte dans le véhicule.

— Réfléchis un peu. Pourquoi une équipe de tournage viendrait à Hunter's Creek ?

— Pour plein de raisons, réplique-t-elle vivement. Plein, plein de raisons.

— Comme quoi ?

— Tu vas conduire, G ? Ou il faut que je te trouve un autre surnom ?

Elle baisse son téléphone et tapote sa jambe d'un air agacé.

— Puisque tu le demandes si gentiment.

— Ne commence pas à jouer les grands frères avec moi.

Elle secoue la tête.

— J'ai dit à Ivy que je rentrais.

— Parce qu'une équipe de tournage d'Hollywood arrive en ville *à l'instant même* ?

— Évidemment pas à l'instant même, mais on a des choses à se dire avant qu'ils arrivent.

— Comme quoi ?

— Tu mets la clé là, et ensuite tu tournes le contact pour démarrer la voiture, me dit-elle en désignant la colonne de direction.

— Que ferais-je sans toi ?

— S'il te plaît ?

Elle étire ses lèvres pulpeuses en ce sourire qui me fait craquer à chaque fois.

Nous savons tous les deux que je vais faire ce qu'elle demande.

Je lâche un soupir résigné en tournant la clé dans le contact, et mon pick-up se met à vrombir. Je conduis prudemment sur le terrain accidenté avant de rejoindre la route goudronnée.

— Ça va être tellement épique.

Je jette un œil à son visage rayonnant, pétillant d'excitation.

— Réfléchissons logiquement. Pourquoi Hollywood voudrait-il venir à Hunter's Creek ?

— Parce que c'est un endroit magnifique, surtout en été.

— Beaucoup d'endroits sont magnifiques en été.

— À cause de tous les arbres. Je veux dire, regarde-les. Il y en a littéralement des millions.

Elle fait un geste vers la fenêtre.

— Beaucoup d'endroits ont aussi des arbres.

— Je ne sais pas. Peut-être parce qu'on mérite un peu d'animation par ici ?

— Ça doit être ça. Un gros ponte d'Hollywood était assis à son bureau, à regarder une carte en se disant : « Quelle petite ville au milieu de nulle part aurait besoin d'un peu d'animation ? Oh, je sais : Hunter's Creek, dans l'État de Washington. »

— Si jeune et déjà si cynique.

Elle me donne un petit coup de coude dans le bras.

Je la regarde et nous échangeons un sourire.

Quelques minutes de route plus tard, je gare mon pick-up dans son allée. À peine me suis-je tourné vers elle qu'elle dépose un baiser rapide sur ma joue, pousse la portière avec ses pieds et saute sur le gravier.

— Merci pour ce soir, G. On se voit demain ?

C'est une question, mais elle n'attend pas ma réponse. Un éclair de son sourire, un geste de la main, et elle gravit les marches avant d'entrer dans sa maison, la porte claquant derrière elle.

— On se voit demain, je murmure alors qu'elle disparaît de ma vue.

Je passe une vitesse, le moteur vrombit et je m'éloigne, en me demandant si toute cette histoire de tournage hollywoodien est réelle, et si c'est le cas, ce que ça pourrait signifier pour notre ville.

~

De la même auteure

La série Sœurs et cœurs

Et si votre voisin d'enfance devenait bien plus que ça ?

GUIDE DU
MEILLEUR
AMI
SECRET

Auteure bestseller du USA Today
KATE O'KEEFFE

Petite ville, grandes disputes... et plus grandes passions.

GUIDE DE
L'ENNEMI
JURÉ
PASSIONNÉ

Auteure bestseller du USA Today
KATE O'KEEFFE

De la même auteure en anglais

Royal Romcoms:

The Backup Princess
Royally Matched
The Royal Runaway
Royally Off-Limits

Hockey Romcoms:

Mistletoe Face Off
The Rebound Play
Offside and Off-Limits

Small Town Romcoms:

Faking It With the Grump
Faking It With My Best Friend
Faking It With the Guy Next Door

Romcoms Set in Britain:

Dating Mr. Darcy
Marrying Mr. Darcy
Falling for Another Darcy
Falling for Mr. Bingley (spin-off novella)
Never Fall for Your Back-Up Guy
Never Fall for Your Enemy

Never Fall for Your Fake Fiancé

Never Fall for Your One that Got Away

Romcoms Set in New Zealand:

One Last First Date

Two Last First Dates

Three Last First Dates

Four Last First Dates

No More Bad Dates

No More Terrible Dates

No More Horrible Dates

Co-Authored with Melissa Baldwin:

One Way Ticket

Lacey Sinclair spicy romances:

Manhattan Cinderella

The Right Guy

Playing with Fire

Stolen Kisses

À propos de l'auteur

Kate O'Keeffe est une auteure multi-récompensée et bestseller du *USA Today*, reconnue pour ses comédies romantiques amusantes et feel-good, débordantes d'humour, d'émotion et de fins heureuses. Originaire de Nouvelle-Zélande, Kate a créé de nombreuses séries populaires, s'attirant un lectorat international dévoué.

Avec un talent pour les dialogues spirituels et des héroïnes irrésistibles naviguant dans les hauts et les bas des rencontres modernes, les romans de Kate mettent en scène des amitiés solides, des situations comiques et bien sûr la route parfois cahoteuse mais toujours pleine d'espoir vers l'amour.

Quand elle n'écrit pas, on peut souvent trouver Kate en train de lire des comédies romantiques, de regarder ses séries préférées en binge-watching, ou de passer du temps avec ses amis et sa famille dans la magnifique région de Hawke's Bay en Nouvelle-Zélande.